एक और सिंदबाद

एक और सिंदबाद

उषा यादव

विद्या विहार, नई दिल्ली

प्रकाशक : विद्या विहार,
19, संत विहार (पहली मंजिल) गली नं. 2, अंसारी रोड, नई दिल्ली–110002
 / संस्करण : 2025 / मूल्य : चार सौ पचास रुपए
मुद्रक : यश प्रिंटोग्राफिक्स, नोएडा ISBN 978-93-86871-26-8

EK AUR SINDBAAD *stories* by Smt. Usha Yadav ₹ 450.00
Published by **VIDYA VIHAR**
19, Sant Vihar (First Floor), Street No.2, Ansari Road, New Delhi-2

अनुक्रम

एक और सिंदबाद

कुशाग्र ने जैसे-तैसे अपना होमवर्क निपटाया, फिर पतंग-चरखी लेकर छत पर चला गया।

पर शायद आज का दिन ही खराब था।

उसकी नीली पतंग के आसमान पर पहुँचते ही एक लाल पतंग पास में दौड़ी चली आई। पेंच लड़ाने का मन न होने के कारण कुशाग्र ने अपनी पतंग हटानी चाही, पर लाल पतंग तो जैसे सींग लड़ाने के लिए आतुर थी। बार-बार उसकी नीली पतंग पर झपटती रही और 'वोऽ काटा' के शोर के बीच विजेता की तरह नीले आसमान पर मुसकाती रही।

कुशाग्र का चेहरा गुस्से से लाल हो उठा। उसने जल्दी-जल्दी अपना मांझा खींचा, चरखी पर लपेटा और छत के एक कोने में चरखी फेंककर पास ही बिछी चारपाई पर लेट गया।

पास वाली छत पर खड़े होकर उड़ती पतंगों के पेंच देखते आठ साल के पड़ोसी नितिन ने उसे उकसाया, 'कुशाग्र भैया, आप लेट क्यों गए? एक पतंग के कट जाने से हार मान ली? अगली उड़ाइए। लाल पतंग की शेखी को चूर-चूर कर दीजिए।'

कुशाग्र ने इस बात का कोई जवाब न दिया।

नितिन मुंड़ेर के पास खिसक आया और अपनी उसी बात को दोहराते हुए बोला, 'मुझे तो अभी भी यकीन नहीं हो रहा कि आप जैसे उस्ताद की पतंग भी कोई काट सकता है। चुपचाप मत बैठिए भैया। लाल पतंग को मजा न चखाया, तो बात ही क्या रही!'

कुशाग्र ने एक उचटती निगाह से नितिन को देखा और बोला, 'तू जा

यहाँ से। मेरा दिमाग मत चाट। आज पतंग उड़ाने का मन नहीं है। बेमन से उड़ाने चला आया था, तभी कट गई। अगली भी कटेगी। इसलिए अब और पतंग आज नहीं उड़ाऊँगा।'

'जैसा आपका मन!' नितिन ने कंधे उचकाए और वहाँ से खिसक गया।

ठंडी हवा चल रही थी। आसमान में रंग-बिरंगी कई पतंगें उड़ रही थीं। लहराती हुई। झूमती हुई। हँसती-खिलखिलाती हुई। पतंगों की यह मस्ती कुशाग्र को फूटी आँखों न सुहाई। उसने कुढ़कर आँखें मूँद लीं।

आँखें मूँदते ही क्लास की अपमानजनक घटना उसके दिमाग में घूम गई।

पिछले तीन दिनों से ग्वालियर-झांसी घुमाने के नाम पर पैसे जमा हो रहे थे। चार दिन के भ्रमण के हर बच्चे से पाँच-पाँच हजार वसूले जा रहे थे। आज पैसा जमा करने का आखिरी दिन था। पर आज भी माँ से बार-बार माँगने के बावजूद वह रुपये नहीं पा सका। मम्मीजी ने तो एक मिनट में गंभीर चेहरा बनाकर कह दिया था, 'कुशाग्र, तुम्हें मालूम है न, पापा की बैंक में मामूली नौकरी है। घर में इतना पैसा नहीं आता है कि तुम्हारे अनाप-शनाप खर्च पूरे किए जाएँ। इसलिए पिछले तीन दिन से वही एक तराना क्यों छेड़ रहे हो? जब पापा ने एक बार मना कर दिया कि उनके पास पैसे नहीं हैं, तो उनकी बात तुम्हारी समझ में नहीं आई?'

'मम्मी, आप बात को समझती क्यों नहीं हैं?' वह तुनक गया था, 'बात पाँच हजार रुपये की नहीं है, इज्जत की है। मेरी क्लास का एक-एक लड़का भ्रमण के लिए रुपये जमा कर चुका है। सिर्फ अमीर घरों के बच्चे नहीं, मेरे जैसे मामूली हैसियत वाले भी। कोई लाख-दो लाख की माँग तो कॉलेज वाले कर नहीं रहे हैं। लेकिन पाँच हजार के नाम पर भी आपका इंकार मेरा जी जला रहा है। आज नाम लिखाने और पैसे जमा करने का आखिरी दिन है। कुछ भी हो, मुझे यह रकम चाहिए ही चाहिए।'

'कुशाग्र, सिर्फ तुम्हारी फरमाइश ही क्या घर में हमेशा पूरी होती रहेगी? और सदस्य भी हैं। उनकी भी जरूरतें हैं। तुम इतने स्वार्थी कैसे

हो सकते हो बेटा, कि सिर्फ अपने बारे में सोचते हो?'

'इसका मतलब यह है कि आप रुपये नहीं देंगी।' वह तमतमा उठा था।

'घर में पैसों का पेड़ नहीं लगा है, जो हिलाते ही रुपए बरस जाएँगे। महीने के अंतिम दिनों में वैसे ही पैसे की तंगी है, उस पर तुम्हारी यह फरमाइश···पैसा है ही नहीं, तो देंगे कहाँ से?' माँ का चेहरा भी कड़वा-कसैला हो उठा था।

'भाड़ में जाए घर और चूल्हे में जाए आपके घर की तंगी!' तिलमिलाते हुए बोला था वह और वहाँ से हट गया था।

उसने मन-ही-मन तय कर लिया था कि आज वह कॉलेज नहीं जाएगा। आज की गैरहाजिरी के लिए पापा से लिखाकर कल छुट्टी की एप्लीकेशन दे देगा। चूंकि भ्रमण के लिए नाम लिखाने और पैसा जमा करने का आज आखिरी दिन है, इसलिए कल यह विषय क्लास में उठेगा ही नहीं।

पर पापा तो पापा ठहरे!

फौरन आदेश दिया, 'कुशाग्र, बैग उठाओ और पढ़ने जाओ। यह आये दिन छुट्टी मारने का सिलसिला मुझे पसंद नहीं। कितनी मुश्किल से तुम्हें इस पब्लिक स्कूल में पढ़ा रहा हूँ, तुम्हें इस बात का अहसास है? यदि रिजल्ट मेरी उम्मीद के अनुरूप न दिखा सके, तो पढ़ाई के नाम पर तुम्हारी लापरवाही बरदाश्त नहीं करूँगा।'

और इस नादिरशाही हुक्म के पालन के लिए उसे कॉलेज जाना पड़ा था। वहाँ पैसे न जमा करने के नाम पर छोटा भी बनना पड़ा था।

ओह! खुली छत पर बिछी चारपाई पर लेटा कुशाग्र बेचैनी से छटपटा उठा। यह घर है या गरीबी की नुमाइश! यहाँ के नियम-कानून दुनिया से निराले हैं। सिर्फ दो जोड़ी यूनिफॉर्म में काम चलाओ। सिर्फ दो परांठे लंच बॉक्स में लेकर कॉलेज जाओ। सिर्फ कॉलेज की फीस और किताब-कॉपियों के लिए पैसे पाओ और बाकी जरूरतों के नाम पर सब्र से बैठ जाने की नसीहत पर चलो।···हुँह, ये मम्मी-पापा महीने में सिर्फ एक बार टीचर-पैरेंट्स मीटिंग के दिन कॉलेज जाते हैं और ज्यादातर उसमें भी नागा

कर जाते हैं, तो इन्हें वहाँ पढ़ने वाले छात्रों की शान-शौकत भला कैसे दिखेगी? उस दिन अभिभावकों का एक-एक करके आने और बच्चे की शैक्षिक प्रगति की जानकारी लेकर लौट जाने का क्रम चलता रहता है। ये लोग भी उस दिन खानापूरी करके लौट आते हैं। किसी पढ़ाई वाले दिन कॉलेज जाकर लड़कों की ठसक देखें, तो इन्हें पता चलेगा कि अपने बेटे को किस भिखारी हाल में पढ़ने भेजते हैं। सिर्फ यूनिफॉर्म और किताबें-कापियाँ खरीदवाने से क्या हुआ? दूसरे बच्चे दोस्तों के साथ कैंटीन जाकर सिर्फ दस मिनट में पूरे हजार रुपये स्वाहा करके लौट आते हैं। मजाल है जो किसी लड़के के चेहरे पर इतने पैसे उड़ाने की रत्तीभर शिकन हो! उनकी कलाई पर बँधी महँगी घड़ी, उनकी जेब में रखा महँगा मोबाइल, हर दिन देह पर नई-सी झकझकाती हुई यूनिफॉर्म और शूज़…

हर हफ्ते तो ये लड़के किसी शानदार होटल में जाकर पार्टियों-शार्टियों में पैसा फूँकते हैं। उनकी बाइक और मोबाइल हर छह महीने में बदल जाते हैं। मार्केट में किसी नई रेंज के उतरते ही खरीदने की होड़ जो लगती है! उनका रहन-सहन, उनका ठाठ-बाट, उनकी शान-शौकत…चेहरे से ही ऐसा घमंड टपकता है, जैसे किसी राजघराने के शहजादे हों। अंधाधुंध पैसा फूँकने वाले इन रईसजादों के साथ पढ़ना किसी मामूली हैसियत के लड़के के लिए कितनी बड़ी सजा है, इसे मम्मी-पापा क्यों नहीं सोचते? यदि सोचते होते, तो आज सुबह महज पाँच हजार रुपल्ली देने के नाम पर टके-सा जवाब न दे देते।

क्लास में टीचर ने सीधे उसका नाम लेकर कहा था, 'कुशाग्र गुप्ता, सिर्फ तुम्हारी वजह से मैं भ्रमण की रकम को ऑफिस में जमा नहीं करवा पाया हूँ। आज आखिरी दिन है। आज तो पैसे लाए हो न?'

'सर, मेरे दादाजी की अचानक मृत्यु की खबर पाकर पापा-मम्मी कल शाम गाँव चले गए। घर का माहौल ऐसा था कि मैं उस वक्त उनसे पैसे नहीं माँग सका। खैर, जाने दीजिए। पूरी क्लास के साथ घूमने-फिरने के सुख से वंचित रहना ही इस बार मेरे नसीब में है।'

'सिर्फ इस बार क्यों?' क्लास का सबसे शरारती लड़का वैभव व्यंग्य से मुसकराया था, 'पिछले साल हम सब पिकनिक मनाने फतेहपुर सीकरी

गए थे, तब भी तुम्हारे घर में ऐसी ही कोई दुर्घटना हो गई थी।'

क्लास के कुछ बच्चों के होंठों पर दबी-दबी मुसकान।

कुछ की आँखों में छलकता उपेक्षा का भाव।

और···और कुछ की आँखों में तरस खाने जैसी करुणा।

सचमुच अपमान-बोध से तड़पकर रह गया था वह। जानता था, यदि क्लास का कोई संपन्न विद्यार्थी ऐसी बात कहता, तो सबकी आँखों में संवेदना ही तैरती। लेकिन उसकी हैसियत कक्षा में किसी से छिपी हुई थोड़े ही है। शायद ये दुष्ट लड़के उस वक्त उससे सहानुभूति रखते, यदि वह ईमानदारी से सच कबूल लेता, 'सर, मेरे पापा के पास भ्रमण के लिए देने को पाँच हजार नहीं हैं।'

बहुत संभव है, उस वक्त कोई लड़का अपनी दरियादिली दिखाते हुए उठकर खड़ा हो जाता, 'सर, आप कुशाग्र का नाम लिख लीजिए। इसके पैसे मैं जमा किए देता हूँ।'

अपनी जेब से पर्स निकालकर, घमंड से भरकर, पाँच हजार रुपये दे देना क्लास के बहुत से छात्रों के लिए मामूली बात है। पर उसने उन्हें इसका मौका भी तो नहीं दिया था। इसलिए सबके चेहरे पर व्यंग्य भरी मुसकान छा जाना स्वाभाविक था। जैसे सिद्ध कर रहे थे, 'झूठ क्यों बोलते हो कुशाग्र? तुम्हारे पापा की यदि घूमने-फिरने के नाम पर पाँच हजार खर्चने की औकात नहीं है, तो झूठा बहाना क्यों गढ़ रहे हो?'

कहने को बात वहीं खत्म हो गई थी, पर क्या सचमुच इस वक्त तक उसका मन बोझिल नहीं है?

छत पर लेटे कुशाग्र ने एक बार फिर बेचैनी से पहलू बदला—बस, यह इंतिहा है! आज की अपमानजनक घटना के बाद वह भी क्लास के लड़कों को मुँहतोड़ जवाब देगा। अपनी रईसी दिखाकर रहेगा। आखिर पूरी क्लास में वही अकेला तो सामान्य हैसियत का छात्र नहीं है। और भी पाँच-सात लड़के उसी जैसी आर्थिक स्थिति के हैं। पर हैरत की बात है कि पाँच हजार रुपए जमा करने में उनमें से किसी के घर से आपत्ति नहीं की गई। एक-एक करके पूरी क्लास ने रुपए जमा कर दिए, सिर्फ वही एक नक्कू बनकर रह गया।

ठीक है, जो हुआ सो हुआ। लेकिन अपने अपमान का बदला लेकर रहेगा वह। जल्दी ही बदला लेने की पूरी कोशिश करेगा।

पर कैसे?

क्या मुहल्ले के छोटी क्लास के कुछ बच्चों की ट्यूशन पकड़ ले? आखिर बारहवीं कक्षा में पढ़ता है वह और कुछ महीने बाद पूरे अठारह साल का हो जायेगा। पड़ोस के तीसरी-चौथी कक्षा के बच्चों को पढ़ाकर कुछ कमाई तो कर ही सकता है।

लेकिन जरा-सा सोचने पर अमीरी दिखाने का यह उपाय उसे बड़ा फुसफुसा लगा। उसके मुहल्ले के अंकल-आंटियाँ यदि ट्यूशन के लिए उसे रख भी लेंगे, तो हजार-हजार रुपए प्रति बच्चे से ज्यादा देने वाले नहीं हैं। पाँच बच्चों की ट्यूशन से पाँच हजार कमाकर यदि पाँच दिनों में उड़ा दिए तो महीने के बाकी पच्चीस दिनों में रईसी कैसे दिखाएगा? फिर, छोटे-छोटे पाँच बच्चों को पढ़ाने में दिमाग कितना चटेगा! यदि उसने मनोयोग से न पढ़ाया और बच्चे ने रिजल्ट में कोई तरक्की न दिखाई, तो अंकल-आंटी को उलाहना देते देर न लगेगी।

यानी उन लोगों का जवाबदेह रहेगा वह।

सिर्फ तनाव झेलेगा वह।

और इस चक्कर में पड़कर अपनी पढ़ाई चौपट कर लेगा वह।

जरा सोचो, उसके लिए मम्मी-पापा ने कितने ट्यूटर रखे हैं? कॉलेज से लौटने के बाद खुद दिमाग लगाकर होमवर्क पूरा करता है। अभी ही अपनी क्लास के टॉपर्स में नहीं है, तो ट्यूशन के बवाल में फँसकर एकदम फिसड्डी हो जायेगा।

यही मम्मी-पापा तब जीने देंगे उसे?

अजी, राम भजो। इन्हें तो वैसे ही यह धुकधुकी रहती है कि यदि उसने डाक्टरी-इंजीनियरी की प्रतियोगी परीक्षा में कोई अच्छी रैंक न निकाली, तो इनका सारा करा-धरा पानी में चला जाएगा। सिर्फ इसी उम्मीद पर तो बेटे की पढ़ाई का इतना खर्च उठा रहे हैं कि घर में पढ़ाई का माहौल बनने से छोटी बहन प्रज्ञा भी उसका अनुसरण करेगी।

मम्मी-पापा का सपना है कि यदि वह किसी अच्छे मेडिकल या

इंजीनियरिंग संस्थान से डिग्री लेने के बाद आई.ए.एस. बनकर दिखा दे, तो उनकी सात पीढ़ियाँ तर जाएँ। दोनों हाथ लड्डू रखना चाहते हैं न! पर बेटे को अफसर बनाने के लिए उसे हीनता-बोध से उबारना भी जरूरी है, यह बात ये लोग क्यों नहीं सोचते? हर वक्त अपने समय की दुहाई देते रहते हैं कि तुम्हरी उम्र में हम ऐसे थे, हम वैसे थे। अजी आप कैसे भी थे, पर अपने सहपाठियों के बीच आत्मसम्मान के साथ तो जीते थे। आपके माता-पिता आपके ऊपर अपनी महत्त्वाकांक्षाओं को तो नहीं लादते थे। आपके ऊपर अपने सपनों को पूरा करने की जिम्मेदारी तो नहीं सौंपते थे।

रह-रहकर गुस्से से उबलता रहा कुशाग्र। शाम का धुंधलका कब रात के अँधेरे में बदल गया, वह जान नहीं सका।

तभी छोटी बहन प्रज्ञा ने छत पर आकर कहा, 'तुम यहाँ लेटे हुए हो, भैया? नीचे खाने के लिए तुम्हारा इंतजार हो रहा है। जल्दी चलो।'

'मरी क्यों जाती है? अभी आ जाऊँगा।' कुशाग्र भुनभुनाया।

प्रज्ञा लौट गई।

रईसी दिखाने के लिए पैसा कहाँ से आए, इस उधेड़बुन में लगे कुशाग्र ने एक ठंडी सांस भरी और उठकर बैठ गया। दूसरे कई उपाय भी उसके दिमाग में आ-जा रहे थे, पर किसी पर मन नहीं टिक रहा था। उलझन भरे मन के साथ वह छत से नीचे उतर गया।

□

अगले दिन कॉलेज की छुट्टी के बाद कुशाग्र का ध्यान मेन गेट पर खड़े एक छोटे लड़के की तरफ गया। गुड्डे-बबुए जैसा वह कोमल-कमनीय बालक चेहरे-मोहरे से ही बड़ा मोहक लग रहा था। उसके हाथ में एक कीमती मोबाइल था और कह रहा था, 'मम्मा, आज छुट्टी जल्दी हो गई है। तुम गाड़ी भेज दो।'

हाँ, आज छुट्टी रोज से जल्दी हो गई थी। कॉलेज के किसी सेवा निवृत्त चपरासी की मृत्यु के कारण छठे घंटे के बाद ही शोक सभा करके विद्यालय बंद कर दिया गया था। यही सूचना वह लड़का अपनी माँ को दे रहा था।

कुशाग्र ने एक बार उसके हाथ के महँगे मोबाइल को देखा, फिर

पास जाकर पूछा, 'नाम क्या है तुम्हारा?'

'कुशाग्र।' लड़का बोला।

'क्या?' कुशाग्र चौंका।

लड़का सकपका गया।

कुशाग्र के होठों पर मुसकान छा गई, 'डरो मत। एक बार फिर से अपना नाम बताओ।'

'कुशाग्र नाम है मेरा।' लड़का सहमते हुए बोला।

'अब मेरा नाम बताओ।' कुशाग्र की मुसकान गहरी हो गई।

'मुझे क्या पता!' लड़के ने कंधे उचकाए।

'तुम्हें पता है।' कुशाग्र ने धमकाने के अंदाज में कहा, 'मैं जो पूछता हूँ, उसका जवाब दो। जल्दी से मेरा नाम बताओ।'

'मैं आपका नाम कैसे बता सकता हूँ, भैया? आपको जानता तक नहीं हूँ।' लड़का घबराकर बोला।

'जो नाम तुमने दो बार बोला है, उसे एक बार फिर से दोहरा दो।' कुशाग्र की मुसकान गहरी हो गई।

'अपना नाम दोहरा दूँ?'

'हर्ज क्या है?'

'कुशाग्र।' लड़का अचकचाया-सा बोल उठा।

बड़े कुशाग्र ने उसकी पीठ ठोंकी, 'शाबास! मैं कहता था न, तुम्हें मेरा नाम मालूम है। देखो, तुमने बोल दिया।'

'क्या आपका नाम भी कुशाग्र है?'

'बिल्कुल।' कुशाग्र ने एक बार फिर उसकी पीठ ठोंकी, 'यार, तुम छोटे हो, 'भैया' कहकर अपना काम चला सकते हो। पर मुझे तो तुम्हें पुकारने के लिए अपना नाम लेना पड़ेगा, जो कुछ ठीक नहीं जँचता है। इसलिए मैं तुम्हें 'जूनियर' कहकर बुलाऊँ, तो तुम्हें कोई एतराज तो नहीं है?'

'बिल्कुल नहीं।' इस बार छोटा कुशाग्र भी जोर से हँस पड़ा।

इस पूरे वक्त बड़े कुशाग्र की निगाहें जूनियर के मोबाइल पर लुब्ध दृष्टि से टिकी रही थीं। रहा न गया, तो पूछ बैठा, 'बड़ा कीमती मोबाइल

है तुम्हारा, पापा-मम्मी ने दिला कैसे दिया?…किस क्लास में पढ़ते हो, जूनियर।'

'जी, छठे में।' जूनियर बोला।

बड़ा कुशाग्र कुछ और पूछता, तब तक लड़के की कार आ पहुँची थी। गाड़ी देखकर बड़ा कुशाग्र एक बार चौंक पड़ा—बी.एम.डब्ल्यू. की कीमत वह जानता था। उसकी क्लास के कुछ लड़के इसी बेशकीमती गाड़ी में कॉलेज आते थे।

जूनियर अपना बस्ता लिये हुए गाड़ी की तरफ बढ़ने लगा, तो बड़े कुशाग्र ने उसे टोका, 'अपना सेक्शन तो बताते जाओ, जूनियर।'

'बी।' लड़का बोला और गाड़ी में बैठ गया।

साफ-सुथरे राजमार्ग पर शानदार गाड़ी तेजी से दौड़ती चली गई। बड़ा कुशाग्र पता नहीं क्यों, और ज्यादा अनमना हो उठा था।

छोटे कुशाग्र के साथ उसकी सारी बातचीत अंग्रेजी में हुई थी। नगर के उस प्रतिष्ठित पब्लिक स्कूल में हिंदी में बात करने का चलन नहीं था। नर्सरी-के.जी. कक्षा से ही बच्चों को अंग्रेजी में बात करने का अभ्यास शुरू करा दिया जाता था। छठी कक्षा तक आते-आते छात्र धड़ल्ले से अंग्रेजी बोलने लगते थे। अंग्रेजी वहाँ के माहौल में रची-बसी थी। हिंदी में दो वाक्य बोलने वाले बच्चे को भी उपेक्षा की नजर से देखा जाता था। अपने बच्चे को अंग्रेजी में गिटपिटाता देखकर माता-पिता की छाती गर्व से फूल उठती थी। उन्हें यहाँ का भारी-भरकम खर्च उठाने में भी कोई परेशानी न होती थी।

जूनियर के जाने के बाद बड़ा कुशाग्र अनमना तो हो ही गया था, उसके दिमाग में कोई खुराफात भी घूमने लगी थी। अंतत: उसने अपने सिर को एक झटका दिया और आगे बढ़कर सड़क पर जाते एक टैंपो को हाथ उठाकर रोका। सवारियों की भीड़ के बावजूद लोगों को खिसकने के लिए कहकर उसने अपने बैठने के लिए जगह बना ली और गंतव्य बताया, 'वजीरपुरा।'

हाँ, शहर के इसी पुराने मुहल्ले में उसका छोटा-सा घर था।

उस दिन घर पहुँचने के बाद कुशाग्र का पढ़ने में मन न लगा। दिमाग

किसी उधेड़-बुन में जुटा हुआ था। न ढंग से खाना खा सका, न रात को चैन से सो सका।

अगले दिन समय पर स्कूल पहुँचा।

इंटरवल से पहले की कक्षाएँ उसने किसी तरह ऊबते हुए ही निपटाईं। आधी छुट्टी होते ही उसके पाँव तेजी से सिक्स्थ बी की तरफ बढ़ गए।

'जूनियर, जरा ठहरो।' उसने जोर से आवाज दी, तो कैंटीन की तरफ बढ़ते छोटे कुशाग्र के पांव रुक गए।

बड़ा कुशाग्र तेजी से उसके पास पहुँचा और बोला, 'कैंटीन जा रहे हो?'

'जी।'

'चलो, मैं भी चलता हूँ। आज तुम्हारी तरफ से मेरी दावत रही।··· बोलो, मंजूर है?'

जूनियर भौचक्का-सा उसकी तरफ देखने लगा।

'इतना चौंक क्यों रहे हो यार? क्या पॉकेट मेरी दावत का खर्च उठाने की अनुमति नहीं दे रही?'

'ऐसी कोई बात नहीं है। आप चलिए।' जूनियर शालीनता से बोला।

बड़ा कुशाग्र उसके साथ चल दिया।

कैंटीन पहुँचकर जूनियर ने पूछा, 'भैया, क्या खाएँगे?'

इंटर में पढ़ने वाला कुशाग्र आज तक कभी इस कैंटीन में नहीं आया था। उसे पता नहीं था कि किस खाद्य सामग्री का क्या मूल्य है? वह तो अपने प्लास्टिक के छोटे-से लंच बॉक्स में घर से लाए दो पराँठे खाकर काम चलाता रहा था। आज जूनियर उसे कैंटीन में मनचाहा लंच कराने को तैयार है, इस पर उसे भरोसा नहीं हो रहा था।

पास खड़े जूनियर को तौलते हुए बोला, 'पहले अपना पर्स खोलकर दिखाओ, तब आर्डर करूँगा। पता नहीं तुम्हारे पास मुझे खिलाने लायक पैसे हैं भी या नहीं।'

'आप व्यर्थ ही डर रहे हैं। मेरे पास काफी पैसे हैं।' जूनियर पूरे विश्वास के साथ बोला।

'तो दिखा दो न! मुझे भी यकीन हो जाएगा।'

'आप नहीं मानते तो देख लीजिए।' कहते हुए दस-ग्यारह साल के उस छोटे लड़के ने अपनी जेब से पर्स निकाला और खोलकर दिखा दिया।

सौ, पाँच सौ और हजार के नोट भरे हुए देखकर बड़े कुशाग्र की आँखें चमक उठीं।

हैरत से बोला, 'तुम तो बड़े अमीर हो दोस्त! तुम्हारे पापा क्या करते हैं?'

'आभूषणों के व्यवसायी हैं।'

'कहाँ पर उनका शोरूम है? किस नाम से है?'

'एम.जी. रोड पर ही है। शायद आपने रामचंदानी ज्वैलर्स का नाम सुना हो। मेरे पापा सुधीर रामचंदानी ही उसके मालिक हैं।'

'तुम तो बहुत अमीर आदमी के बेटे हो, दोस्त। रहते कहाँ हो?'

'बाग फरजाना में हमारी कोठी है।'

'ठीक है भाई कुशाग्र रामचंदानी, अब तुम अपने सीनियर यानी कुशाग्र गुप्ता को सबसे पहले एक प्लेट गोलगप्पे खिलवा दो।'

'जी, अभी मैं लेकर आता हूँ।' कहते हुए छोटा लड़का तेजी से वहाँ मौजूद भीड़ में घुस गया।

कुछ देर बाद वह गोलगप्पों की एक प्लेट और चटपटे पानी का गिलास लेकर लौटा, तो बड़े कुशाग्र ने हुक्म दिया, 'अब जरा जल्दी से एक प्लेट आलू की टिकिया, एक प्लेट दही बड़ा और एक प्लेट रसमलाई भी लेकर आ जाओ।'

'जी, ठीक है।' छोटा बच्चा फिर भीड़ में घुस गया।

वाह! क्या लज्जतदार पानी के बताशे हैं। चटखारे भरते हुए बड़े कुशाग्र ने सोचा और उन कुरकुरे गोलगप्पों को एक-एक करके अपने खुले मुँह में ठूँसता गया।

सचमुच कैंटीन के व्यंजनों का स्तर बहुत अच्छा था। गोलगप्पे स्वादिष्ट थे और उनका खट्मिट्ठा पानी भी कम मजेदार न था।

इसके बाद आलू की कुरकुरी-ज।यकेदार टिकिया का स्वाद लेते हुए उसे किसी स्वर्गिक भोजन जैसे सुख की अनुभूति हुई। दही बड़े भी मेवों से भरे थे और गाढ़े दही के कारण बहुत लजीज लग रहे थे। तीखी चटनी में

पकी इमली की खटमिट्ठी लज्जत के साथ मसालों की खुशबू का अपना अलग ही आनंद था। एक-एक करके इन सबको उदरस्थ करने के बाद बड़े कुशाग्र ने रसमलाई की प्लेट की तरफ हाथ बढ़ाया और उसे खाते हुए बोला, 'झट से एक गिलास पानी और एक चॉक बार लेते आओ।'

'जी।' छोटे लड़के ने मुस्तैदी से यह हुक्म भी बजाया।

पर जब तक बड़े कुशाग्र का खाना-पीना निपटा, इंटरवल खत्म होने की घंटी बजने लगी थी।

'यार, तुम तो मेरी मेहमानी के चक्कर में भूखे ही रह गए।···अब क्या करोगे?' बड़े कुशाग्र ने पूछा।

'कोई बात नहीं। मैं घर से भरपेट नाश्ता करके चला था। उस पर मम्मी ने मेरी जेब में ढेर-से ड्राईफ्रूट्स भी रख दिए हैं। मैं क्लास रूम तक पहुँचते हुए उन्हीं को खा लूँगा।' कहते हुए जूनियर ने जेब में हाथ डालकर एक मुट्ठी काजू-किशमिश निकाले और मुँह में ठूँस लिए। मुसकराकर चॉकलेट का एक पैकेट दिखाया, 'अभी यह भी है।'

बड़े कुशाग्र के चेहरे पर एक हिंस्र भाव छा गया। उसे काबू में करते हुए उसने पूछा, 'मेरे खाने का पैसा चुका दिया तुमने?'

मुँह चलाते हुए जूनियर ने सिर हिला दिया।

वही हिंस्र भाव फिर आँखों में चमकने लगा। बड़ा कुशाग्र इस बार उसे न छिपा सका और बोला, 'सुनो दोस्त, आज मुझे दो हजार रुपए की सख्त जरूरत है। जरा एक बार फिर अपना पर्स खोलकर निकाल तो दो।'

'क्यों?' इस बार जूनियर की भौंहें चढ़ गईं, 'आपने दावत की बात कही थी, जो मैंने मंजूर कर ली। आपने इच्छानुसार भरपेट खा लिया। अब रुपए क्यों दूँ?···जाइए, मेरे पास अब आपको देने के लिए एक पैसा भी नहीं है।'

'क्या कहा?' बड़े कुशाग्र के चेहरे पर एक बनैल सूअर उतर आया। आँखें लाल करके वह जूनियर पर झपटा, 'तेरी इतनी मजाल? इंकार करता है मुझे?'

'हाँ, नहीं दूँगा। बिल्कुल नहीं दूँगा।' कहते हुए जूनियर भाग खड़ा हुआ।

बड़ा कुशाग्र जलती आँखों से उसे देखने के सिवाय कुछ न कर सका।

इसके बाद वह भी पाँव पटकता हुआ अपनी कक्षा की ओर बढ़ गया।

अक्षय, प्रतीक और पावस उसके खास दोस्त हैं। छठी कक्षा से वे चारों एक साथ पढ़ रहे हैं। उनकी दोस्ती का आधार एक जैसी आर्थिक स्थिति है। वह आर्थिक स्थिति, जो रईस लड़कों का संग-साथ करके उन्हें पैसा फूँकने की अनुमति नहीं देती।

क्लास में पहुँचते ही बड़ा कुशाग्र अपने दोस्तों से बोला, 'आज मल्टीप्लैक्स में फिल्म देखना चाहते हो?'

'तुम पागल तो नहीं हो गए हो कुशाग्र?' अक्षय ने उसे झिड़का, 'मल्टीप्लैक्स में फिल्म देखने की हम लोगों की हैसियत नहीं है।'

'हैसियत नहीं है, तभी तो चलने के लिए पूछ रहा हूँ। हैसियतदार लड़के तो रोज ही वहाँ मूवी देखते हैं। उन लोगों के लिए इसमें नई बात क्या है। हम लोगों के लिए है, इसलिए प्रस्ताव रख रहा हूँ।'

'शायद तुमने आज कोई नशा किया है।' प्रतीक जोर से हँसा, 'कल क्लास में ग्वालियर-झांसी घुमक्कड़ी के लिए रुपए जमा न कर पाने की तकलीफ भुलाने के लिए भांग-वांग पी है?'

'कसम से दोस्त, कोई नशा नहीं किया है। पूरी गंभीरता से पूछ रहा हूँ।' कुशाग्र बोला, 'कल की बात कल के साथ गई। मैं आज की बात करता हूँ।'

'देख भाई, यदि आज पहली अप्रैल होती, तो मैं सोचता कि हमें 'एप्रिल फूल' बनाने का तूने कोई प्लान बनाया है। पर आज उनतीस अगस्त है। समझ नहीं पा रहा हूँ कि मल्टीप्लैक्स में फिल्म देखने का फितूर तेरे दिमाग में कैसे चढ़ गया?'

'दरअसल मैंने प्लान ही बनाया है। पर उसे पूरा करने के लिए तुम तीनों का सहयोग चाहिए।...बोलो, दोगे?'

'प्लान सफल होने पर हम चारों मूवी देख सकेंगे?' पावस ने पूछा।

'शर्तिया।' कुशाग्र हँस पड़ा।

इसके बाद उसने फुसफुसाकर तीनों दोस्तों के साथ कुछ बातें कीं। तीनों ने सहमति में सिर हिला दिया। तभी पाँचवे घंटे में हिंदी पढ़ाने के लिए उपाध्याय सर आ गए और यह मित्र मंडली अपनी-अपनी सीट की तरफ बढ़ गई।

□

छुट्टी होते ही चारों मित्र फुरती से सिक्स्थ बी की तरफ बढ़ गए। चाल में ऐसी तेजी थी, मानो पाँवों में पंख लगे हों। छोटा कुशाग्र अभी अपनी सीट पर ही था। बैग और पानी की बोतल वगैरह समेट कर उठने की कोशिश कर रहा था। दूसरे बच्चों को एक-एक करके क्लास से बाहर निकलते देखकर उसने भी चुस्ती दिखाने की कोशिश की, तो बड़ा कुशाग्र भिंचे कंठ से गुर्राया, 'तुम अभी ठहरो।'

विरोध करने का छोटे कुशाग्र में साहस न था।

देव-दानव जैसे चार बड़े लड़के उसे घेरकर खड़े थे। सहमी आँखों से उन्हें देखते रहने के सिवाय कुछ और उसके हाथ में न था।

क्लास खाली होते ही एक दैत्य बोला, 'बच्चे, तेरा एडमीशन इस कॉलेज में कब हुआ है?'

'इसी साल।'

'इससे पहले पाँचवें तक कहाँ पढ़े हो?'

'हमारे बाग फरजाना में ही एक आंटी घर में स्कूल चलाती हैं। वहीं पर।'

'देखो, उस आंटी के स्कूल की बात भूल जाओ। इस कॉलेज का नाम जानते हो?'

'जी, सेंट जोजफ इंटर कॉलेज।'

'हमारा, यानी हम चारों का भी इस कॉलेज में छठी कक्षा में ही एडमीशन हुआ था। और अब हम बारहवीं में हैं। यहाँ हमारा यह आखिरी साल है।...समझे?'

छोटे बच्चे ने भयभीत मुद्रा में सिर हिला दिया।

'यहाँ का तरीका है कि नए लड़कों को सीनियर्स की सेवा करनी पड़ती है। बात माननी पड़ती है।...बोलो, मानोगे?' बड़े कुशाग्र ने पूछा।

'मानता तो हूँ। आज आपको लंच कराया है न!'

'वह तो कुछ नहीं। हमें इस वक्त तुम्हारी जेब में रखा हुआ रुपयों से भरा पर्स चाहिए।...फौरन निकालो और हमारी तरफ बढ़ा दो।' अक्षय बोला।

छोटा लड़का बुत-सा खड़ा रहा।

'सुना नही तुमने?' पावस ने कड़कती आवाज में कहा।

लड़का थरथरा गया।

डरी आवाज में बोला, 'मम्मी पूछेंगी तो क्या कहूँगा?'

'कह देना कि पर्स कहीं गिर गया। रामचंदानी ज्वैलर्स के मालिक के यहाँ पाँच-सात हजार रुपए खो जाने से कोई आसमान नहीं टूटेगा।' प्रतीक बोल पड़ा।

चार-चार यमदूतों के बीच छोटे कुशाग्र की स्थिति दांतों के बीच जीभ जैसी हो गई थी। कोई-न-कोई 'कच्' से काटने के लिए कटिबद्ध था।

एक पल में उसने अपनी स्थिति समझ ली और बात बढ़ाये बगैर अपनी जेब से पर्स निकालकर बड़े कुशाग्र की तरफ बढ़ा दिया।

'देखो बेटा, हम चारों ने भी पहले साल अपने सीनियर्स की ऐसी ही ज्यादतियाँ झेली थीं। विरोध में मुँह से एक शब्द भी नहीं निकाला था। किसी को कानोंकान खबर भी नहीं होने दी थी। इसी को सीनियर्स की सेवा करना कहा जाता है। तुम्हें भी हमारे पग चिन्हों पर चलना है। अपनी जुबान बंद रखनी है। यहाँ भी और घर पर भी।...समझे?'

'जी।'

'अगर न समझे हो, तो समझा दें।' कहते हुए मोटे-ताजे प्रतीक ने एक हाथ उठाकर हवा में लहराया।

छोटा कुशाग्र बुरी तरह सहम गया था।

बोला, 'भैया, मैं किसी से कुछ भी नहीं कहूँगा। सच कहता हूँ।'

'अगर मुँह खोला तो हड्डी-पसली तोड़ दी जाएगी।' अक्षय ने धमकाया।

'मैंने यही गलती कर दी थी।' बड़े कुशाग्र ने रहस्योद्घाटन के भाव

से बताया, 'क्लास के एक साथी को बता दिया था। लेकिन उसकी सजा भुगतनी पड़ी, तो नानी याद आ गई थी। हाथ-पाँव टूट जाने से तीन महीने हॉस्पिटल में रहना पड़ा था। पता नहीं कैसे वे सीनियर्स मेरा मुँह खोलना जान गए थे। मुझे यकीन है कि तू ऐसी बेवकूफी नहीं करेगा।...है न?'

'जी।' मरी आवाज में छोटा कुशाग्र बोला।

चारों यमदूतों ने उसकी जान बख्श दी।

प्रतीक हँसकर बोला, 'ठीक है, घर जा। और रुपयों से भरा पर्स लाना मत भूलना। पता नहीं किस दिन हमें पैसों की जरूरत पड़ जाए। उस दिन तेरे पास रुपये नहीं हुए, तो...'

'छोड़ो यार। छोटा बच्चा है। देखने में भी तो कैसा गुड्डा-बबुआ है। इसके हाथ-पाँव तोड़ते हुए तो हमें भी बुरा लगेगा न! 'रामचंदनी ज्वैलर्स' तगड़ी फर्म है। कई शहरों में इनकी शॉप्स हैं। पैसों की कोई तंगी थोड़े ही है। हमारा यह छोटा दोस्त अगली दफा फिर हमें अपना पर्स पकड़ा देगा। मुझे इस बात का यकीन है।' बड़े कुशाग्र ने मीठी आवाज में छोटे कुशाग्र के घावों पर मरहम लगाया।

चारों यमदूत क्लास से निकल गए।

रास्ता साफ होते ही छोटा कुशाग्र बैग लेकर वहाँ से भागा। हड़बड़ी में उसे यह भी होश नहीं रहा कि पानी की बोतल तो मेज पर ही छूट चुकी है।

उसके पर्स में आज हमेशा से कहीं ज्यादा रुपए थे। पूरे चालीस हजार लेकर वह घर से आया था। आम तौर पर इतना पैसा लेकर वह कॉलेज नहीं आता। पर कल शाम उसने एक नया मोबाइल खरीदने के लिए मम्मी से रुपए माँगे थे। पुराने मोबाइल के कैमरे से उसे असंतोष था। अपने पालतू पपी के नित नए पोज में फोटो खींचने का शौकीन था वह। माँगते ही पैसे मिल गए। पापा ने तुरंत मोबाइल शॉप पर फोन करके वहाँ मौजूद अपने दोस्त से कल दोपहर में बेटे के आने और उसे मनपसंद मोबाइल देने की बात भी कह दी। बस, ड्राईवर अंकल के साथ शॉप पर जाकर मोबाइल लेने और पैसे चुकाने भर का काम बचा था। कब जानता था कि छुट्टी के वक्त चार लुटेरे आकर उसका पर्स ही लूट ले जाएँगे।

मुँह लटकाए हुए वह घर पहुँचा।

मम्मी का नाम सुरेखा था।

बेटे का उतरा चेहरा देखते ही वह घबरा गई। पास आकर माथे पर हाथ रखते हुए बोली, 'बुखार तो नहीं है बेटा? चेहरा कैसा फीका हो रहा है।'

'मम्मी, मेरा पर्स कहीं गिर गया। उसमें मोबाइल खरीदने के लिए रुपए रखे थे। वे भी पर्स के साथ चले गए।' छोटा कुशाग्र रुआँसा हो उठा।

'भाड़ में जाएँ वे रुपए!' मम्मी ने प्यार से उसका चेहरा चूम लिया, 'भूलता क्यों है कि तेरे पिता शहर के नामी ज्वैलर्स हैं। तेरा बड़ा भाई कुणाल इसी साल आई. आई.टी. खड़गपुर में दाखिला मिल जाने से घर से बाहर जा चुका है। तू ही अब इस महलनुमा कोठी की रौनक है। पर्स गिर गया, तो गिर गया। उसे भूल जा बेटा।···बता, कितने रुपए चाहिए। मनपसंद नया मोबाइल तू कल खरीद लेना।'

'मम्मी, आज तो मैं तुमसे चालीस हजार रुपए लेकर गया था। दो-चार हजार अलग से पड़े रहते हैं, वे भी रहे होंगे। पर मेरा मनपसंद मोबाइल इससे कहीं महँगा है। कल शाम तुमसे पैसे लेने के बाद मैंने अपने लैपटॉप पर एक नया मोबाइल लांच होते देखा है। उसमें इतनी विशेषताएँ हैं कि पूछो मत। उसे छोड़कर कोई और मोबाइल मैं अब ले ही नहीं सकता।' डाँट का डर खत्म होते ही छोटा कुशाग्र चहककर बोला।

'तुझे रोका किसने है, बेटा? वही खरीद लेना।' माँ सुरेखा ने ममता भरे कंठ से स्वीकति दे दी।

'अगले हफ्ते उसकी बिक्री शुरू हो जाएगी। ई-सेल। अपने कंप्यूटर से पापा रुपये जमा कर देंगे, मोबाइल घर आ जाएगा। मैं पर्स में रखकर रुपए ले जाने की गलती दुबारा नहीं करूँगा।'

'जैसा चाहोगे, वैसा हो जाएगा।' सुरेखा मुसकरा दी, 'अब हाथ-मुँह धोकर, कपड़े बदलकर डाइनिंग टेबिल पर पहुँचो। राधा खाना लगाने के लिए तुम्हारा इंतजार कर रही है।'

छोटा कुशाग्र मुसकरा दिया। उसे अपनी प्यारी माँ पर ढेर-सा लाड़

उमड़ आया। ऐसी अच्छी माँ भगवान् हर बच्चे को थोड़े ही देता है। और कोई माँ होती, तो चालीस हजार खो देने पर अपने बेटे को दो घंटे डाँटती-झिड़कती। हो सकता है, दो-चार थप्पड़ भी जड़ देती। पर मेरी मम्मी ने इस नुकसान को मामूली मनते हुए भूल जाने के लिए कहा। सच भी है, पापा तो एक दिन में रोज लाखों कमाते हैं। बेटे के हाथों पहली दफा चालीस हजार का नुकसान हो जाना कोई बड़ा घाटा नहीं है।

छोटा कुशाग्र अगले ही पल स्कूल की घटना भूल गया। उछलते-कूदते हुए अपने कमरे की ओर बढ़ गया।

यही खुशी उन चार लड़कों के चेहरे पर थी, जिन्होंने पाँच मिनट का नुक्कड़ नाटक खेलकर मोटी कमाई कर ली थी।

क्या सचमुच पैसा कमाना इतना आसान है, उन्हें विश्वास नहीं हो पा रहा था।

इस वक्त वे चारों सेंट जोजफ इंटर कॉलेज के बाहर, सड़क के दूसरी ओर स्थित एक कॉफी हाउस में बैठे थे। केबिन का परदा खींचकर रुपए गिनते ही उनकी आँखें चौंधिया उठी थीं।

कुशाग्र ने पूछा, 'इस पैसे का क्या होगा?'

'बँटवारा होगा और क्या!' लंबे-तड़गे प्रतीक ने पूरे इतमीनान से कहा, 'चूंकि ये पैसे हम चारों की साझा मेहनत से मिले हैं, इसलिए सबमें बराबर बंटेंगे।'

'यह बात गलत है। मुझे आधी रकम मिलनी चाहिए। मैंने ही शिकार तलाशा। मैंने ही योजना बनाई। मैने ही सारा खतरा मोल लिया। यदि अभी भी कोई बवाल उठता है, तो मैं ही फँसूँगा, क्योंकि छोटे कुशाग्र से सारा संबंध मैंने ही जोड़ा है। इसलिए चार बराबर हिस्से में रकम बाँटने का तो सवाल ही नहीं उठता।'

'तुम अकेले नहीं, हम सब भी फँसेंगे। वह लड़का हम सबको पहचान चुका है। उससे चौथ वसूली में हम सब शामिल हैं। हम सबके सिर पर नंगी तलवार मौजूद है।' अक्षय चिढ़कर बोला।

'कोई बँटवारा नहीं।' पावस ने बीच-बचाव किया, 'चवालीस हजार

होते ही कितने हैं ? हम चारों दोस्त हैं। सालों पुराने दोस्त। यह पैसा हमारी दोस्ती में बाधा नहीं डाल सकता। आज ही हम चारों मिलकर इससे रईसी दिखाएँगे। पहले मल्टीप्लैक्स में मूवी और फिर रेस्तराँ में शानदार डिनर। सारा पैसा एक दिन में फुर्र हो जाएगा।'

'मूवी और पार्टी में पूरा पैसा खर्च नहीं होगा।' पावस शांत कंठ से बोला।

'अरे, अपने शहर के बाहर 'अभिनव पिकनिक स्पॉट' है न! वहाँ पानी में ऐसे हैरतअंग्रेज मनोरंजन हैं, जो पातालपुरी की सैर का आनंद देंगे। यदि आज के प्रोग्राम के बाद पैसा बच जाएगा, तो कल वहीं चलेंगे।' प्रतीक ने सुझाव दिया।

'यार, तू तो वही कहानी चरितार्थ कर रहा है कि जेब में पाँच का सिक्का रखकर मेला चलते हैं, जहाँ सारा मेला खरीदकर कुछ रकम लौटा भी लाएँगे।' अक्षय ने छेड़ा।

'मतलब ?' प्रतीक चिढ़ गया।

'मतलब यह कि 'अभिनव पिकनिक स्पॉट' का एक-एक मनोरंजन ही बेहद खर्चीला है। सिर्फ वहाँ का आनंद लेने के लिए ये चवालीस हजार कम पड़ जाएँगे। मूवी और डिनर हमें छोड़ना पड़ेगा।'

'तो छोड़ देंगे।' कुशाग्र उठते हुए बोला, 'हर नई फिल्म कुछ दिन बाद टेलीविजन पर आ जाती है। पार्टियाँ भी शादी-ब्याह के मौकों पर मिलती ही रहती हैं। हाँ, 'अभिनव पिकनिक स्पॉट' का जश्न सचमुच हमारे लिए एक सपने के सच होने जैसा सुख है।'

कॉफी के पैसे चुकाकर, दो मोटर साइकिलों पर चढ़कर वे चारों उस्ताद कीठम के नजदीक स्थित 'अभिनव पिकनिक स्पॉट' की तरफ दौड़ लिए।

चवालीस हजार रुपए गँवाने और पाने की पीड़ा और खुशी समूचे घटनाक्रम से जुड़े पाँच बच्चों के लिए इतनी अल्पकालीन होगी, कौन जानता था ?

पूरी शाम सचमुच बहुत हर्षोल्लास में बीती। चार घंटे में छोटे कुशाग्र

का पर्स पूरा खाली करके चारों बबर शेर अपने-अपने घर लौट गए।

□

जैसी कि पूरी उम्मीद थी, बड़े कुशाग्र का पूरा परिवार बहुत चिंता और व्याकुलता से भरा हुआ उसकी राह देख रहा था।

उसे देखते ही सबसे पहले मम्मी ने आगे बढ़कर उसका हाथ थामा और आकुल कंठ से पूछा, 'इस वक्त घर लौट रहा है तू? चिंता के मारे मेरे तो प्राण ही नाखूनों में समा गए थे।'

'भैया, घर में बताकर जाया करो।' प्रज्ञा भला पीछे कैसे रह सकती थी, 'मम्मी दोपहर के बाद से ही तुम्हारे लिए परेशान हैं।'

पापा का गुस्से को दबाने के लिए खुद से संघर्ष जारी था। मुँह से कुछ न बोलने पर भी हाव-भाव से उनकी नाराजी प्रकट थी।

कुशाग्र तो कुशाग्र ठहरा।

पापा के गुस्से की अनदेखी करते हुए खुद ही ताव दिखाने की पहल कर दी, 'इसीलिए तो आप लोगों से कहता हूँ कि मुझे एक मोबाइल खरीद दो। दस-दस साल के बच्चे तक तो आजकल मोबाइल रखते हैं। कॉलेज की हर गतिविधि की सूचना माता-पिता तक फौरन पहुँचा देते हैं। पर इस घर में कोई सुनवाई है मेरी? इतनी भी हैसियत नहीं है कि पाँच हजार का एक मामूली मोबाइल जेब में रख सकूँ।'

'तुम्हें मोबाइल की जरूरत ही क्या है?' पापा का गुस्सा फूट पड़ा, 'अभी सिर्फ इंटर के छात्र हो। कॉलेज भी ऐसा, जो अनुशासनबद्ध है। समय पर कॉलेज आने-जाने के नियम का तुमने अभी तक पालन किया है। बताओ, किस दिन फोन पर किसी सूचना देने की जरूरत अनुभव हुई? फिर आज ही ऐसा क्या घट गया, जिससे तुम्हें लौटने में इतना समय लगा?'

'पापा, आपको मेरे रिजल्ट से संतोष नहीं है और ट्यूशन पढ़ाने या कोचिंग के लिए भेजने में भी एतराज है। पर अपनी औकात मैं अच्छी तरह जानता हूँ। बगैर कहीं से मदद मिले न तो इंटर में अच्छा रिजल्ट दिखा सकूँगा और न किसी प्रतियोगी परीक्षा में सफल होऊँगा। इसलिए आज अपने कुछ दोस्तों के साथ शहर के बाहर एक नए खुले कोचिंग सेंटर में

बात करने गया था। विद्यार्थियों को आकर्षित करने के लिए उन्होंने बहुत कम फीस रखी है। सिर्फ बारह हजार लेकर सितंबर से फरवरी माह तक पढ़ाएँगे। एकमुश्त रकम न देने पर दो हजार रुपया महीना देने से भी काम चलेगा। ज्यादा सोचने की जरूरन न थी, मैं नाम लिखा आया हूँ।' बहुत धैर्य से कुशाग्र बोलता चला गया।

'इतनी दूर कोचिंग सेंटर है। आने-जाने का क्या इंतजाम रहेगा?' पापा ने चिढ़कर पूछा।

'मेरे दो दोस्तों के पास मोटर साइकिल है। वे यहाँ से ज्यादा दूर रहते भी नहीं हैं। उन्हीं दो वाहनों पर हम चार लड़के रोज आया-जाया करेंगे।'

पापा कुछ कहते, इससे पहले ही मम्मी बोल पड़ीं, 'ठीक ही तो कहता है यह। सिर्फ छह महीने कोचिंग कराने में हमें एतराज न होना चाहिए।'

'मैंने भी तो बैंक की प्रतियोगी परीक्षा में सफलता पाई है। मेरे पिता ने क्या कभी ट्यूशन पढ़वाई थी?'

'वह जमाना दूसरा था। आज प्रतिद्वंद्विता बहुत तगड़ी हो गई है। फिर, खुद पढ़कर आपने कौन-सा तीर मार लिया? इसी बैंक में लोगों की सीधे अधिकारी पद पर नियुक्ति होती है और आप आज तक…'

मम्मी के शब्द सीधे पापा के मर्म पर चोट थे।

उनके क्लर्क पद पर सीधा आक्षेप थे।

कुछ कड़ा जवाब वह भी दे सकते थे, पर चुप रहे। बगैर कुछ बोले वहाँ से हट गए।

कुशाग्र ने चैन की सांस ली।

माता-पिता के बीच की कहा-सुनी उसे एक क्रूर-सा सुख दे गई। जो माता-पिता अपनी संतान को पैसे-पैसे के लिए तरसाते हों, उनके सामने सच तो आना ही चाहिए। एक तूफान आते-आते टल गया, यही क्या कम था? उसने मन-ही-मन अपनी पीठ ठोंकी—शाबास बेटे! हो अक्लमंद। तबियत से मटरगश्ती की और माँ-बाप को भी धमकाया। बस, अब तुम्हारे ठाठ ही ठाठ हैं। कंजूस पिता से दो हजार रुपया महीना वसूलोगे और घूमने-फिरने के लिए मनचाहा समय अलग पाओगे।

उस दिन पढ़ाई में उसका मन न लगा। रह-रहकर जूनियर का चेहरा आँखों के सामने आ रहा था। कितने भाव चमक रहे थे उस छोटे लड़के के चेहरे पर! निरीहता, भय, आतंक और कुछ-कुछ घृणा के भी। अपने सीनियर्स का यह लुटेरा आचरण और धमकियाँ खुशी से थोड़े ही पचा पा रहा था वह बच्चा। आखिर है ही कितना बड़ा? छठे में पढ़ता है, मुश्किल से दस-ग्यारह साल का होगा। लेकिन इंटरवल में सिर्फ दो हजार रुपयों के नाम पर कितना अकड़ने लगा था। इसीलिए चारों दोस्तों का एक साथ जाकर उसे धमकाना जरूरी था। अब इस बारे में किसी के सामने मुँह खोलने की हिम्मत न करेगा। न घर में, न विद्यालय में।

कुछ भी कहो, जूनियर के पैसों ने आज के दिन को जश्न के दिन में जरूर बदल दिया। 'अभिनव पिकनिक स्पॉट' की वह मौज-मस्ती क्या भुलाई जा सकेगी? आम आदमी की तो वहाँ तक पहुँचने की हिम्मत ही नहीं पड़ती है। सिर्फ मोटी कमाई करने वाले व्यवसायी, अफसर और नेतागण अपने बाल-बच्चों को लेकर वहाँ पहुँचते हैं। चौगुनी कीमत में पानी की बोतल तक खुशी-खुशी खरीद लेते हैं। वहाँ का जादुई सम्मोहन महीनों पुकारता रहेगा, 'दुबारा आओ और मजा लूटो!'

पर यह संभव थोड़े ही है।

थोड़ी देर में छोटी बहन प्रज्ञा आकर उसे मेज पर खाना लग जाने की सूचना दे गयी। भूख न होने पर भी कुशाग्र को उठना पड़ा। माँ की रसोई की रूखी-सूखी दाल-रोटी के नाम से ही उसे चिढ़ जरूर हो रही थी, पर खाने के लिए पहुँचना मजबूरी थी। दोपहर में कॉलेज कैंटीन में जमकर माल उड़ाए हैं, यह बात किसी से कैसे कह सकता था? दोस्तों के साथ पिकनिक स्पॉट पर एक बार फिर पिज्जा-बर्गर और कोल्ड ड्रिंक को महँगे दामों पर खरीदा गया था। पेट तो आखिर पेट है, अब उसमें और भोजन ठूँसने की गुंजाइश न थी। फिर भी खाने की मेज पर पहुँचकर और एक रोटी को टूँगते हुए सबके साथ बैठने-खाने की रस्म-अदायगी करनी जरूरी थी।

कोई और तो नहीं समझा, पर पास वाली कुरसी पर बैठी, पंद्रह साल की चंट-चालाक प्रज्ञा फौरन ताड़ गई। बड़े भाई की तरफ झुकते

हुए फुसफुसाई, 'भैया, कोचिंग सेंटर पर ढाई घंटे पढ़ाई के साथ-साथ दावत का भी इंतजाम था क्या? तभी घर की रोटी गले के भीतर नहीं धँस रही है।'

सिर्फ घूरती आँखों से बहन को देखकर चुप रह गया वह।

शैतान प्रज्ञा भला उसकी घुड़कियों से डरने वाली थी? हँसी को रोकने के लिए मुँह पर हथेली रखकर दुबारा फुसफुसाई थी, 'मुझे तो बता ही दो। किसी से कहूँगी थोड़े ही।'

उसने अपना मुँह दूसरी तरफ घुमा लिया था।

खैर, वह मौज-मस्ती का पहला दिन था। दिमाग पर उसका असर हावी रहना स्वाभाविक था। पर अगले दिन भी बारहवीं कक्षा के छात्र, श्रीमान कुशाग्र गुप्ता की गाड़ी पटरी पर न आई।

इंटरवल में लंच बॉक्स खोलते ही उसका चेहरा बुझ गया, फिर वही दो परांठे और आम के अचार की एक फाँक। इन ठंडे-बेस्वाद परांठों से क्या कोई खाने-पीने का शौकीन लड़का अपना पेट भर सकता है?

छोटे-छोटे कौर तोड़कर मुँह में धरने के बावजूद सिर्फ एक परांठा खत्म हो सका। दूसरे को जस का तस रखा छोड़कर कुशाग्र ने टिफिन बंद कर दिया। बार-बार जी चाह रहा था, कैंटीन तक चलकर देखना चाहिए कि क्या आज भी जूनियर पर्स में रुपए भरकर लाया है और चटपटे व्यंजनों का लुत्फ उठा रहा है? पर खुद को बरजोरी रोक लिया उसने। न, कल पूरे चवालीस हजार का लंबा हाथ मारा है। दोपहर में दावत अलग से वसूली है। छोटे बच्चे को पहले इतना बड़ा नुकसान हजम कर लेने दो, इसके बाद ही उससे कुछ और वसूलने की बात सोची जाएगी। ज्यादा लालच दिखाने से उस लड़के ने किसी के सामने मुँह खोल दिया, तो व्यर्थ ही लेने के देने पड़ जाएँगे।

पूरा आगा-पीछा सोचकर सीनियर कुशाग्र ने जूनियर कुशाग्र को सप्रयास अपने दिमाग से निकाल दिया।

इसके बाद तीन दिन और निकल गए। एक-दो बार मनचले साथियों ने उसे घेरा, 'चलते हो सिक्स्थ बी में?'

वह बिगड़ गया, 'मरवाओगे मुझे, ? उस दिन जो मोटी रकम वसूली

है हमने, उसके बाद लंबी चुप्पी जरूरी है। छोटे लड़के को सहज होने का समय दो। और वैसे भी, वह मेरा शिकार है। उसे जब-तब घेरने का सिर्फ मुझे हक है। एक दिन हाँका करने के लिए तुम लोगों को साथ क्या ले गया, तुम भी हिस्सेदार बन गए?…भैया, ऐसी चौथ वसूली के लिए इस कॉलेज में मोटे मुरगो की कमी थोड़े ही है। इधर-उधर आँख खोलकर देखो। हाथ-पाँव मारो।'

दोस्तों ने मुँह बिचकाया और खिसक लिए। वे भी जानते थे कि चवालीस हजार की भारी-भरकम रकम हड़प लेने के बाद कुछ दिन उस बच्चे से दूर रहना जरूरी है।

पर शायद चारों दोस्तों को इस नये खेल में इतना आनंद आया था कि इसे बार-बार खेलने का लोभ-संवरण नहीं कर पा रहे थे। इंटरवल होते ही कैंटीन की तरफ खिसक लेते। छोटी कक्षा के किसी भी बच्चे को घेरकर फुसलाते, 'भैया लोगों को आइसक्रीम नहीं खिलाओगे?'

अपने ही कॉलेज के सीनियर्स के साथ मुँह लगने की प्रायः छोटे बच्चों में हिम्मत नहीं होती थी।

बच्चा एकबारगी सहम जाता।

पास में ज्यादा रुपए न होने पर दयनीय मुद्रा में कहता, 'मेरे पास सिर्फ पचास का नोट है। आप चारों को आइसक्रीम कैसे खिला सकूँगा?'

'कोई बात नहीं।' कहकर चारों उसके पास से हट जाते। दूसरे शिकार की उम्मीद में इधर-उधर निगाह दौड़ाते।

यहाँ पढ़ने वाले ज्यादातर बच्चे अमीर घरानों के थे। ऐसे प्रस्ताव पर खुशी से हामी भर देते, 'जरूर खिलाएँगे।…कौन सा फ्लेवर पसंद है आपको?'

चारों दोस्त यह ध्यान रखते थे कि एक ही बच्चे को लगातर दूसरी बार न घेरा जाए। चूंकि रोज नए चेहरों की भरमार रहती, इसलिए यह काम कोई मुश्किल न था।

हैरत की बात थी कि सिक्स्थ बी का कुशाग्र कैंटीन में एक दिन भी नजर नहीं आया। शायद वह छोटा बच्चा अपने सीनियर्स से इतना डर गया था कि घर से ही लंच बॉक्स लाने लगा था। यह भी संभव था कि

वह भीड़ में कहीं रहता हो और दिखाई न दिया हो।

कुछ भी हो, सीनियर्स को अपने जूनियर से सम्मानजनक व्यवहार मिलना इस विद्यालय की तहजीब का एक हिस्सा था। छोटी कक्षा के छात्रों के आचरण तक में एक संभ्रांत किस्म की शालीनता देखी जा सकती थी। चलने-फिरने में। बोलने-चालने में। खाने-पीने में। 'थैंक्स', 'सॉरी', 'वेलकम' जैसे शब्द उनके हर अंग्रेजी वाक्य में रहने लाजिमी थे। बस्ते का बोझ और अनुशासन का भार के दो पाटों में दबे छोटी कक्षाओं के बच्चे सचमुच कभी-कभी बड़े निरीह नजर आते थे।

पर कुशाग्र और उसके दोस्तों को इस बात से भला क्या लेना-देना था? उनके लिए तो ये बच्चे जब तब आइसक्रीम और कोल्डड्रिंक थमाने वाले, चॉकलेट खिलाने वाले और चिप्स-कुरकुरे के पैकेट में साझीदार बनाने वाले ऐसे कठपुतले थे, जो उनके इशारों पर नाचकर उनकी स्वाद-पिपासा को संतुष्ट करते थे। एक गैंग बनाकर चारों दोस्त जब कैंटीन में धावा मारते थे तो उनके सामने पड़ने वाले बच्चे की सिट्टी-पिट्टी गुम हो जाती थी।

चारों दोस्त कभी-कभी आपस में बात करते, 'यह अक्ल हमें इससे पहले क्यों नहीं आई? यह काम तो हम लोग नवीं-दसवीं कक्षा से ही शुरू कर सकते थे। अपनी बेवकूफी की वजह से वह सुनहरा समय निकाल दिया। अब यहाँ हमारा आखिरी साल है। मार्च माह में इंटर की परीक्षा देते ही विदा की घड़ी आ जायेगी और हमारी चार दिन की चाँदनी रातें यहीं पर छूट जाएँगी।'

□

जैसे-तैसे पंद्रह दिन बीत गए। इससे ज्यादा धैर्य बनाए रखना बड़े कुशाग्र के लिए संभव न था। तीसरे सप्ताह वह जूनियर की कक्षा में पहुँच गया। उसे देखकर छोटे कुशाग्र की वह हालत हुई, जो बिल्ली को सामने देखकर चूहे की होती है।

बेचारे बच्चे ने पिछले दो सप्ताह का समय भयभीत होकर ही तो बिताया था। मोबाइल खरीदने के लिए उससे इंटरनेट पर पापा से ऑर्डर

कराया। कैंटीन के स्वादिष्ट व्यंजनों के बजाय घर के लंच बॉक्स से संतुष्ट हो जाना सीख लिया। और तो और, पर्स तक ले जाने के नाम से बिदक गया, 'जरूरत क्या है इसकी? जब खाना साथ रहेगा, तो पैसों की कोई जरूरत नहीं पड़ेगी।'

'आखिर बात क्या है?' मम्मी ने चौंककर पूछा तो उसने मासूम कंठ से कहा था, 'अगर कहीं फिर गिर गए, तो?'

'रोज-रोज ऐसा थोड़े ही होता है।' मम्मी हँस पड़ी थीं, 'इस तरह डरने लगोगे, तो तुम्हारा आत्मविश्वास खत्म हो जाएगा।'

माँ के बार-बार कहने के बावजूद छोटा कुशाग्र सिर्फ सौ-सौ के दो नोट लाने के लिए ही तैयार हुआ था।

'हजार-दो हजार और रख लो।' मम्मी ने प्यार से समझाया था, 'अचानक जरूरत पड़ गई तो क्या किसी के सामने हाथ फैलाओगे?'

'जरूरत नहीं पड़ेगी।' पूरे भरोसे से इंकार कर दिया था उसने।

वे दो सौ रुपए भी कहाँ खर्च हुए थे? उस दिन से आज तक ज्यों के त्यों पर्स में रखे थे। पर आज एक बार फिर बहुत बड़ी मुसीबत सशरीर सामने खड़ी थी।

बड़े कुशाग्र ने पहुँचते ही हथेली फैला दी, 'जो कुछ तुम्हारे पास है, चुपचाप निकालकर दे दो।'

'भैया!' जूनियर के कंठ से दबी-घुटी आवाज निकली। उसके गोल-मटोल गोरे चेहरे पर उदासी की छांह घिर आई। आँखों में दहशत दौड़ गई।

'भैया के बच्चे, पर्स निकाल!' बड़े कुशाग्र ने धमकाया।

अत्यंत डरी हुई, कातर दृष्टि से जूनियर ने अपने आस-पास निगाह दौड़ाई। उसे अपनी लेट लतीफी पर गुस्सा आया, इतना सुस्त क्यों है वह, कि क्लास से बाहर निकलने में हमेशा पिछड़ जाता है?

पर यह मलाल अब व्यर्थ था।

कक्षा खाली थी और एक यमदूत प्राण लेने के लिए उसके सिर पर सवार था।

विवश होकर जूनियर ने अपना पर्स आगे बढ़ा दिया। सौ-सौ के

सिर्फ दो नोट देखकर बड़े कुशाग्र ने मुँह बिचकाया, 'दो सौ रुपल्ली? घर में कंगाली छा गई है क्या?'

जूनियर चुप रहा।

'मेरे छीन लेने के डर से इतने कम रुपए लेकर घर से चला था?'

जूनियर अब भी सिर झुकाए खड़ा रहा।

'देख, मेरी-तेरी यारी अब पक्की हो चुकी है। हम दोनों का नाम एक है, पर हैसियत एक-सी नहीं है। यह ईश्वर का बहुत बड़ा अन्याय है न?'

जूनियर ने इस बार निगाह उठाकर देखा। क्या बोले, कुछ समझ नहीं सका।

'तूने जहाजी सिंदबाद की कहानी पढ़ी है?' बड़े कुशाग्र ने बहुत धीरज से पूछा।

जूनियर बिटर-बिटर ताकता रहा।

बड़े कुशाग्र का धैर्य चुक गया। जोर से चीखा, 'बोलता क्यों नहीं, कहानी पढ़ी है?'

'जी, पढ़ी है।'

'कहानी की शुरुआत कैसे हुई है, मैं तुम्हारे मुँह से सुनना चाहता हूँ।' बड़ा कुशाग्र कठोर स्वर में बोला।

क्षणिक चुप्पी के बाद जूनियर ने बोलना शुरू किया, 'एक दिन कड़ी दोपहरी में एक गरीब आदमी एक भव्य भवन के सामने झूमते पेड़ के नीचे बैठा था। अचानक उसके मुँह से निकला, हे भगवान! यह तुम्हारा कैसा न्याय है! इस महल के मालिक का नाम सिंदबाद है और मेरा भी नाम सिंदबाद है। पर हम दोनों की तकदीर कितनी अलग है। यह राजा है और मैं भिखारी। तेरे दरबार में ऐसा अंधेर क्यों?'

'सही कहते हो।' बड़े कुशाग्र ने खुश होकर सिर हिलाया, 'आगे की कहानी अब मुझसे सुनो। उस अमीर सिंदबाद ने गरीब सिंदबाद की बातें सुन ली थीं। उसने उसे अपने महल में बुलाया, खिलाया-पिलाया। और फिर अपनी सात यात्राओं की वे रोमांचक कहानियाँ सुनाईं, जिनकी वजह से वह इतना मालदार बना।'

'जी हाँ।' जूनियर ने सिर हिलाकर स्वीकारा।

'तो बेटा, यही बात मैं कहता हूँ।' बड़ा कुशाग्र दुष्टता से हँसा, 'तेरा-मेरा एक ही नाम है, पर तकदीर अलग है। अमीर सिंदबाद ने गरीब सिंदबाद को अपनी रोमांचक समुद्री यात्राओं की कहानी एक दिन में नहीं सुनाई थी। लगातार सात दिन उसकी खातिरदारी की थी और हर दिन एक कहानी आगे बढ़ी थी। इसलिए तुम भी एक दिन दावत देकर नहीं बच सकते। तुम्हें रोज मेरी दावत करनी पड़ेगी।'

'रोज?' जूनियर घबरा गया।

'डरता क्यों है?' बड़ा कुशाग्र हँसा, 'सितंबर का आधा महीना बीत ही चुका है। सिर्फ छह महीने तुझे मेरी दिल लगाकर खातिरदारी करनी है।'

'लगातार छह महीने?' जूनियर का चेहरा उतर गया।

'इसमें मुश्किल क्या है?' बड़ा कुशाग्र झुंझला उठा, 'तेरे घर रुपयों की नदी बहती है। एक अंजुरी पानी रोज मेरे लिए भी निकालता रहेगा, तो कौन-सा घाटा आ जाएगा?'

जूनियर चुप रहा।

'जल्दी बोल। 'हाँ' कहता है या 'न?' बड़े कुशाग्र ने मुक्का दिखाया।

जूनियर का चेहरा उतर गया। बोला, 'ठीक है।'

'रोज-रोज तेरे साथ कैंटीन जाना मुझे पसंद नहीं। नियम से हजार रुपए रोज पकड़ा दिया कर और हँसी-खुशी से अपनी पढ़ाई कर।'

'रोज हजार रुपए मैं कहाँ से लाऊँगा?' जूनियर रो पड़ा।

'मरा क्यों जाता है?' बड़े कुशाग्र ने उसे डाँटा, 'हजार नहीं, तो पाँच सौ रुपए सही। पर इससे कम में काम नहीं चलेगा। पाँच सौ का एक नोट कभी मम्मी के पर्स से निकाल लेना, कभी पापा की शर्ट की जेब से ले लेना। वहाँ न मिले तो चुपके से उनकी अलमारी या सेफ से निकाल सकते हो। रामचंदानी ज्वैलर्स के घर दौलत की कोई कमी नहीं है। सोने की गिन्नियाँ और विदेशी मुद्रा भी मौजूद होगी। पर वह सब तो मैं नहीं माँग रहा हूँ न! सिर्फ पाँच सौ के एक नोट को लाने के लिए कह रहा हूँ।'

'नियम से पाँच सौ मैं नहीं ला सकूँगा।' जूनियर सोचते हुए बोला, 'कभी सौ, कभी दो सौ से भी आपको काम चलाना पड़ेगा।'

'तेरी चालाकी मैं खूब समझ रहा हूँ। रोज सौ के एक नोट में मुझे टरकाना चाहता है।' बड़ा कुशाग्र उसकी पीठ पर एक जोरदार धौल जमाते हुए चीखा।

जूनियर बिलबिला गया।

बड़ी कातर निगाहों से उसने बड़े कुशाग्र की तरफ देखा, पर वहाँ दया की भीख मिलने की कोई उम्मीद न दिखाई दी। बड़े कुशाग्र की आँखों में केवल लोभ था। चौथ वसूली का लोभ। दबंगई दिखाकर एक छोटे लड़के से मोटी कमाई करने का लोभ। उस कमाई के द्वारा अपने अनाप-शनाप खर्चे पूरे करने का लोभ। अपने सहपाठियों के सामने शनिवार को महँगे कपड़ों और शानदार जूतों में आकर झूठी शान दिखाने का वह सपना कितना नि:सार है, इसे शायद उस वक्त बड़ा कुशाग्र समझ नहीं पा रहा था।

अंततः जूनियर बुदबुदाया, 'ठीक है, मैं पाँच सौ रुपए रोज लाने की कोशिश करूँगा। लेकिन यदि किसी दिन न ला सकूँ तो मारिएगा मत।'

'नहीं पीटूँगा।' बड़े कुशाग्र ने उदारतापूर्वक कहा और जूनियर की कक्षा से बाहर निकल गया।

जूनियर के दिमाग में रोज पाँच सौ रुपए चुराने का तनाव था। आखिर कितने दिनों तक उसकी चोरी छिपी रहेगी? किसी दिन मम्मी-पापा ने उसे पर्स या अलमारी से रुपया निकालते देख लिया, तो क्या सोचेंगे? यही न, इस लड़के की हर माँग जब मुँह से निकालते ही पूरी कर दी जाती है, तो इसे चोरी करने की जरूरत क्यों पड़ी? इस बारे में जानना चाहेंगे वे लोग। पर वह तो मुँह खोलकर कुछ बताने की स्थिति में है ही नहीं। बड़े कुशाग्र ने उसे इस जुर्म की जो सजा बता रखी है, वह बड़ी भयानक है। इसलिए चाहे जैसे भी हो, उसे यह काम अत्यंत सावधानी के साथ रोज करना ही पड़ेगा।

उसे लगा, यह अच्छी बात है कि पॉकेट मनी के नाम पर महीने में एक बार बँधी हुई रकम नहीं मिलती। रोज स्कूल के लिए निकलते समय वह जेब खर्च की माँग करता है और मम्मी का हमेशा एक ही जवाब होता है, 'मेरे पर्स से निकाल लो।'

चूंकि मम्मी उसका भरोसा करती है, इसलिए उसने कितना पैसा निकाला, यह पूछने या बताने की जरूरत नहीं पड़ती। इस सुविधा का लाभ उठाएगा वह। रोज पाँच सौ रुपए घर से लाकर यहाँ चुपचाप दे दिया करेगा।

एक निर्णय पर पहुँचकर छोटे कुशाग्र का मन हलका हो गया। सचमुच उसके घर में पैसों की कोई कमी नहीं है। यदि कमी है, तो समय की। पापा के पास व्यवसायिक व्यस्तताएँ हैं, तो मम्मी के पास समाज-सेवा से जुड़े कामों की लंबी सूची है। ऐसे में अपने बेटे के प्रति अपना अछोर दुलार दिखाने का उन दोनों को एक ही तरीका पता है, पैसे खर्च करके इसे खुश रखो। तभी तो मुँह से किसी वस्तु का नाम निकलते ही वह वस्तु उसके लिए हाजिर हो जाती है। भले ही कितनी कीमती वस्तु हो, माता-पिता मूल्य की कभी चिंता नहीं करते। महँगा मोबाइल, नया लैपटॉप, टेबलेट, कंप्यूटर वगैरह जो भी उसने माँगा, फौरन मिला। भले ही अभी वह सिर्फ साढ़े दस साल का है, पर उसकी अलमारी में नए-से-नए फैशन के कपड़ों की भरमार है। ऐसे में यदि वह रोज पाँच सौ रुपए घर से लाकर इस 'दादा' को देता रहेगा, तो कौन जान सकेगा?···कोई नहीं।

□

इसके बाद छोटा कुशाग्र रोज अपने घर से रुपए लाने लगा और बड़े कुशाग्र का 'चौथ वसूली' का धंधा बड़े ठाठ से चल पड़ा। पर पाँच सौ का एक नोट होता ही कितना था? किसी दिन कैंटीन में अपने दोस्तों के साथ खाने-पीने में खर्च हो जाता। किसी दिन बाजार जाकर कोई कीमती पैन पसंद आने पर ही कम पड़ जाता। दो हजार के पैन को खरीदने के लिए पूरे चार दिन पैसे जोड़ने पड़ जाते थे। ओस के चाटे कभी प्यास बुझती है! ढेर सारी इच्छाओं को पूरा करने के लिए ढेर रुपयों की जरूरत थी। पाँच सौ के एक नोट के मिलने से बड़े कुशाग्र में और ज्यादा धन-लिप्सा जग गई थी।

उसे लगने लगा, इतने रुपए एक साथ मिल जाएँ कि वह भी शनिवार को अमीर बच्चों की तरह महँगे वस्त्रों में विद्यालय आए। उसके पांव में

भी कीमती जूते रहें। उसकी देह से भी कीमती परफ्यूम महके। उसके बालों में भी सुवासित तेल गमके। बस, असंतोष बढ़ता गया और नवंबर का महीना बीतते-न-बीतते उसने एक बार फिर सोने का अंडा देने वाली मुरगी से मोटी कमाई करने का मन बना लिया।

नवंबर के अंतिम सप्ताह में उसने छोटे कुशाग्र को धमकाया, 'रामचंदानी ज्वैलर्स की शहर में इतनी धाक है और तुम सिर्फ पाँच सौ का एक नोट मेरे हाथ में थमा देते हो। इससे काम नहीं चलेगा। सोमवार को तुम्हें मेरे लिए पूरे बारह हजार लाने होंगे।'

'एक साथ इतने रुपए मैं कैसे ला सकूँगा?' छोटा कुशाग्र सहमकर बोला।

'जैसे अभी तक ला रहे हो। पंद्रह सितंबर से अब तक, यानी दो महीने से ज्यादा समय में तुम पैसे कहाँ से लाते रहे हो?'

'मम्मी के पर्स से।' छोटे कुशाग्र ने हिचकते हुए बताया।

'तो मम्मी के पर्स से ही बारह हजार भी निकाल लेना।'

'नहीं भैया, यह संभव नहीं है। मम्मी जान जाएँगी। वह तो रोज सुबह स्कूल आते वक्त मैं उनसे पॉकेट मनी माँगता हूँ, तो वह पर्स से निकाल लेने के लिए कह देती हैं। उन्हें मुझ पर भरोसा है। सोचती हैं, सौ-पचास रुपए निकालता होऊँगा। यदि जान जाएँ कि आपको देने के लिए रोज पाँच सौ रुपए निकाल लेता हूँ, तो फिर कभी अपने पर्स को हाथ तक नहीं लगाने देंगी। जब से आपके लिए रुपए लाने लगा हूँ, मैंने अपने लिए एक रुपया भी नहीं निकाला है।'

'हूँ।' बड़े कुशाग्र ने एक गहरी सांस भरी।

दो पल सोचने के बाद लापरवाही से बोला, 'मुझे बोर मत कर, जूनियर। मम्मी के पर्स से न सही, पापा की जेब से, अलमारी से, सेफ से, यानी कहीं से भी तुझे पूरे बारह हजार रुपए लाने ही लाने हैं। यह मेरा आदेश है, सुना?'

'पापा अपनी अलमारी लॉक्ड रखते हैं। मैं खोलूँगा कैसे?' जूनियर बुदबुदाया।

'अजीब उल्लू के चरखे हो।' बड़ा कुशाग्र खीझ गया, 'अलमारी

में ताला रहता है, तो क्या उसकी चाभी आसमान पर रहती है, जहाँ तुम पहुँच नहीं सकते?'

जूनियर नीची निगाह किए खड़ा रहा।

'देखो, ध्यान से मेरी बात सुनो।' बड़े कुशाग्र ने धैर्य से समझाया, 'कल इतवार है। तुम्हारी छुट्टी रहेगी, जबकि 'रामचंदानी ज्वैलर्स' कल खुलेगा और तुम्हारे पापा दिन भर वहाँ रहेंगे। मुझे मालूम है कि कंचन मार्केट की बाजार बंदी का दिन सोमवार है। तुम्हें चाभी आसानी से मिल जाएगी और रुपए निकालने में कोई दिक्कत न आएगी।'

जूनियर गुमसुम खड़ा रहा।

उसके चेहरे पर कई रंग आए और गए।

उसे लगा, लगभग पौने तीन महीने से वह इस राक्षस का पेट भर रहा है, पर इसकी भूख तो लगातार बढ़ती जा रही है। इस तरह काम कैसे चलेगा? यदि पाँच सौ रुपए लेकर यह उसकी जान बख्शे रहता, तो वह पंद्रह मार्च तक का समय और निकाल देता। कुल छह महीने की बात थी। फिर इसकी परीक्षाएँ शुरू हो जातीं और उसकी जान बच जाती। पर इसने तो यह बारह हजार का नया पहाड़ा शुरू कर दिया है। सचमुच यह बहुत गलत बात है।

यदि वह इतने रुपए लाने से मना कर दे, तो क्या सचमुच···

सोचते-सोचते सिहर उठा जूनियर।

कितनी भयानक हैं वे धमकियाँ, जो इसने दे रखी हैं। उनके बारे में सोचकर ही रोंगटे खड़े हो जाते हैं।

जूनियर को खामोश देखकर बड़े कुशाग्र ने झुंझलाकर पूछा, 'क्या सोचने लगे, जूनियर? परसों बारह हजार ला रहे हो न?'

छोटे बच्चे के मेमने जैसे कलेजे में पता नहीं कैसे अचानक कोई बबर शेर दहाड़ उठा और वह सीना तानकर बोला, 'भैया, सॉरी! आपको अपने इम्तहान तक पाँच सौ रुपए रोज से ही काम चलाना पड़ेगा। बारह हजार रुपए मैं अपने घर से नहीं ला सकूँगा।'

'क्या कहा?' बड़े कुशाग्र का चेहरा गुस्से से तमतमा उठा। बौखलाकर जूनियर पर टूट पड़ा और लात-घूंसों से उसकी हड्डी-पसली एक कर

दी। कुछ पल बाद माथे का पसीना पोंछते हुए अलग हटा। चारों तरफ देखकर आश्वस्त होना चाहा कि उसकी दादागिरी किसी ने देखी तो नहीं है। इसके बाद उसने जूनियर पर तौलती हुई निगाह डाली, जो आँसुओं को रोकने की कोशिश में अपनी पूरी ताकत लगाये दे रहा था।

'क्या इरादा है, बोल?' बड़े कुशाग्र ने जलती निगाहों से उसे देखते हुए पूछा।

'रुपए ले आऊँगा।' जूनियर मिनमिनाया।

'कितने?'

'बारह हजार।'

'ठीक है,' कहकर बड़ा कुशाग्र उसकी खाली कक्षा से बाहर निकल गया। कुछ क्षण बाद जूनियर भी अपना स्कूल बैग लिए हुए क्लास रूम से निकल आया। वह परेशान था कि यदि ड्राइवर अंकल ने उसके चेहरे पर पिटाई के निशान देख लिए और कुछ पूछा तो वह क्या जवाब देगा? सच बता नहीं सकेगा और झूठ बोलने के लिए क्या बहाना गढ़ेगा? गनीमत थी, जब वह सड़क पर पहुँचा, ड्राइवर अंकल किसी अन्य ड्राइवर से गाड़ी हटाने और रास्ता खाली करने के लिए उलझ रहे थे। इस संयोग का फायदा उठाकर वह जल्दी से गाड़ी का पिछला दरवाजा खोलकर भीतर बैठ गया।

अब उसे ड्राइवर अंकल की नहीं, घर पहुँचने पर मम्मी के सवालों की चिंता थी।

लेकिन शायद उसकी किस्मत अच्छी थी, जो मम्मी किसी महिला संघ की मीटिंग में गई हुई थीं। और चूंकि वह दबे पाँव घर में घुसा था, इसलिए आया आंटी भी उसका भीतर घुसना नहीं जान सकी थी। वह महिला इस वक्त मम्मी की ड्रेसिंग टेबिल के सामने खड़ी होकर किसी नई लिपस्टिक को अपने होठों पर पोतने में व्यस्त थी। उसके खूबसूरत शेड पर इतनी मुग्ध हो रही थी कि उधर से निगाह हटाए बिना बोल पड़ी, 'कुशाग्र, खाना लगा दूँ?'

'पंद्रह मिनट बाद।' वह बोला और बस्ता रखकर, अलमारी से दूसरे कपड़े निकालकर वॉशरूम में घुस गया। गुनगुने पानी के छपाके माकर अपना बिगड़ा हुलिया सँभालने की यथासंभव कोशिश की। जानता था,

पापा–मम्मी के घर लौटने तक अँधेरा हो जाएगा। तब तक ये निशान काफी कुछ हलके पड़ जाएँगे। फिर भी यदि मम्मी ने पूछ ही लिया, तो किसी सहपाठी से झगड़ा हो जाने का बहाना बना देगा।

मम्मीजी किसी से झगड़ा न करने की नसीहत देंगी, तो वह चुपचाप सुन लेगा। यह समस्या तो निपट जाएगी, पर बारह हजार रुपए पापा की अलमारी से कैसे निकालेगा वह।

सचमुच विषम समस्या थी। पर सोचने में जितनी गंभीर लगी थी, हकीकत में उतनी ही आसानी से सुलझ गई। इतवार को सुबह ग्यारह बजे पापा रोज की तरह नाश्ता करके कंचन मार्केट निकल गए। मम्मी को शाम के समय किसी सहेली के यहाँ पार्टी में जाना था, इसलिए वह अपनी साज–सज्जा के लिए ब्यूटी पार्लर चली गईं। नौकर–चाकर अपने–अपने काम में व्यस्त थे। कुक महाशय रसोईघर में रविवार का स्पेशल लंच तैयार करने में जुटे थे। कामचोर और फैशनेबिल आया आंटी मम्मी की ड्रेसिंग टेबिल के सामने खड़ी होकर अपने बालों पर कोई नया हेयर स्टाइल अजमाने में जुटी थीं।

और···और बस सही मौका पाकर छोटा कुशाग्र पापा के कमरे में घुस गया। आश्चर्यजनक रूप से काम मिनटों में पूरा हो गया। अलमारी की चाभी पापा की मेज की दराज में रखी थी, तत्काल मिल गई। खोलते ही सामने रखी नोटों की गड्डियाँ नजर आईं। उनमें से हजार–हजार रुपए के पूरे बारह नोट निकालकर उसने अलमारी बंद कर दी। चाभी यथास्थान रखकर वह नोटों सहित अपने कमरे में चला आया। बाहर निकलकर पापा के कमरे को लॉक करना नहीं भूला।

यह कमरा हमेशा तालाबंद रहता है और इसकी चाभी घर के तीन सदस्यों के अलावा किसी को मालूम नहीं है। कमरे की सफाई भी मम्मी अपने सामने कराती हैं और खुद पूरा वक्त वहीं खड़ी रहती हैं। वहाँ ताला बंद करके वह इतमीनान से अपने कमरे की तरफ बढ़ गया। जानता था, उसे वहाँ जाते और निकलते किसी ने नहीं देखा है।

लेकिन सच में निश्चिंत और मस्त कहाँ हो पाया था वह? मन में एक भार–सा लद गया था। उसने चोरी की है, यह अहसास ही बड़ा

तकलीफ देह था। इससे पहले करीब ढाई महीने से वह रोज मम्मी के पर्स से पाँच सौ रुपए निकाल रहा था, पर पता नहीं क्यों कभी मन में चोरी करने जैसी ग्लानि नहीं जागी थी।

मम्मी का पर्स उसे हमेशा अपनी चीज लगता है। जैसे उसका स्कूल बैग, उसकी अलमारी, उसका अन्य सामान, वैसे ही मम्मी का पर्स! अपनी चीज को हाथ लगाते अगर कभी हिचकता नहीं है वह, तो मम्मी के पर्स को हाथ लगाते हुए क्यों डरे? अक्सर उत्सुकता से वह भानुमती के पिटारे जैसे उस पर्स में रखे सामान को देखता भी है—रुमाल, मोबाइल, लिपस्टिक, पैन, डायरी और मुड़े-तुड़े हुए ढेर सारे नोट। पता नहीं मम्मी इतनी व्यस्त हैं या लापरवाह, पर अपने नोटों तक का हिसाब नहीं रखतीं। यह बात अलग है कि वह बाहर से आकर अपना पर्स कभी भी जहाँ-तहाँ नहीं पटकती हैं। बाहर से आकर सीधे अपने कमरे में जाकर अलमारी में रखती हैं। वहाँ की सफाई भी वह पापा के कमरे की तरह सामने खड़े होकर ही कराती हैं। साफ कहती है, 'जगह-जगह मेरे कंगन-टॉप्स पड़े रहते हैं। उन सबकी हिफाजत करने से बेहतर है कि कमरे में किसी को घुसने ही नहीं दिया जाए।'

जाहिर है, पापा-मम्मी के कमरे के द्वार पर घर के नौकर-चाकरों के लिए 'प्रवेश निषेध' की तख्ती लगी हुई है, पर वह उस भीड़ का हिस्सा थोड़े ही है। वह तो उनका राजकुमार है। उनका लाड़ला बेटा है। घर के किसी हिस्से में उसके आने-जाने पर कोई पाबंदी नहीं है।

इसी छूट का आज अनुचित फायदा उठाया है उसने। पापा की अलमारी से बारह हजार रुपए निकाले हैं। जानता है, पापा को इन पैसों के चोरी चले जाने की कभी खबर नहीं होगी। यदि महसूस भी करेंगे कि रुपए कुछ कम हैं तो यही सोचेंगे कि उन्होंने या मम्मी ने उठा लिए होंगे। अपने बेटे का नाम तो भूलकर भी दिमाग मे नहीं लाएँगे। पर ईश्वर तो जानता है कि उसने रुपए चुराए हैं। उसकी अंतरात्मा भी जानती है कि उसने रुपए चुराए हैं। इस ग्लानि से कैसे उबरे वह?

□

सोमवार को वे रुपए बाहरवीं कक्षा के कुशाग्र गुप्ता को थमाने के

बाद ही कुशाग्र रामचंदानी का मन हलका हो सका। उधर पूरे बारह हजार हाथ में आते ही बड़ा कुशाग्र हवा में उड़ने लगा।

सेंट जोजफ इंटर कॉलेज के छात्रों की वेश-भूषा के नियम उसे मालूम हैं। नर्सरी से पाँचवीं कक्षा तक के बच्चों की स्कूल बिल्डिंग अलग है, इसलिए उनके बारे में जरूर उसे कुछ नहीं मालूम। पर छठी, सातवीं और आठवीं कक्षा के छात्रों के लिए काली निकर, सफेद शर्ट और पीली टाई निर्धारित है। नवीं से बारवीं कक्षा के छात्रों के लिए काली पेंट, सफेद शर्ट और नीली टाई को सोमवार से शुक्रवार तक पहनना अनिवार्य है। शनिवार को मनचाहे रंग के वस्त्र पहनकर आने की छूट है। इसी एक दिन उसकी कक्षा के अमीर लड़कों को अपनी रईसी दिखाने का मौका मिलता है और इसी एक दिन उस जैसी मामूली हैसियत के लड़कों की कुंठाग्रस्त होने की स्थिति भी आ जाती है।

इस वक्त छोटे कुशाग्र से पूरे बारह हजार वसूलने के बाद बड़े कुशाग्र के मन में पहला विचार यही आया, 'इन पैसों से वह अपने लिए शानदार कपड़े खरीदेगा।'

घर पहुँचते ही उसने इसकी भूमिका बाँधी। माँ के पास जाकर बोला, 'मम्मी, आपको पता है न, मेरे पास कोई ढंग का पुलोवर नहीं है। हफ्ते के पाँच दिन तो सर्दियों में यूनिफार्म का काला कोट चल जाता है, पर शनिवार को पुराने स्वेटर में कॉलेज जाते हुए शर्म आती है। उस पर कोचिंग सेंटर भी रोज जाना होता है। मुझे ढंग का पुलोवर कब खरीदवा रही हैं?'

'बेटा, पिछले महीने ही तो दीवाली पर पापा ने सबको नए कपड़े खरीदवाए हैं।' मम्मी ने याद दिलाई।

'उन्हें आप नए कपड़े कहती हैं?' वह झुंझला उठा, 'हमारे कॉलेज की बिल्डिंग के पीछे सर्वेंट्स क्वार्टर बने हुए हैं। चपरासियों के बच्चे तक उससे अच्छे कपड़ों में रहते हैं, जैसे पापा ने हमारे लिए खरीदवाएँ हैं।'

'हैसियत के अनुसार ही तो आदमी पैसा खर्च करता है, बेटा।' मम्मी उदास होकर बोलीं।

'मैं कुछ नहीं जानता। मुझे ढंग का पुलोवर चाहिए।'

'देखो, पापा से कहूँगी।'

'आप पापा से कहती रहिएगा, मैं कल ही पुलोवर खरीदने जा रहा हूँ।'

'बिना कीमत चुकाए तुम्हें कौन दे देगा?'

'मेरे एक दोस्त के पापा की एक्सक्लूसिव रेडीमेड गारमेंट्स की शॉप है। चौथाई कीमत पर वह मुझे वह बढ़िया पुलोवर दे देगा। सिर्फ लागत मूल्य लेगा, लाभ नहीं।'

'फिर भी···कितनी कीमत का तुम्हें अनुमान है?'

'माँ, चार हजार का माल यदि हजार रुपए में मिल रहा हो, तो लेने में मुझे दिक्कत नहीं होगी। इतने रुपए तो तुम्हारे पास ही होंगे। तुम्हीं दे दो।'

'ठीक है बेटा।' कहकर मम्मी ने पाँच-पाँच सौ के दो नोट पकड़ा दिये। किशोर वय के अपने इस पुत्र से मन-ही-मन वह डरने लगी थीं। कब घर की गरीबी के नाम पर कोसा-काटी शुरू कर दे, इसका कोई भरोसा न था। हजार रुपए देकर जान बचाने में ही उन्हें बुद्धिमत्ता नजर आई थी।

और अब कुशाग्र की जेब में तेरह हजार रुपए पहुँच चुके थे, इसका उसे संतोष था।

अगले दिन वह 'सुरंगमा मॉल' से एक शानदार पुलोवर, एक टी शर्ट, जींस और नये फैशन के जूते खरीद लाया। घर लाकर माँ को सारा सामान दिखाया, तो वह आसमान से गिरीं, 'हजार रुपए में इतना सारा सामान कैसे आ गया?'

'पुलोवर तीन सौ का है, टी-शर्ट डेढ़ सौ की। जींस पाँच सौ की है और जूते चार सौ के। कुल सामान तेरह सौ रुपए का है, जिसके मैंने अभी हजार रुपये चुकाए हैं। बाकी पैसे धीरे-धीरे दे दूँगा। जूतों के अलावा बाकी सारा सामान अपने दोस्त के पिता की दुकान से लिया है। अंकल ने ही अपने साथ ले जाकर अपने एक परिचित की दुकान से जूतों में भी काफी रियायत करवा दी है। तभी तो तुमसे सिर्फ हजार रुपए लेकर मैंने अपनी जरूरत का सारा सामान एक साथ खरीद लिया। पढ़ाई की वजह से रोज-रोज बाजार करने की फुरसत किसके पास है?' उसने समझाया।

'सुनो कुशाग्र, एक अच्छे कार्डिगन की जरूरत तो प्रज्ञा को भी है। बहुत दिनों से मेरे पीछे पड़ी है। न हो तो तीन सौ रुपए में उसके लिए भी एक कार्डिगन ला दो!' मम्मी सचमुच ललचा उठी थीं।

कुशाग्र ने उन्हें झिड़का, 'शर्म करो मम्मी! सिर्फ सालों पुरानी दोस्ती का लिहाज करके रवि ने अपने पापा से कहकर मुझे कौड़ियों के मोल इतना कीमती सामान थमा दिया है। अब मैं अपने पूरे कुनबे की खरीदारी के लिए पहुँच जाऊँगा, तो वह अपने मन में क्या सोचेगा?...तुम्हें मेरी इज्जत का कुछ ख्याल है या नहीं?'

मम्मी शरमिंदा होते हुए बोलीं, 'रहने दो बेटा। मेरे मुँह से ऐसे ही निकल गया था। सचमुच सारा सामान दस-बारह हजार से कम का नहीं है। तुम्हें सिर्फ साढ़े तेरह सौ में मिल गया, यही बहुत है। तुम घर के बड़े बच्चे हो। ऊँची कक्षा में पढ़ते हो। तुम्हें ढंग के कपड़े-लत्तों की ज्यादा जरूरत है। प्रज्ञा का क्या, बाजार से आठ सौ ग्राम ऊन लाकर उसका कार्डिगन तो मैं घर पर ही बुन दूँगी।'

'मम्मी, मेरा दोस्त मुझे इतना मानता है कि हजार रुपये लेने के लिए भी राजी नहीं था। तुम देखना, बचे हुए साढ़े तीन सौ रुपए लेगा थोड़े ही।' मुसकराते हुए उसने झूठा रहस्योद्घाटन किया।

'फिर भी तुम अपनी तरफ से देना जरूर। पापा नहीं देंगे, तो घर के खर्चों में कटौती करके मैं अगले महीने तुम्हें दे दूँगी।' माँ ने गंभीर कंठ से समझाया।

कुशाग्र सारी चीजें लेकर अपने कमरे में घुस गया।

पुस्तकों से आमना-सामना होते ही उसे याद आया कि पाँच दिन बाद, यानी अगले सोमवार से अर्धवार्षिक परीक्षा शुरू हो रही हैं। कोई और जानता हो या न जानता हो, पर पढ़ाई में उसकी हालत कितनी पतली है, वह अच्छी तरह जानता था। भयभीत होकर उसने केमिस्ट्री की किताब उठा ली और खोलकर बैठ गया। कोचिंग के नाम पर घर से निकलकर कहीं घुमक्कड़ी करने का आज मन न हुआ। दिमाग का तेज था, इसलिए कुछ घंटे पढ़ाई करके ही काफी राहत महसूस की।

पाँच दिन बीतते क्या देर लगती?

परीक्षा शुरू हुई और एक-एक करके सारे पर्चे निपट भी गए। अब उसे रिजल्ट का डर था। पर वह छुट्टियों के बाद मिलना था इसलिए अभी से चिंता करने की जरूरत न थी। इम्तहान खत्म होते ही शीतावकाश शुरू हो गया था। छोटा-मोटा नहीं, पूरे पंद्रह दिनों का।

इन छुट्टियों में चौथवसूली का धंधा नहीं चल सकता था। इस वजह से कुशाग्र का अनमनापन और बढ़ गया। जेब खाली थी और मौज-मस्ती की आदत पड़ चुकी थी। एक-एक दिन गिन रहा था वह कि कब शीतावकाश खत्म हो और कॉलेज खुले। उसे लगता, यदि पास में मोबाइल होता, तो जूनियर को डरा-धमकाकर वह अवकाश के दिनों में भी कुछ-न-कुछ वसूल सकता था। बाग फरजाना तक एक चक्कर ही तो लगाना पड़ता। सुधीर रामचंदानी की महलनुमा कोठी के बाहर बुलाकर, सांझ के धुंधलके में हजार-पाँच सौ की तो आसानी से कमाई हो जाती।

पर छुट्टियाँ थीं कि द्रौपदी का चीर बन गई थीं। खत्म होने में ही नहीं आ रही थीं। चार जनवरी को शहर के लगभग सभी स्कूल-कॉलेज खुलने थे। पर शीतलहरी के प्रकोप के कारण सुबह इतनी धुंध और कोहरा छाया रहता था कि बच्चों को स्कूल बुलाना निर्दयता कहलाती। अभिभावकों की ओर से छुट्टियाँ बढ़ाने के लिए अखबारों के माध्यम से अपील छपने लगी। बच्चों की ओर से भी चिट्ठियाँ पहुँचने लगीं, 'डी.एम. अंकल, हम इतनी ठंड में पढ़ाई कैसे कर सकेंगे? हमारी छुट्टियाँ बढ़ा दीजिए न, प्लीज!'

जिलाधिकारी भी इंसान थे।

उन्होंने बच्चों की प्रार्थना सुनी और इंटर कॉलेज तक के सरकारी-गैर सरकारी स्कूलों का शीतावकाश चौदह जनवरी तक बढ़ा दिया। मन मारकर कुशाग्र को ये दिन भी निकालने पड़े। जैसे-तैसे चौदह जनवरी की मकर संक्रांति के बाद पंद्रह तारीख को कॉलेज खुला, तो इंटरवल में सीधे सिक्स्थ बी में जाकर उसने जूनियर को घेरा, 'बच्चे, जरा अपना मोबाइल तो दिखाना!'

डरते-सहमते हुए छोटे कुशाग्र ने जेब से निकालकर अपना मोबाइल आगे बढ़ा दिया। मुग्ध भाव से उसे निहारते हुए बड़े कुशाग्र ने पूछा, 'कितने का है?'

'मुझे नहीं मालूम। पापा ने खरीदा है।' जूनियर बोला।

हालाँकि साठ हजार के मोबाइल की इस ई-खरीद से वह अवगत था और यह भी जानता था कि इन दो महीनों में कीमत घटकर पचास हजार पहुँच चुकी है, पर 'बुलडॉग' से ज्यादा बात करने में वह कतराता था।

उधर बड़ा कुशाग्र खूबसूरत मोबाइल पर बेतरह ललचाने के बावजूद अपनी भावनाओं को रोके हुए था। नहीं, मोबाइल उसकी पहली जरूरत नहीं है। ज्यादा जरूरी कंप्यूटर खरीदना है। चूंकि काफी दिनों से लंबी छुट्टियों की वजह से जूनियर से कुछ वसूला नहीं गया है, तो क्यों न इस बार पिछली बार से भी लंबा हाथ मारा जाए!

मोबाइल लौटाते हुए उसने पूछा, 'कंप्यूटर भी है तुम्हारे पास?'

'हाँ, है।'

'कितने का है?'

'मुझे नहीं पता। पापा ने खरीदा है।' जूनियर ने तोते की तरह रटा-रटाया पाठ दोहरा दिया।

'देखो जी, मुझे एक अच्छा कंप्यूटर चाहिए और उसे तुम खरीदवाओगे, समझे?' बड़े कुशाग्र ने सख्त आवाज में कहा।

जूनियर चुप रहा।

'बोलते क्यों नहीं? खरीदवाओगे न?'

'कैसे?' जूनियर ने निरीह कंठ से पूछा?

'अपने पापा की अलमारी से अस्सी हजार रुपए लाकर।...और वह भी कल ही।'

'पापा को पता चला तो बहुत डाँटेंगे।'

'बच्चे, समझदार बनो। पिछले महीने भी तो बारह हजार निकाले थे तुमने। क्या पापा जान सके थे?'

जूनियर कुछ न बोला।

'एक बात और सुनो। रोज-रोज तुम्हारी क्लास में आना मुझे अच्छा नहीं लगता। मैं कॉलेज के गेट पर खड़ा रहकर तुम्हारे आने का इंतजार करूँगा। गाड़ी से उतरने पर मुझे रुपए देते हुए ही तुम अंदर जाओगे।' बड़े कुशाग्र ने आदेश दिया और वहाँ से चला गया।

हालाँकि उसे भरोसा नहीं था कि अगले दिन अस्सी हजार की रकम मिल ही जाएगी, फिर भी वह अपनी कक्षा के साथियों से कंप्यूटर के बारे में नई-नई जानकारियाँ लेता रहा। उनकी कीमत और गुण-दोष पूछता रहा। अपना मन पक्का करता रहा कि किस कंप्यूटर को खरीदने में उसका लाभ है ? छुट्टी होने तक उसने फैसला कर लिया था कि कौन-सा कंप्यूटर खरीदना है उसे। शर्त यही थी कि क्या इतनी धनराशि···।

अविश्वसनीय ढंग से अगले दिन सुबह कॉलेज गेट पर रुपयों से भरा लिफाफा मिल गया उसे। इस खुशी का भरोसा नहीं था उसे। लिफाफा मिलने पर उसकी बाँछे खिल गईं।

पर क्लास में जाते ही सारी खुशी पर पानी पड़ गया। क्लास टीचर के हाथों अर्धवार्षिक परीक्षा का परिणाम पाकर उसका चेहरा बुझ गया। पास तो हो गया था, पर नंबर बहुत खराब थे।

क्लास टीचर ने रिपोर्ट कार्ड देते हुए कहा भी, 'तुम्हें हो क्या गया है, कुशाग्र ? हमेशा अच्छे नंबरों से पास होते रहे हो। इस बार सबसे निचले पायदान पर पहुँच गए हो। दो महीने बाद बोर्ड की परीक्षा में क्या करोगे ?'

'मम्मी की बीमारी की वजह से परीक्षा के दिनों में मैं बहुत परेशान रहा था, सर। बोर्ड की परीक्षा में ऐसा रिजल्ट नहीं दिखाऊँगा।' उसने सिर झुकाकर सफाई दे दी।

सरासर झूठ था यह।

मम्मी तो पूर्ण स्वस्थ थीं और हमेशा की तरह स्फूर्ति से भरी घर का काम-काज कर रही थीं। पर उन्हें बीमार न बताता, तो अपने घटिया नंबरों की और क्या सफाई देता ?

लेकिन समस्या यह थी कि प्रगति पत्र पर पापा से कैसे हस्ताक्षर कराएगा ? पिछले चार-पाँच महीने से कोचिंग सेंटर की फीस भरने के बाद भी नंबरों की गिरावट क्या वह बरदाश्त कर सकेंगे ?

कंप्यूटर खरीदने का उल्लास खत्म भले ही न हुआ हो, घट अवश्य गया था। कम से कम उस दिन खरीदने की उसे बिल्कुल इच्छा नहीं हुई।

पर किस्मत का धनी था वह।

पापा घर पर नहीं मिले।

मम्मी ने बताया, 'तुम्हारी दादी गाँव के कच्चे आंगन में गिरकर बहुत चोट खा गई हैं। बैंक में फोन करके किसी पड़ोसी ने सूचना दी, तो पापा तुरंत छुट्टी लेकर घर आ गए और बैग में दो जोड़ी कपड़े रखकर गाँव चले गए हैं।'

'कब लौटेंगे?' उसने पूछा।

'कई दिन लग जाएँगे।' मम्मी ने बताया।

कुछ देर बाद रिपोर्ट कार्ड निकालकर उसने मम्मी से यह कहकर हस्ताक्षर करा लिये, 'सर ने कल ही लौटाने को कहा है।'

मम्मी अपने काम में व्यस्त थीं। नंबरों पर ध्यान दिए बिना उन्होंने हस्ताक्षर कर दिए तो कुशाग्र ने राहत की सांस ली। निश्‍चिंत होकर अब कंप्यूटर का जिक्र छेड़ा, 'मम्मी, आपको मालूम है न, हमारे कॉलेज में छठी क्लास से ही कंप्यूटर सिखाया जाता है?'

'हाँ।'

'आपको यह भी पता है न कि मैं दो महीने बाद इंटरमीडिएट बोर्ड का इम्तहान देने जा रहा हूँ और परीक्षा में अच्छे नंबर लाने के लिए मेरे पास घर में कंप्यूटर होना जरूरी है।'

'मैं सब कुछ जानती हूँ।' मम्मी गंभीर हो उठीं, 'पर तुम्हें भी तो घर के बारे में कुछ जानना चाहिए। पापा गाँव गए हैं। दादी दुर्घटनाग्रस्त होकर वहाँ पड़ी हैं। ऐसे में कंप्यूटर का राग छेड़कर क्या तुम उचित कर रहे हो? अपने पापा को पहले गाँव से लौटने तो दो!'

'पापा का नाम मत लो।' वह बिगड़कर बोला, 'पापा न तो अपने बेटे की जरूरतों के बारे में सोचते हैं और न सोचना चाहते हैं। उन्हें सिर्फ अपने बैंक की चिंता है। रात-दिन बैंक ही उनके दिमाग पर हावी रहता है।'

बेटे की बात सच थी।

माँ चुप रहीं।

'देखो मम्मी, पिछले महीने मैंने तुमसे अपने अमीर दोस्त का जिक्र किया था न! सिर्फ हजार रुपए में रवि ने मुझे ढेर-सा सामान दे दिया था। बचे हुए साढ़े तीन सौ रुपये की चर्चा भी उसे पसंद नहीं है।'

'तो?'

'उस लड़के के घर बेशुमार दौलत है। आगरा-दिल्ली राजमार्ग पर और आगरा-कानपुर राजमार्ग पर चार मैरिज होम हैं। सहालगों के दिनों में लाखों की कमाई हो जाती है। वैसे भी पार्टियों के लिए लोग जब-तब किराए पर लेते ही रहते हैं। इसके अलावा उसके यहाँ दो कोल्ड स्टोर हैं, एक एक्सक्लूसिव रेडीमेड गारमेंट्स की शॉप है, एक…'

'मैं समझ गई, तेरा दोस्त करोड़पति ही नहीं, अरबपति बाप का बेटा है।' मम्मी मुसकरा दीं।

'तुम ठीक समझीं।' कुशाग्र भी मुसकराया, 'मेरा वह दोस्त नया कंप्यूटर खरीदने जा रहा है, पुराना मुझे बहुत सस्ते में दे देगा। बोलो, खरीद लूँ?'

'कितने का देगा?'

'चालीस हजार का कंप्यूटर सिर्फ दस में दे देगा।'

'दस हजार भी हम कहाँ से लाएँगे।'

'माँ, पढ़ाई-लिखाई में पैसा खर्चने के नाम पर इतनी कंजूसी करोगी, तो मैं भी पापा की तरह कहीं क्लर्क बनकर रह जाऊँगा। समय ऐसा आ गया है कि क्लर्की भी आज आसान नहीं रहीं है। अच्छे-अच्छे बी.ए., एम.ए. पास चपरासी के पद पर नियुक्ति के लिए अर्जियाँ देते देखे जाते हैं।'

मम्मी गंभीर हो गईं।

बेटे की यह बात भी सच थी।

'समझती हो न मम्मी, कंप्यूटर मेरी जरूरत है।…और हमारे लिए सुविधा है कि यह दस हजार भी एक साथ देने की जरूरत नहीं है। आप हर महीने दो हजार देती रहीं, तो पाँच महीने में पैसा चुक जाएगा।'

माँ अब भी चुप रहीं।

कुशाग्र चंचल हो उठा, 'सोचती क्या हो माँ, यह घाटे का सौदा नहीं है। फौरन 'हाँ' कर दो।'

'पापा के आने पर उनसे एक बार पूछ लेती तो…'

'ओह माँ!' वह खीझ उठा, 'बार-बार 'पापा', 'पापा' मत कहो।

उन्होंने अपने घर-परिवार की कभी चिंता की है, जो अब करेंगे? तुम्हारी ही मेहनत और एक-एक पैसे की कतर-व्योंत की बदौलत घर चल रहा है। हर महीने दो हजार की रकम घर खर्च के पैसों में से किसी तरह निकालती रहना।'

'ठीक है।' मम्मी ने अनुमति दे दी, तो कुशाग्र का चेहरा खुशी से चमक उठा।

अगले दिन उसने कंप्यूटर खरीदा और घर लाकर मम्मी को दिखाया। ऊपर का ताम-झाम पहले ही दुकान पर फेंक आया था, पर महँगे कंप्यूटर की अपनी अलग ही चमक थी।

मम्मी चौंक गईं, 'यह पुराना कंप्यूटर है? देखने में लगता तो नहीं।'

'कैसे लगेगा? साल भर पहले पूरे अस्सी हजार का खरीदा था उसने। मुझसे झूठ कहा था कि चालीस हजार की चीज को दस में दे देगा।'

'यदि अस्सी का है, तो तुम्हें दस में क्यों देने लगा? फिर तो इसके लिए ज्यादा पैसे चुकाने होंगे?' मम्मी आशंकित हो उठीं।

'बिल्कुल नहीं।' कुशाग्र जोर से हँसा, 'मैं पढ़ने में तेज हूँ। पढ़ाई में उसकी मुश्किलें हल करता रहता हूँ। उसे मेरी मदद चाहिए, इसलिए दस हजार ही लेगा।'

मम्मी निश्चिंत नहीं हो पा रही थीं, पर संदेह करने की भी कोई वजह न थी।

'आखिर एक महँगा कंप्यूटर लेकर जब बेटा घर आया है, तो कहीं से डाका डालकर तो लाया नहीं होगा। जरूर किसी यार-दोस्त की ही उदारता से यह इसे मिला है।...चलो, ठीक है। बच्चा समझदार है। अपनी जरूरतों को यदि अपने स्तर पर अक्ल भिड़ाकर पूरी कर रहा है, तो इसमें परेशान होने की क्या बात है?'

माँ का चेहरा तनाव मुक्त हो गया, तो बेटे ने भी राहत की सांस ली। उसे पता था कि माँ अपने स्तर पर कंप्यूटर की चर्चा छेड़कर पापा को समझा-बुझा लेंगी। पिता की सुबह से रात तक की अति व्यस्त दिनचर्या क्या वह जानता नहीं? उनके पास बच्चों की पढ़ाई-लिखाई के बारे में जानने और घर की जरूरतें पूछने-पूरी करने की फुरसत ही कहाँ रहती

है ? तभी तो मम्मी को उलटी-सीधी पट्टी पढ़ाकर वह अपनी बात मनवा लेता है। सचमुच बहुत सीधी हैं मम्मी। बेटे की हर बात पर आँख मूँदकर भरोसा कर लेती हैं। माँ के इस विश्वास का लाभ उठाकर और जूनियर को डरा-धमकाकर पंद्रह मार्च तक वह जितना वसूल हो सकेगा, कर लेगा। आखिर उस संपन्न परिवार में दाल में नमक बराबर पैसा छिन जाने से कोई फर्क पड़ता है क्या ?

□

पर ऐसा नहीं था।

उसी दिन बाग फरजाना की अपनी महलनुमा कोठी में सुधीर रामचंदानी के चेहरे पर उलझन के चिन्ह थे। बाहर शाम का धुंधलका फैला हुआ था। सुधीर अपने कमरे में खुली अलमारी के सामने खड़े थे। उनके माथे पर गहरी लकीरें खिंची थीं।

कुछ पल खामोश खड़े रहने के बाद उन्होंने जोर से आवाज दी, 'सुरेखा, जरा यहाँ आओ।'

पत्नी सुरेखा पास वाले कमरे में थी। पुकार सुनी, तो निकट आकर खड़ी हो गई।

'कुछ दिनों से मैं महसूस कर रहा हूँ कि मेरी अलमारी में रखे रुपयों के साथ छेड़छाड़ होती है। क्या तुम यहाँ से रुपए निकालती हो ?'

सुरेखा तुनक उठी, 'कैसी फालतू की बात पूछने के लिए मुझे बुलाया। टी.वी. का मनपसंद सीरियल छोड़कर आई हूँ। मुझे जाने दो।'

'यह फालतू बात नहीं है। गंभीर मसला है।'

'गंभीर होगा तुम्हारे लिए। मेरे लिए तो फालतू ही है…अरे, सीधी-सी बात है कि वक्त-जरूरत पर रुपए यहाँ से नहीं, तो और कहाँ से निकालूँगी ?'

'क्या तुमने कल या परसों रुपए निकाले हैं ?'

सुरेखा सोच में डूब गई।

परसों उसे रुपए की जरूरत पड़ी या नहीं, कुछ याद नहीं आया। कल का घटना-क्रम जरूर सोचने लगी, क्या कल वह शॉपिंग के लिए निकली थी ?

क्या कल वह ब्यूटी पार्लर गई थी?

क्या कल उसने किसी वृद्धाश्रम या अनाथाश्रम में···दिमाग चकराने लगा, तो वह खीझ उठी, 'देखो, तुम्हारी फालतू बातों में मगजपच्ची करने के लिए मेरे पास समय नहीं है। उधर मेरा सीरियल निकला जा रहा है, इधर तुम एक मूर्खता भरी बात में उलझाए हुए हो।'

'यह बात हलके में उड़ा देने की नहीं है, सुरेखा।' सुधीर गंभीर हो उठे, 'तुम जानती हो, मेरे इस कमरे में सफाई तक के लिए नौकर-नौकरानी को नहीं घुसाया जाता है। चूंकि मेरा सोने-जवाहरातों के आभूषणों का व्यवसाय है, लाखों का लेन-देन रोज होता है, इसलिए इस कमरे में किसी बाहरी आदमी को घुसने न देने की सावधानी बरती जाती है।'

'जानती हूँ।' सुरेखा धीरज से बोली।

'इस कमरे में मेरे, तुम्हारे और हमारे बेटे कुशाग्र के सिवाय कोई और पाँव धरता है क्या?'

'नहीं।···बिल्कुल नहीं।'

'इसीलिए तुमसे पूछता हूँ कि सोचकर बताओ, दो-एक दिन में यहाँ से रुपए निकाले हैं या नहीं? दरअसल मैं एक-एक पैसा गिनकर नही रख सकता। फिर भी अलमारी में रखी रकम का मोटा-मोटा अनुमान तो रहता ही है। पहले भी एक बार पैसों की हेरा-फेरी का शक हुआ था, पर वह छोटी रकम थी, इसलिए मैंने नजरअंदाज कर दी। अब मुझे शक है कि यहाँ से एक बड़ी रकम गायब हुई है। यदि तुमने मामूली साड़ी-सैंडिल भी खरीदी है, तो उसके लिए इतनी बड़ी रकम नहीं निकाली होगी।'

'कितने रुपए कम दिख रहे हैं?'

'सत्तर-अस्सी हजार के लगभग।'

'मैंने इतने रुपए यहाँ से नहीं निकाले। पूरे विश्वास के साथ यह बात कह सकती हूँ।' सुरेखा एक-एक शब्द तौलती हुई बोली।

'यही उलझन तो मुझे बेचैन किए हुए है। यदि हम दोनों में से किसी ने रुपए नहीं उठाए, तो फिर वे कहाँ गए? जाहिर है, यह हमारे बेटे की करतूत है।'

'किसकी?···कुशाग्र की?' सुरेखा को जैसे बिजली का झटका लगा।

'परेशान मत हो।' सुधीर ने पत्नी को समझाया, 'कुशाग्र अभी बच्चा है। पूरे ग्यारह साल का भी नहीं हुआ है। सोचो, उसे इतने रुपयों की जरूरत क्यों पड़ी होगी?'

'देखो जी, मेरे बच्चे पर तो इलजाम लगाओ मत।' सुरेखा तमतमा उठी, 'मैंने उसे जन्म दिया है, मैं उसकी नस-नस पहचानती हूँ। मेरा बच्चा तुम्हारे रुपयों की चोरी क्यों करने लगा?'

'यही सवाल तो मेरे दिमाग को मथे जा रहा है।'

'अपने कुशाग्र की हर छोटी-बड़ी इच्छा मैं मुँह खोलते ही पूरी कर देती हूँ। उसे पैसे चुराने की जरूरत पड़ेगी ही क्यों?···और फिर, सोचकर देखो, सुबह ड्राइवर उसे कॉलेज के गेट तक छोड़कर आता है। विद्यालय के अनुशासन के चलते, चौकीदार की मौजूदगी में, पढ़ाई के वक्त स्कूल छोड़ने का प्रश्न ही नहीं उठता। छुट्टी होते ही गाड़ी में बैठकर वह घर आ जाता है। ट्यूशन के लिए उसे जाना नहीं होता। यहीं पर उसे पढ़ाया जाता है। कोई यार-दोस्त उससे मिलने आता नहीं। किसी यार-दोस्त से मिलने वह जाता नहीं। हमारी गैर मौजूदगी में भी राधा उसकी निगरानी करती है। मेरा भोला-भाला, शालीन और सरल बच्चा तुम्हारे रुपए चुराकर करेगा भी क्या?'

'मैं खुद समझ नहीं पा रहा हूँ।'

'देखो, यह संदेह अपने मन से निकाल दो। दिन भर के थके-हारे आये हो। चैन से खाना खाओ और आराम से सोओ। पैसों के हिसाब-किताब में तुमसे ही कोई भूल हो गई है। या फिर मुझे अपना रुपए निकालना ध्यान नहीं आ रहा है। बाद में याद आ जाएगा।'

'चलो, मैं मान लेता हूँ।' सुधीर रामचंदानी ने बात खत्म कर दी, 'लेकिन मेरी एक बात तुम्हें भी माननी पड़ेगी।'

'बोलो।'

'आज से हम दोनों रुपए-पैसे की सार-सँभाल को लेकर ज्यादा सावधान हो जाएँगे। मैं इस अलमारी में रुपए रखना छोड़ दूँगा। सेफ में ही आभूषणों के साथ मेरे रुपए रहा करेंगे। यदि कुछ दिन शांतिपूर्वक निकल गए और कोई नई घटना न हुई, तो मैं आज वाले रुपयों को भी

अपनी भूल-चूक मान लूँगा।'

'ठीक है। मुझे मंजूर है।' सुरेखा सहमत हुई, 'मैं भी अपने पर्स को अब हमेशा तालाबंद अलमारी में ही रखा करूँगी। कुशाग्र को लेकर हमारा हर संदेह मिटना जरूरी है।'

'हाँ सुरेखा।' सुधीर की आवाज में भाव-विह्वल हो उठी 'कुशाग्र मुझे भी बहुत प्यारा है। बड़े बेटे कुणाल ने आई.आई.टी. खड़गपुर में एडमीशन के बाद यही हमारे घर की रौनक है, हमारी आँखों की पुतली है। पर मैं नहीं चाहता कि मेरा लाड़ला बेटा हमारी किसी भूल या लापरवाही की वजह से चोरी-चकारी सीख जाये और गलत राह पकड़ ले।'

सुरेखा ने बड़े आत्मीय भाव से पति के कंधे पर हाथ रखा, 'हमने जो तय किया है, उस पर आज से ही अमल शुरू।...चलो, अब खाना खाने चलें।'

खाने की मेज पर कुशाग्र पहले से ही बैठा था और माता-पिता के आने का इंतजार कर रहा था। अनजाने ही सुधीर और सुरेखा की निगाह उसके चेहरे पर पड़ी, तो उन्हें वह कुछ उदास-सा लगा।

सुरेखा के कलेजे में धक्का पहुँचा - उसकी आँखों का तारा कैसा कुम्हलाया दिख रहा है। दुनिया भर के धर्मार्थ कामों में व्यस्त रहने के कारण उसे अपने बच्चे की सेहत तक का ध्यान नहीं रहा?...छिः, कैसी माँ है वह?

सुधीर के कलेजे में भी धक्का पहुँचा-रात-दिन पैसा कमाने की मशीन आखिर क्यों बना है वह? अपने परिवार की खातिर ही न! उसके बच्चे का हमेशा फूल-सा खिला रहने वाला चेहरा कैसा मुरझाया हुआ है और उसे पता तक नहीं?...छिः, कैसा बाप है वह?

माता-पिता को झटका जरूर लगा, पर खाने की मेज पर बच्चे से कोई बात पूछना उन्होंने उचित न समझा। चौबीस घंटे में यही तो एक समय होता है, जब पूरा परिवार मिलकर बैठता है। उस वक्त कोई गंभीर चर्चा नहीं छिड़नी चाहिए, यह उनका मत था।

हाँ, भोजन के बाद जब कुशाग्र अपने कमरे में सोने के लिए चला गया, तो सुधीर और सुरेखा ने आया को ऊपर वाले कमरे में आकर जरूरी

बात सुनने का आदेश दिया।

कुछ देर बाद आया जब ऊपर आई, तो सुरेखा ने पूछा, 'राधा, तुमने मुझे बताया नहीं कि कुशाग्र उदास रहता है। हमें तो आज उसका चेहरा देखकर बड़ा सदमा पहुँचा। कब से इस तरह गुमसुम रहने लगा है यह ?'

'हमेशा तो गुमसुम नहीं रहता है, पर बीच-बीच में ऐसा हो जाता है।' राधा सोचती हुई बोली।

'ऐसा कब से है ?'

'करीब पाँच-छह महीने से।'

'क्या बीमार है यह ?'

'नहीं। बीमार तो नहीं है, पर पहले जैसा चंचल नहीं रह गया है। खाना खाते- खाते अचानक पता नहीं क्या सोचने लगता है। परेशान-सा दिखने लगता है। फिर दो-चार दिन बाद सब कुछ ठीक हो जाता है।'

'पढ़ाई तो ठीक से करता है ?' सुधीर ने पूछा।

राधा फिर सोचने लगी।

दो पल बाद बोली, 'घर पर मास्टर पढ़ाने आते हैं, तो पढ़ाई में आनाकानी नहीं करता है। लेकिन छमाही इम्तहान में नंबर ज्यादा अच्छे नहीं हैं। मैंने चाहा भी था कि साहब रिपोर्ट कार्ड को गौर से देखें और स्वयं ही कुशाग्र से कम नंबर आने की वजह पूछें, पर शायद काम की अधिकता की वजह से···'

राधा ने सिर झुका लिया।

वेतनभोगी नौकरानी थी, मालिक-मालकिन पर आरोप लगाने की उसकी हिम्मत न थी।

सुधीर शरमिंदा दिखे, 'हाँ, मैंने नंबरों पर निगाह डाले बगैर हस्ताक्षर कर दिए थे। मुझे इतमीनान रहता है कि जब सब विषयों की ट्यूशन लगी हुई है तो नंबरों की पड़ताल करने की जिम्मेदारी ट्यूटर की है। भूल गया था कि यदि जन्म देने वाले माता-पिता ही बच्चे की शैक्षिक प्रगति नजर अंदाज करने लगेंगे, तो वेतनभोगी ट्यूटर को सारी जिम्मेदारी अपने सिर पर लादने की क्या पड़ी है ?'

'खैर, ठीक है।' सुरेखा ने बात खत्म कर दी, 'तुम जाओ राधा।

अब मैं भी अपने कामों को समेटूँगी। कोशिश करूँगी कि स्कूल से इसके लौटने के वक्त घर पर मिलूँ। इसे ज्यादा-से-ज्यादा समय दूँ। ताकि यह मुझ पर भरोसा करके अपने मन की हर बात कह सके।'

'ठीक कहती हो।' सुधीर ने सिर हिलाया, 'मेरा व्यवसाय तो मुझे बच्चे की तरफ देखने की मोहलत नहीं देगा, पर तुम्हें इसकी निगरानी में अब ज्यादा सजग हो जाने की जरूरत है।'

उस दिन बाग फरजाना स्थित उस महलनुमा कोठी में काफी गंभीर माहौल बना रहा।

अगले दिन से ही सुरेखा ने बेटे की चौकसी बढ़ा दी और उस पर ज्यादा सजग होकर निगाह रखने लगी। पर एक-एक करके पूरे पंद्रह दिन बीत गए और कोई नई बात न हुई, तो वह काफी निश्चिंत हो गई।

□

छोटा कुशाग्र भी निश्चिंत था कि शायद अस्सी हजार दे देने के बाद उससे चौथ वसूली न की जाएगी। आखिर किसी छोटे लड़के को तंग करने की कोई सीमा होगी या नहीं?

किंतु ये बातें बड़े कुशाग्र के लिए कोई मायने न रखती थीं। फरवरी का महीना लगते ही उसके दिमाग में फिर कीड़े ने कुलबुलाना शुरू कर दिया। इस बार उसका लोभ एक अच्छे मोबाइल के लिए था। कंप्यूटर के बाद एक शानदार मोबाइल भी हाथ लग जाए, तो वह क्लास के रईस लड़कों की बराबरी में खड़ा हो सकेगा। उसका रुतबा बढ़ जाएगा। पर शानदार मोबाइल कैसे हाथ लगे?

बहुत सोचने पर भी उसे मोबाइल जुटाने की कोई और तरकीब समझ में न आई। घर में वही एक-एक पैसे की किच-किच थी। कंप्यूटर के नाम पर उसने मम्मी को हर महीने दो हजार देने के लिए राजी जरूर कर लिया था, पर घर खर्च में कटौती करके वह एक नया पैसा भी उसे नहीं दे सकी थीं। दयनीय होकर बोली थीं, 'बेटा, अपने दोस्त को समझा देना कि जैसे ही मम्मी के पास कहीं से रुपये आयेंगे, पूरे दस हजार एक साथ चुका देंगी।'

चूंकि किसी को कोई रकम देनी ही नहीं थी, इसलिए उसने भी बड़े

प्यार से मां को समझा दिया था, 'आप चिंता क्यों करती हैं मम्मीजी, मेरे दोस्त को रुपयों की कोई जल्दी नहीं है। दस हजार की उसके लिए कोई कीमत नहीं है। हम नहीं भी देंगे, तो वह कुछ नहीं कहेगा।'

मम्मी और ज्यादा दयनीय होकर बोली थीं, 'वे रुपये तो हम चुकायेंगे ही। समय जरूर कुछ अधिक लग सकता है।'

गलत नहीं कहा था मम्मी ने।

पाँच-छह दिन बाद ही पाँच हजार रुपए उसे थमाते हुए बोलीं, 'अपने दोस्त को दे देना। कह देना, बचे हुए आधे पैसे भी मां जल्दी ही चुका देगी।'

'मम्मी, आपके पास तो रुपए थे नहीं। फिर ये कहाँ से आ गए?' वह चौंक पड़ा।

'छोड़ो।' माँ ने बात टालनी चाही, पर वह पूछे बिना वहाँ से नहीं हटा।

सुनकर एकबागरी स्तब्ध भी हो उठा था। माँ ने बताया, 'बेटा, मेरे पास एक जोड़ी चांदी की पुरानी पायलें पड़ी थीं। टूट चुकी थीं। पहनने लायक न रही थीं। नुक्कड़ के सुनार को देकर ये रुपए मिल गए हैं।'

'आपको अपनी पायलें बेचनी पड़ीं?' वह सन्न हो उठा था। मां ने समझाया, 'टूटी पायलें किसी काम की न थीं। जब तू पढ़-लिखकर नौकरी करेगा, तो तेरे वेतन से नई पायलें बनवाऊँगी। चिंता क्यों करता है?'

एक पल को सन्न हो उठा था वह। माता-पिता कितनी मुश्किल से उसे पढ़ा रहे हैं, उस पर अपनी उम्मीदें टिकाये हुए हैं और वह···

पर तभी उन पाँच हजार रुपयों को हाथ में लिए हुए एक नई खुराफात उसके दिमाग में आ गई। उसे लगा, अब शानदार मोबाइल लेने से उसे कोई नहीं रोक सकेगा। यही पाँच हजार रुपए उसके बहुत कम आएँगे।

इस घटना के तीसरे दिन कॉलेज गेट पर जूनियर दिखाई दे गया, तो बड़े कुशाग्र की बाँछें खिल गईं। बगैर किसी भूमिका के उसने अपनी हथेली आगे बढ़ा दी, 'मुझे तुम्हारा मोबाइल चाहिए।···अभी और इसी पल!'

'क्यों?' पूछने की हिम्मत जूनियर में न थी। बड़े कुशाग्र की आवाज

में जो कड़क और ठंडापन था, उससे वह भीतर तक हिल गया बगैर कुछ कहे उसने अपना मोबाइल निकाला और पकड़ा दिया। आस-पास लड़कों की भीड़ थी, पर सब भीतर घुसने की जल्दी में थे। दो लड़के फाटक पर खड़े होकर क्या बात कर रहे हैं, यह जानने में किसी को दिलचस्पी न थी।

वहीं खड़े-खड़े बड़े कुशाग्र ने मोबाइल का सिम निकालकर जूनियर को पकड़ाया और बोला, 'रखो, इसे।'

'इसका मैं क्या करूँगा?'

जूनियर की इच्छा हुई कि उस सिम को वहीं पर इस लुटेरे के मुँह पर मार दे, पर क्लास रूम में हड्डी-पसली एक किये जाने की घटना याद आते ही उसे अपने गुस्से पर नियंत्रण करना पड़ा। सिम को उस लुटेरे के मुँह पर मारने या धूल में फेंकने के बजाय उसने अपने स्कूल बैग की तनिक-सी संधि से भीतर डाल दिया। क्लास में जाकर पढ़ाई करने की इच्छा भी अब कहाँ बची थी? पर मजबूरी में अपना बैग लादे हुए गेट से अंदर घुसना पड़ा।

उस दिन फिर बहुत मुँह लटकाये हुए वह घर लौटा। चूंकि मम्मी पिछले पंद्रह-बीस दिनों की भांति आज भी घर पर थीं, उसे देखकर घबरा गईं और बोलीं, 'क्या बात है बेटा, तुम्हारी तबियत तो ठीक है न?'

'मम्मा, मैं आज फिर बहुत बड़ा नुकसान करके आया हूँ।' डरते हुए उसने कहा।

'कैसा नुकसान हो गया, बताओ तो सही।'

'पापा ने अक्तूबर में मुझे साठ हजार का मोबाइल खरीदवाया था। सिर्फ चार महीने के भीतर मैंने वह कीमती मोबाइल गुमा दिया।'

'मैं समझी नहीं। मोबाइल कहाँ और कैसे खो गया?' सुरेखा ने पूछा।

'कुछ पता नहीं। पढ़ाई के समय सारा वक्त वह मेरी जेब में था। शायद छुट्टी के समय गेट से बाहर निकलते हुए किसी लड़के ने उसे निकाल लिया।'

सुरेखा तनिक अनमनी हो उठी, 'कुशाग्र, तुम पहले तो इतने लापरवाह न थे। कुछ महीने पहले, शायद सितंबर में चालीस हजार से ज्यादा रुपयों से भरा पर्स कहीं गिरा आए थे। अब फरवरी में साठ हजार का मोबाइल

किसी ने चुरा लिया। ताज्जुब है, अभी इस नए स्कूल में दाखिला हुए पूरा एक साल भी नहीं हुआ और तुमने पूरे एक लाख का नुकसान कर दिया।'

कुशाग्र क्या कहता?

अपनी बड़ी-बड़ी मासूम आँखों में आँसू भरे हुए माँ का चेहरा देखता रहा।

सुरेखा पसीज उठी, 'परेशान मत हो। कल मैं तुम्हारे कॉलेज जाकर प्रिंसिपल से मिलूँगी। उनसे कहूँगी कि चोरी गए मोबाइल का पता लगाएँ।'

'क्या फायदा मम्मी!' छोटा कुशाग्र मुँह लटकाकर बोला, 'जिसने जेब में हाथ डालकर मोबाइल निकाला है, वह बताएगा थोड़े ही।'

'फिर भी वहाँ जाकर प्रिंसिपल से बात करना मेरा फर्ज है। इतना बड़ा नुकसान चुपचाप बरदाश्त कर लेने से कैसे काम चलेगा?'

कुशाग्र रामचंदानी नीची निगाह किए खड़ा रहा।

सुरेखा ने उसे दिलासा दिया, 'परेशान मत हो। पापा तुम्हें वैसा ही दूसरा मोबाइल खरीद देंगे।'

'मम्मा, महँगा मोबाइल रखने का मेरा शौक पूरा हो गया है। मुझे सस्ते-से-सस्ता मोबाइल चाहिए, जो वक्त-जरूरत पर जरूरी बात कहने के काम आ सके।'

'बेटा, वह मोबाइल तुमने बहुत शौक से खरीदा था। उसे तुम भूल नहीं पाओगे। बेहतर यही है कि दो मोबाइल रखो। स्कूल ले जाने के लिए सस्ता और घर पर उपयोग को लिए महँगा।'

इस बार छोटा कुशाग्र कुछ न बोला।

अगले दिन सुरेखा कॉलेज पहुँचकर प्राचार्य से मिली। मोबाइल चोरी हो जाने की घटना बताई। कीमत कानों में पड़ते ही प्रिंसिपल का चेहरा गंभीर हो गया, 'देखिए मैडम, आपको अपने बच्चे को इतने कीमती मोबाइल के साथ स्कूल नहीं भेजना चाहिए था।'

'बच्चा भले ही छठे में पढ़ता है, पर समझदार है। तेज-तर्रार भी है। उससे इस मूर्खता की मुझे उम्मीद नहीं थी।'

'हमारे यहाँ सिर्फ अनुशासन बनाए रखने और पढ़ाई के स्तर पर ध्यान दिया जाता है। फिर भी संपन्न घरों के बच्चे अपनी रईसी दिखाने

का कोई मौका नहीं छोड़ना चाहते। इससे सामान्य घरों के बच्चों में कुंठा जागती है, और चोरी जैसे गलत काम तक के लिए प्रवृत्त हो जाते हैं।'

'आप सही कहते हैं। मैं अब बच्चे को सस्ता मोबाइल देकर ही स्कूल भेजूँगी।'

'देखिए, इसी वर्ष से हमने बच्चों को मोबाइल लाने की इजाजत दी है। इससे पहले हमारे यहाँ इसकी मनाही थी।' प्रिंसिपल का चेहरा और ज्यादा गंभीर हो उठा था।

'दरअसल यह जरूरत की वस्तु है। कभी छुट्टी जल्दी हो जाए, तो घर पर सूचना देने की सुविधा बच्चे के पास होनी ही चाहिए।'

'इसीलिए हमें अनुमति देनी पड़ी। पर आपने इस सुविधा का दुरुपयोग किया। इतना महँगा मोबाइल देकर…'

'सॉरी!' सुरेखा के मुँह से निकला।

प्रिंसिपल की सख्ती भी कम हुई, 'आपकी शिकायत मैंने दर्ज कर ली है। कल प्रार्थना के बाद बच्चों से पूछूँगा हालाँकि इसकी उम्मीद कम ही है कि चुराने वाला लड़का उसे लौटाएगा।…वैसे मेरे लिए यह सदमा भी छोटा नहीं है कि हमारे स्कूल में कोई चोर छात्र भी पढ़ता है। दरअसल हम लोग पढ़ाने के साथ-साथ बच्चों के चरित्र-निर्माण पर भी बहुत जोर देते हैं। इसलिए यह घटना मेरे लिए बहुत तकलीफदेह है।'

'आपका विद्यालय शहर का सबसे प्रतिष्ठित कॉलेज है। इसलिए हमने अपने बेटे को इसी वर्ष यहाँ दाखिल कराया है। हम भी ध्यान रखेंगे कि जाने-अनजाने कोई ऐसी गलती न हो जाए, जिससे विद्यालय का माहौल खराब हो।'

हाथ जोड़कर सुरेखा उठ खड़ी हुई।

□

हड़पे हुए मोबाइल में दुकान से नया सिम डलवाकर बड़ा कुशाग्र अपनी अक्लमंदी पर फूला न समाया। अभी वह मोबाइल शॉप से बाहर निकलकर सड़क पर पहुँचा ही था, कि उसके पास आकर एक नई-चमचमाती मोटर साइकिल रुकी। अपने मोबाइल को हाथ में लिए हुए, उसका मालिक बन जाने के नशे में वह इतना चूर था कि मोटर साइकिल

का रुकना भी न जान सका।

'नया मोबाइल है?' आवाज कानों में पड़ी तो वह चौंक गया।

मोटर साइकिल सवार उससे पूछ रहा था।

अब उसने ध्यान दिया, अरे, यह तो उसका सहपाठी श्रेय है, जो मुस्कराता हुआ उसकी तरफ देख रहा है।

'हाँ, नया मोबाइल है।' कुशाग्र बोला।

'देखूँ।' श्रेय ने हाथ बढ़ाया तो उसे मोबाइल देना पड़ा।

'शानदार है।' प्रतिक्रिया व्यक्त करते हुए श्रेय ने मोबाइल लौटा दिया।

शिष्टाचार के नाते उसे भी पूछना पड़ा, 'मोटर साइकिल नई ली है क्या?'

'हाँ।' श्रेय इतराकर बोला, 'दरअसल मुझे यही सवारी पसंद है। लॉन्ग ड्राइव पर निकल जाओ तो महसूस होता है कि सारी दुनिया हमारी है। ऐसा आनंद साठ लाख की कार में बैठकर भी मुझे नहीं मिलता है।'

कुशाग्र ईर्ष्या भरी दृष्टि से श्रेय की नई मोटर साइकिल को देखता रहा। उसे पता ही नहीं चला कि मोबाइल हड़पने का सुख कब, कैसे और कहाँ गायब हो गया है। इस वक्त उसके कलेजे में सिर्फ एक हसरत कुलबुला रही है, 'ऐसी ही मोटर साइकिल की सवारी यदि मयस्सर नहीं हुई, तो समझ लो कि जिंदगी व्यर्थ हो गई।'

मन की स्लेट पर लिखी इस नई इबारत को मिटाने की बहुत कोशिश की उसने, पर सफल न हो सका। एक कसक मन में रह-रहकर उठ रही थी, कंगले परिवार में जन्म लेकर उसने जिंदगी का कोई सुख आज तक नहीं पाया। यह श्रेय उससे पढ़ाई में पीछे है, पर हीरोगिरी में कितना आगे है। मोटर साइकिल पर लॉन्ग ड्राइव के लिए निकलता है। सारी दुनिया को अपने पाँव तले महसूस करता है। ऐसा गुमान क्या उसके भीतर नहीं आ सकता।

अपना मोबाइल अनमने भाव से घर पहुँचकर उसने मम्मी की तरफ बढ़ाया तो वह चौंक पड़ी, 'कुशाग्र, यह किसका मोबाइल है? तुम्हारे पास कैसे आ गया?'

'मम्मी यह मेरा मोबाइल है। मैं इसे अभी-अभी दुकान से खरीदकर ला रहा हूँ।'

'पर तुम्हारे पास मोबाइल खरीदने के लिए पैसे कहाँ थे?'

'भूल गईं मम्मी, तुम्हीं ने तो पाँच हजार रुपए मुझे दिए थे।'

'बेटा, वे रुपए मैंने तुम्हें उस दोस्त को देने के लिए दिए थे, जिससे तुमने कंप्यूटर लिया है।'

'ओह माँ, तुम रवि को जानती नहीं हो, तभी ऐसी बात कर रही हो।' कुशाग्र जोर से हँसा, 'वह भला मुझसे कंप्यूटर का पैसा लेता? साफ बोला कि दोस्ती में जब उपहार दिया जाता है तो उसकी कीमत नहीं वसूली जाती।'

'यानी उसने वे पाँच हजार नहीं लिए?'

'हाँ···और इसीलिए मैंने सोचा कि क्यों न उन पाँच हजार रुपयों से मैं एक मामूली-सा मोबाइल खरीद लूँ, क्योंकि आज के समय में इसके बिना काम नहीं चलता है।'

'तुमने ठीक किया बेटे।' मन में उठते गुबार के बावजूद माँ को कहना पड़ा।

कुशाग्र ने अपने कमरे में जाकर फिजिक्स पढ़ने की कोशिश की, पर पढ़ाई में न उसका मन लगना था और न लगा। नई मोटर साइकिल का सपना आँखों में इंद्रधनुष-सा सजने जो लगा था। इससे पहले सहपाठियों की होड़ में ही मोबाइल के लिए उसका मन ललचाया था। यह लोभ गलत है, वह जानता था, पर···

□

दो दिन बाद साइंस के प्रैक्टिकल शुरू हो रहे थे। कुशाग्र गुप्ता की फाइलें अभी अधूरी थीं। इसलिए दुनिया भर की खुराफात को दिमाग से निकालकर वह फिजिक्स और केमिस्ट्री की फाइलें पूरी करने में कमर कसकर जुट गया। शौक अपनी जगह थे, पर उनके चलते बोर्ड की परीक्षा को थोड़े ही भुलाया जा सकता था?

जब एक बार इम्तहान का डर उसके ऊपर हावी हुआ, तो रात-

दिन एक करके कुशाग्र गुप्ता ने अपनी फाइलें पूरी कीं और प्रैक्टिकल में दूसरे बच्चों की बराबरी में आने में कोई कसर न छोड़ी। नतीजा यह हुआ कि उसका डगमगाया हुआ मनोबल दृढ़ हुआ और वह समझ गया कि इम्तहान में ठीक ठाक नंबर ले ही जाएगा। भले ही कॉलेज टाइम के बाद सड़कों पर घूमा-फिरा था और सिनेमा-होटल के फेर में पड़ा था, पर कॉलेज की पढ़ाई भी अपने आप में कम मायने न रखती थी। उसी पढ़ाई की बदौलत उसे परीक्षा की वैतरणी पार कर लेने का पूरा भरोसा था। उसे मालूम था, सेंट जोजफ इंटर कॉलेज के सभी अध्यापक छात्रों के प्रति अपनी जिम्मेदारी समझते हैं। हर बच्चे की प्रगति पर निगाह रखते हैं। इसलिए क्लास में पूछे जाने वाले प्रश्नों की वह अनदेखी नहीं कर सकता था। अध्यापकों की बातों को ध्यान से सुनना उसके लिए जरूरी रहा था। इसी एकाग्रता का लाभ इंटरमीडिएट बोर्ड की परीक्षा में मिलने की उसे पूरी उम्मीद थी।

परीक्षा की चिंता और प्रैक्टिकल के चलते पूरा फरवरी माह पलक झपकते निकल गया। कुशाग्र गुप्ता को खुशी थी कि उसने अपना पाठ्यक्रम एक बार पूरा तैयार कर लिया है। इंटर फाइनल की कक्षाएँ अब नियमित रूप से नहीं चल रही थीं। इसलिए घर पर रहने के कारण उसे पढ़ाई के लिए काफी समय मिल गया था। मार्च शुरू होते ही परीक्षा की तैयारी के नाम पर बारहवीं कक्षा के बच्चों को विद्यालय आने से रोक दिया गया था। सिर्फ पढ़ाई अब बड़े कुशाग्र के दिमाग में थी, पर चमचमाती मोटर साइकिल को वह अपने दिल से निकाल नहीं पा रहा था। काश! श्रेय की तरह वह भी अपनी मोटर साइकिल पर लॉन्ग ड्राइव के लिए निकल सकता। काश! श्रेय की तरह वह भी सारी दुनिया को अपनी मुट्ठी में देख सकता। काश! श्रेय की तरह वह भी घमंड से भरकर···

पर इन बातों को सोचने से कोई फायदा न था। आसमान के सितारे की तरह मोटर साइकिल उसकी पहुँच से दूर थी। हालाँकि मोटर साइकिल चलाना उसके लिए कोई कठिन काम न था। दो साल पहले, हाई स्कूल का इम्तहान देने के बाद उसने पड़ोस के नितिन भैया से स्कूटर चलाना

सीख लिया था। लंबे विश्वविद्यालय मार्ग पर कई दफा भैया को पीछे बैठाकर स्कूटर दौड़ाया था। पर पेट्रोल के खर्च की वजह से जब नितिन भाई उसे अपना स्कूटर देने में आनाकानी करने लगे तो उसके मन में यही बात आई थी, 'वह दिन मेरी जिंदगी में जरूर आएगा, जब मैं अपनी सवारी पर मनचाहे समय तक दौड़ लगाऊँगा।'

श्रेय की मोटर साइकिल याद आने के साथ ही उसका मन वही शुभ दिन पाने के लिए रोमांचित हो उठता था। क्या उसके जीवन में अपनी सवारी का आनंद उठाने का वह इच्छित वक्त आ गया है, सोचकर वह मोटर साइकिल की जुगाड़ के लिए अक्ल भिड़ाने लगा था।

सिर्फ उसकी अधूरी लालसा है यह, कुशाग्र गुप्ता यह बात जानता था। इस लालसा को पूरा करने में वह निरुपाय है, इस सच्चाई को भी कुशाग्र गुप्ता का दिमाग जानता था। पर दिमाग से अलग एक दिल भी था, जो जब-तब उसे उकसाता रहता था, 'एक बार कोशिश करके देख लेने में क्या हर्ज है? हो सकता है, अलीबाबा की तरह मोटर साइकिल रूपी खजाने की चाभी तुम्हारे हाथ भी आ जाये। उस 'खुल जा सिम-सिम' को पाने की कोशिश में एक बार जान लगाकर देखो तो!'

ऐसे पलों में कुशाग्र गुप्ता का मन इतना छटपटा उठता था कि मोटर साइकिल के बिना उसे अपना जीवन ही बेकार लगने लगा था।

□

समय किसी के लिए नहीं ठहरता। मार्च का महीना भी एक-एक दिन करके निकल रहा था। बारह मार्च को प्रवेश पत्र लेने के लिए उसे कॉलेज जाना पड़ा। वहाँ संयोगवश जूनियर से आमना-सामना हो गया, तो उसके दिमाग में मोटर साइकिल के लोभ का कीड़ा बुरी तरह कुलबुलाने लगा। जूनियर भी एकाएक उसे सामने पाकर बुरी तरह परेशान दिखने लगा था। पर वह इस वक्त पूरी बेशर्मी पर उतारू होकर बोल पड़ा, 'क्लास छोड़कर इस वक्त कहाँ चल दिये, जूनियर?'

'सुरेश सर ने स्टॉफ रूम से कापियाँ मँगवाई हैं। उन्हीं को लेने जा रहा हूँ।' वह बच्चा बोला।

'बड़े मौके से तुम मिल गए। मुझे तुमसे एक जरूरी काम है।'

'कहिए।'

'मैं एक बहुत बड़ी परेशानी में फँस गया हूँ। उससे बाहर निकलने के लिए मुझे करीब सवा लाख रुपए चाहिए। तुम जानते ही हो, आड़े वक्त पर तुम्हारे सिवाय मैं और किसी के सामने हाथ नहीं फैला सकता।'

'भैया, सवा लाख ला पाना मेरे बूते के बाहर है।' छोटा कुशाग्र रूखी आवाज में बोला।

'देखो जूनियर, तुम साठ-साठ हजार करके दो बार में मुझे यह पैसा दे सकते हो।'

'मम्मी आजकल ज्यादातर समय घर पर ही रहती हैं। मेरे लिए उनके या पापा के कमरे से रुपए निकाल पाना संभव नहीं है।'

'तुम्हारी यह बहानेबाजी चलेगी नहीं, जूनियर!' बड़ा कुशाग्र गुस्से से तिलमिला उठा, 'कल ही मैंने एक बंजारे से एक धारदार चाकू खरीदा है, जिसे आंतों में उतार देने पर आदमी को मरने में एक मिनट भी नहीं लगता है। और मुझे यह भी मालूम है कि तुम्हें अपने माता-पिता से बहुत प्यार है। तुम्हें उनकी बहुत जरूरत है। तुम उन्हें खोना नहीं चाहोगे।''बोलो, क्या इरादा है? साठ हजार कल मुझे कॉलेज के फाटक पर दे रहे हो या नहीं?'

'जी।' बड़ी मुश्किल से जूनियर के मुँह से आवाज निकली। उसका गोरा चेहरा भय से पीला पड़ चुका था।

बड़े कुशाग्र के चेहरे पर एक दुष्टताभरी मुसकान थी। अगले दिन यानी तेरह मार्च को दोनों की मुलाकात कॉलेज के गेट पर होनी ही थी। सामने पड़ते ही जूनियर भय से काँपते हुए बोला, 'भैया, कसम से कहता हूँ कि पापा की अलमारी में मुझे सिर्फ फाइलें और कागज दिखाई दिए। ऐसा लगता है कि उन्होंने रुपए रखने की जगह बदल दी है।'

'और मम्मी का पर्स? वह भी शायद किसी जादू से चिड़िया बनकर हवा में उड़ गया है। इसीलिए वह पर्स भी तुम्हारे हाथ नहीं लगा।''क्यों?' बड़े कुशाग्र की आवाज में गहरी कुढ़न के साथ व्यंग्य था।

छोटा लड़का और ज्यादा सहम गया। बोला, 'मम्मी की अलमारी मैंने पहली दफा तालाबंद देखी है। पर्स वहीं रहता है, मेरे हाथ नहीं लग सका।'

'झूठे!'''परले सिरे के झूठे और बहानेबाज!' बड़ा कुशाग्र तैश में आ गया, 'शायद तुम मेरी आए दिन की माँग से उकता चुके हो। पर जब मैं साफ-साफ कह रहा हूँ कि यह मेरी आखिरी माँग है और इसके बाद मैं हमेशा के लिए तुम्हारा पीछा छोड़ दूँगा, तो मेरी बात पर यकीन क्यों नहीं करते?'

'मुझे आपकी बात पर पूरा यकीन है भैया। इस बात पर ताज्जुब भी है कि अपने रुपयों की हिफाजत को लेकर वे दोनों इतने सजग क्यों हो गए हैं। हो सकता है कि उन्हें मुझ पर शक हो गया हो और इसीलिए मम्मी-पापा ने मेरी पहुँच से रुपए-पैसों को दूर कर दिया हो।'

'इसका मतलब है कि तुम्हें अपनी मम्मी के वहाँ पहुँच जाने से कोई परेशानी नहीं है।' कहते हुए गुस्से से भरे बड़े कुशाग्र ने आसमान की तरफ अपनी तर्जनी उठा दी।

जूनियर गिड़गिड़ा उठा, 'आप मेरी मम्मी को मत मारना, भैया। आपके पांव पड़ता हूँ, मेरी मम्मी की जान मत लेना।'

'तो फिर रुपए लेकर क्यों नहीं आया? मैं तुझे एक मौका और दे सकता हूँ। कल रुपए लेकर आएगा?'

'मैं तो आज ही ले आता, पर रुपए कहीं मिले ही नहीं।' छोटा लड़का बेबसी से रो पड़ा।

'यहाँ सबके बीच तमाशा खड़ा करने की जरूरत नहीं है। रोना बंद कर।' बड़े कुशाग्र ने धमकाया तो जूनियर चुप हो गया। हथेली से अपने आँसू पोंछने लगा।

बड़े कुशाग्र ने सोचते हुए कहा, 'तुम्हारे यहाँ तो सोने और हीरे-जवाहरातों की बिक्री होती है न?'

'जी।'

'पापा के कमरे में कोई सेफ है?'

'जी।'

'उसमें निश्चित रूप से जेवरात रहते होंगे। रुपयों को मारो गोली, तुम कोई जेवर उठा लाओ।'

'जी।' तीसरी बार भी किसी यंत्रचलित खिलौने की तरह जूनियर

कुशाग्र बोला और सिर झुकाए हुए फाटक के भीतर घुस गया। उसकी समझ में नहीं आ रहा था कि पापा की तिजोरी को हाथ कैसे लगाएगा? मम्मी के पर्स और पापा की अलमारी की बात और थी। वहाँ से रुपए निकालते रहने के कारण उसका भय खत्म हो चुका था। हालाँकि जानता था, चोरी गलत काम है, फिर भी अपने पापा- मम्मी की जान पर मँडराता खतरा बचाने के लिए उसे गलत रास्ते पर बढ़ना पड़ा था। अब इससे एक कदम और आगे बढ़कर पापा की तिजोरी तक कैसे पहुँचेगा वह, यह समस्या उसके सामने मुँह बाये खड़ी थी।

पर जहाँ समस्या थी, वहाँ समाधान भी था।

पापा की मेज की दराज की तलाशी लेने पर उसे सेफ की चाभी मिल गई। संयोग से पापा-मम्मी किसी कार्यक्रम में एक साथ गए थे, इसलिए आया आंटी तथा दूसरे नौकरों की निगाह बचाकर उसने सेफ की चाभी खोजी और वहाँ से चमचमाती हुई एक सोने की चेन निकाल ली। उसने देखा था कि कुछ देर पहले मुंबई का एक कारीगर ढेर-सी चेनें लाया है और पापा ने उन्हें अपनी सेफ में रखा है।

अगले दिन यानी चौदह मार्च को जूनियर कुशाग्र ने वह सोने की चेन बड़े कुशाग्र को सौंप दी और माथे का पसीना पोंछते हुए कहा, 'भैया, अब मुझे घर से कुछ और लाने के लिए मजबूर मत करना।'

'यदि इसे बेचकर मेरा काम चल गया, तो मैं कुछ नहीं कहूँगा। लेकिन यदि रुपए पूरे न पड़े, तो मजबूरी है। तब न चाहते हुए भी मुझे कुछ और मांगना पड़ेगा।'

छोटे कुशाग्र का चेहरा उतर गया।

'हाँ, एक बात अच्छी याद आई। मुझे अपना मोबाइल नंबर बता दो। इस चेन को बेचने के बाद यदि रुपए कम पड़े, तो मैं तुम्हें फोन से सूचना दे दूँगा। तुम कल ही कोई और जेवर लाकर मुझे दे देना।' पूरे इतमीनान से बड़े कुशाग्र ने समझाया।

छोटे लड़के को विवश होकर अपना मोबाइल नंबर बताना पड़ा।

'फिक्र मत करो जूनियर', बड़े कुशाग्र ने उसे निश्चिंत करना चाहा, 'सचमुच यह आखिरी बार है। इसके बाद मैं तुमसे कुछ नहीं कहूँगा।

आज ही यदि तुम वजनी जंजीर ले आए होते, तो फिर कुछ और नहीं मँगवाता। पर यह तो बहुत हलकी है। किसी भी स्थिति में इसका मूल्य सवा लाख नहीं हो सकता। इसलिए आज शाम को सात बजे मेरे फोन का इंतजार करना। तभी मैं कुछ कह सकूँगा।'

'जी।' कहकर छोटा कुशाग्र वहाँ हटने लगा, तो वह बोल पड़ा, 'और देखो, कल सुबह सात से दस बजे तक मैं पेपर दूँगा। उसके बाद अपने परीक्षा सेंटर से सीधे तुम्हारे पास आकर अपनी चीज ले लूँगा।'

उस दिन कक्षा की पढ़ाई में छोटे कुशाग्र का मन न लगा। बार-बार अपनी नाम राशि के यमदूत का ध्यान आता था कि शाम को सात बजे घर पर फोन करेगा, तो क्या होगा? क्या एक बार फिर पापा की तिजोरी को हाथ लगाना पड़ेगा? क्या एक बार फिर सोने का कोई आभूषण निकालना पड़ेगा? इन्हीं दुश्चिंताओं में उस दिन कुशाग्र रामचंदानी की स्कूली पढ़ाई का सत्यानाश हो गया।

दोपहर दो बजे वह छुट्टी के बाद घर पहुँचा। उसकी उम्मीद के विपरीत मम्मी-पापा घर पर थे। माँ तो खैर पिछले एक माह से घर पर मिल रही थीं, पर पापा का इस वक्त मिलना ताज्जुब की बात थी। आज तो बाजार मंदी का दिन भी नहीं था, फिर भी पापा घर पर क्यों है, वह समझ नहीं सका। क्या पापा की तबियत खराब है, सोचते हुए उसने घर का माहौल सूँघने की कोशिश की।

कोई संदिग्ध बात न मिली।

उसे देखते ही मम्मी ने आया आंटी को आवाज दी, 'राधा, डाइनिंग टेबिल पर हम सबका लंच लगा दो। कुशाग्र भी पढ़कर आ गया है।'

हाथ-मुँह धोकर, कपड़े बदलकर वह भी खाने की मेज पर आ गया। सबने शांति पूर्वक भोजन किया, इसके बाद जब वह अपने कमरे में जाने लगा, पापा ने गंभीर कंठ से टोका, 'सुनो कुशाग्र, मुझे तुमसे कुछ बात करनी है। मेरे कमरे में चलो।'

कुशाग्र?

सुनते ही उसे धक्का-सा लगा।

मम्मी-पापा उसे नाम लेकर कभी नहीं पुकारते। पापा उसे हमेशा

लाड़ से भरकर 'छोटे' या 'छोटू' कहते हैं, मां के पास उसे पुकारने के लिए नामों की कमी नहीं है। 'बेटू' उनका प्रिय संबोधन है। 'कुशाग्र' नाम से संबोधित करने का मतलब है कि कोई गंभीर मसला है, इतना वह समझ गया।

जब तक वह पापा के कमरे में पहुँचा, मम्मी भी वहाँ आकर एक खाली कुरसी पर बैठ चुकी थीं। पापा ने उँगली से एक अन्य खाली कुरसी की तरफ इशारा किया, तो वह भी हैरान-परेशान सा वहाँ बैठ गया।

कुछ पल खामोशी छाई रही।

फिर पापा ने जेब में हाथ डालकर कुछ निकाला और खुली हथेली आगे बढ़ा दी, 'इसे पहचानते हो?'

छोटे कुशाग्र का चेहरा फक्क पड़ गया।

पूरा घटनाक्रम उसकी आँखों के सामने घूम गया। पिछले महीने कुशाग्र गुप्ता का उसे रोककर मोबाइल की माँग करना। उसके मोबाइल पकड़ा देने पर सिम निकालकर उसे लौटा देना। उस सिम का अपने शिथिल हाथों से उसका बस्ते में डालना।

शायद उस दिन वह छोटा-सा सिम नीचे सरककर बैग के किसी कोने में फँसकर रह गया था। तभी तो रोज स्कूल जाते समय बैग लगाने के बावजूद कभी हाथ में नहीं पड़ा। वह भी कुछ देर बाद ही उस सिम को भूल गया था, बाद में बैग की अच्छी तरह तलाशी लेकर कभी ढूँढ़ने की कोशिश नहीं की थी।

वही सिम इस वक्त पापा की खुली हथेली पर रखा हुआ था।

'बोलो कुशाग्र, इस सिम को पहचानते हो?' इस बार मम्मी ने किंचित कठोर स्वर में पूछा।

'जी।' कहते हुए उसके गले में काँटे-से चुभने लगे थे। बड़ी मुश्किल से एक छोटा-सा 'जी' मुँह से निकल पाया था।

'तुम तो कहते थे कि तुम्हारा मोबाइल किसी ने जेब से चुरा लिया। तो क्या चोर महाशय ने चोरी के बाद सिम तुम्हें लौटा देने की शराफत दिखाई थी?'

छोटा कुशाग्र चुप रहा।

'बोलते क्यों नहीं?' माँ की आवाज कुछ और सख्त हो गई।

बच्चा बेचारा क्या बताता?

उसके चेहरे पर शर्म, पश्चाताप, दुःख के मिले-जुले भाव झलक उठे और आँखों में आँसू भर आए।

'कुशाग्र, नाटक मत करो।' माँ की आवाज कर्कश हो उठी, 'मैं तुम्हें सीधा-सादा बच्चा समझती थी। पर तुम···क्या कहूँ, कुछ समझ नहीं आ रहा।'

'सुरेखा, तुमने अपनी बात कह ली?···अब यहाँ से जाओ। मुझे कुशाग्र से बात करने दो।' पापा शांत कंठ से बोले।

माँ उठकर खड़ी हो गईं। दो कदम चलीं। फिर ठिठककर तिलमिलाई आवाज में बोलीं, 'मैं तुम्हें प्यार करती हूँ। तुम्हारी हर फरमाइश मुँह से निकलते ही पूरी कर देती हूँ। पर इसका यह मतलब नहीं कि तुम्हें बिगड़ जाने दूँगी। मुझे तुम्हारे झूठ बोलने पर बहुत दुःख और शर्म है, कुशाग्र। तुम्हें हो क्या गया है? तुम तो ऐसे न थे।'

बात खत्म करते-करते माँ की आँखें भर आईं।

छोटे कुशाग्र से माँ की पीड़ा नहीं देखी गई, पर वह भी तो मजबूर था। होंठ सिले हुए खड़ा रहा।

पापा ने फिर उसी शांत आवाज में अपनी बात दोहरा दी, 'सुरेखा, मैंने कहा न, जाओ यहाँ से।'

तमतमाई हुई माँ वहाँ से बाहर निकल गईं।

अब आमने-सामने पड़ी दो कुरसियों पर पिता-पुत्र बैठे हुए थे। एक बार फिर क्षणिक खामोशी छा गई थी। इसके बाद सुधीर रामचंदानी उठे। दूसरी कुरसी के पास जाकर बेटे का कंधा थपथपाया, 'छोटे, मुझे अपने बच्चों पर गर्व है। तुम यह बात जानते हो?'

'छोटे' यानी कुशाग्र रामचंदानी चेहरा झुकाए बैठा रहा। 'देखो, हमारे पास बहुत पैसा है। कई माध्यमों से घर में पानी की तरह पैसा आ रहा है। फिर भी उस पैसे की वजह से मैंने स्वयं को कभी शहर का धनी व्यक्ति नहीं समझा। वजह यह है कि मेरा असली धन मेरे दो बेटे हैं, जिन पर मुझे गर्व है। मेरी असली पूँजी मेरे नैतिक मूल्य हैं, जिन्हें मैंने कभी काली

कमाई करने के लिए नहीं भुलाया है।'

सुधीर ने अपनी बात का असर देखने के लिए बेटे का चेहरा देखा, पर वह भावहीन था।

सुधीर ने पल भर ठहरकर अपनी बात आगे बढ़ाई, 'मेरी नैतिक मूल्यों की पूँजी आज भी बरकरार है, मुझे इस बात का गहरा संतोष है। मेरे बड़े बेटे कुणाल ने आई.आई.टी. में पहुँचकर साबित कर दिया है कि वह मेरा अनमोल रत्न है और मेरा छोटा बेटा…'

सुधीर रामचंदानी ने एक बार फिर क्षणिक चुप्पी ओढ़ ली। इस बार उनके छोटे पुत्र के चेहरे पर मलिनता छा गई वह समझ गया, पापा आगे क्या कहेंगे। उसकी वजह से पापा का सिर नीचा हुआ है, इसके अलावा कुछ और कहने को है ही क्या? अर्धवार्षिक परीक्षा में उसके नंबर हमेशा जैसे नहीं आए हैं। उसके स्कूल बैग में पुराने मोबाइल का सिम मिल जाने से मोबाइल चोरी चले जाने का उसका झूठ पकड़ लिया गया है। जाहिर है, वह पापा का नालायक बेटा है और पापा यही बात कहकर अपना वाक्य पूरा करने जा रहे हैं।

पर उसका अनुमान गलत निकला।

'मेरा छोटा बेटा, यानी तुम मेरे कोहिनूर हो, इसे कहने की मैं जरूरत नहीं समझता हूँ।' कहकर सुधीर बाबू ने अपनी बात पूरी की, तो छोटा कुशाग्र बेतरह चौंक उठा।

क्या उसने अपने कानों से जो सुना, वह सच है?

क्या सचमुच पापा ने उसे कोहिनूर कहा है?

लेकिन क्यों? उसने तो कोई प्रशंसनीय काम किया ही नहीं है। उलटे अपने कार्यकलापों से पापा-मम्मी का सिर नीचा कर दिया है। तो क्या पापा उसका मजाक उड़ा रहे हैं?

भले ही पिछले महीने ग्यारह साल का हो चुका था कुशाग्र, फिर भी अभी छोटा ही तो था। कुछ समझ नहीं सका। उसी तरह शरमिंदा सिर झुकाए बैठा रहा। पापा ने अपनी बात दोहराई, 'हाँ बेटे, तुम मेरे कोहिनूर हो। यदि कभी किसी आदमी की असावधानी से उसका अनमोल रत्न धूल में गिरकर मैला हो जाए, तो इससे रत्न का मोल घट नहीं जाता।

यही बात तुम्हारे साथ है। यदि तुमसे कोई गलती हुई भी है, तो उसकी वजह तुम नहीं, तुम्हारे माता-पिता हैं। तुम्हें अपनी किसी गलती के लिए लज्जित होने की कोई जरूरत नहीं है।'

छोटे कुशाग्र ने इस बार अपना झुका हुआ सिर उठाया और हैरत से पापा के चेहरे की तरफ देखा।

पापा ने उसकी पीठ को बहुत स्नेह से सहलाया, 'हाँ बेटे, यह भी शायद हमारी कमी है कि हम तुम्हारा विश्वास नहीं जीत सके हैं। तुम हम पर भरोसा नहीं करते हो। यदि करते होते, तो हमसे कोई बात नहीं छिपाते।'

'मैंने आप लोगों से कब कोई बात छिपाई है?' इस बार उस बच्चे के मुँह से बोल फूटे।

'देखो बेटा, मोबाइल चोरी हो जाने की तुम्हारी बात पर मम्मी-पापा ने फौरन विश्वास कर लिया। लेकिन फिर उस मोबाइल का सिम तुम्हारे स्कूल बैग में कैसे आया?'

बेटे ने फिर चुप्पी साध ली।

'बोलो बेटा।' पिता ने उसे उत्साहित किया।

'पता नहीं।' इस बार बच्चा बहुत कष्ट के साथ बोला। जाहिर था, उसे इस विषय पर चर्चा बिल्कुल पसंद नहीं आ रही है।

'चलो छोड़ो।' पिता ने विषयांतर किया, 'एक और बात पूछूँ, सच-सच बताओगे?'

हामी भरने के बजाय बच्चे ने पिता का चेहरा देखा।

आँखों से पूछा, 'अभी कुछ और पूछना बाकी है?

सुधीर रामचंदानी बोले, 'मुंबई का कारीगर रतीराम मेरे ऑर्डर पर सोने की पचास चेनें बनाकर दे गया था, जो सेफ में रखी थीं। उनमें से अब उनचास बाकी हैं। एक कहाँ गई, तुम जानते हो। मुझे बताओगे?'

'मुझे नहीं पता।' बच्चा फिर बड़े कष्ट से बोल सका।

'देखो बेटा, किसी बच्चे को अपने माता-पिता से कभी कोई बात नहीं छिपानी चाहिए। मैं जानता हूँ कि तुम्हें उस पचासवीं चेन के विषय में मालूम है और तुम भी जानते हो कि तुम्हें उसके विषय में जानकारी

है। फिर बताने में दुविधा क्यों हैं?'

बच्चे ने अपनी दृष्टि धरती में गड़ा दी। बड़ी-बड़ी आँखें आँसुओं से भर गईं। दो बूँदें सफेद संगमरमर के फर्श पर टपक पड़ी।

सुधीर रामचंदानी पूरे आश्वस्त कंठ से बोले, 'मुझे पता है कि मेरा बेटा बहुत सच्चा और साफ मन का है। उसे चेन चुराने की क्या पड़ी है? साठ हजार का मोबाइल जब उसे एक बार मुँह खोलने से मिल जाता है, तो वह पापा की सेफ से कोई चेन क्यों निकालेगा, फिर भी यदि उसने चेन निकाली है, तो इसकी कोई खास वजह होनी चाहिए। और वह वजह मेरा बेटा अपने पिता से कभी नहीं छिपाएगा।'

'मैं···मैं···मैं कुछ नहीं जानता।' बेटा बुझी आवाज में बोला।

'तुम सब कुछ जानते हो।' पिता ने खनकती आवाज में कहा।

'पर मैं आपसे इस बारे में कुछ कह नहीं सकता। पापा, प्लीज आप मुझे कुछ कहने के लिए मजबूर न करें।' कहते-कहते वह बच्चा फफक कर रो पड़ा।

सुधीर रामचंदानी ने उसे रोने दिया।

जी भरकर रोने दिया।

चुप कराने की एक बार भी कोशिश नहीं की, सिर्फ खामोशी से उसके स्वयं चुप हो जाने का इंतजार करते रहे।

अंततः बच्चा चुप हुआ और गिड़गिड़ा उठा, 'पापा, आप मेरी मजबूरी समझिए। यदि मैं बता सकता होता, तो आपसे कुछ नहीं छिपाता। पर मुझे मुँह खोलने की नतीजा पता है और वह इतना खतरनाक है कि···'

एक बार फिर फफक उठा बच्चा।

पिता ने इस बार स्नेह से उसके आँसू पोंछे और आँसुओं से नम कोमल गाल चूम लिया। बहुत-बहुत दुलार भरी आवाज में कहा, 'न बेटा, रोना नहीं। साहसी बनो। हिम्मत बटोरो और एक-एक बात मुझे बता दो। मैं वायदा करता हूँ कि एक दोस्त की तरह तुम्हारी मदद करूँगा।'

पर छोटे कुशाग्र की अब भी मुँह खोलने की हिम्मत न पड़ी।

सिर्फ कातर दृष्टि से पिता का चेहरा देखता रहा।

'बोलो बेटे!'

'पापा, वह इंटर में पढ़ने वाला बड़ा लड़का है। 17–18 साल का होगा। वह बहुत खतरनाक और क्रूर है। उसने साफ-साफ कहा है कि किसी से कुछ बताने पर मेरी माँ का चेहरा तेजाब से जला देगा या मेरे पिता की अंतड़ियाँ चाकू के वार से बाहर निकाल देगा।'

'यानी तुम किसी शातिर दिमाग वाले गुंडे के जाल में फँस चुके हो।' सुधीर रामचंदानी गंभीर हो उठे।

बेटा चुप रहा।

'मैं हूँ न! तुम्हें दिलासा दे रहा हूँ कि डरो मत। भरोसा दिला रहा हूँ कि किसी माई के लाल में तुम्हारे माता-पिता को कानी उँगली से छूने की भी हिम्मत नहीं है। छोटा और मासूम बच्चा जानकर उसने तुम्हें डराया-धमकाया है और तुम उससे बुरी तरह आतंकित हो चुके हो। पर क्या तुम्हें अपने पापा की बात पर यकीन नहीं है? अपने पापा के साहस पर भी यकीन नहीं है?···बेटा कुशाग्र, तुम्हें तो अपने पापा की निडरता पर पूरा भरोसा होना चाहिए। सोने और जवाहरातों के आभूषणों के अपने इतने बड़े शो-रूम में मैं एक शीशे की केबिन में किसी हिम्मत की वजह से ही तो बैठता हूँ। पचासों कर्मचारी ग्राहकों को सामान दिखाते हैं, पसंद कराते हैं, उठाते-रखते हैं। आज तक किसी की हिम्मत नहीं पड़ी कि नाक की एक छोटी-सी लौंग तक इधर से उधर कर सके। या मुझे खुला चाकू अथवा रिवाल्वर दिखाकर जेवरात लूट सके। इसलिए तुम मुझसे बेधड़क सारी बात कह दो। देखना, मैं चुटकियों में तुम्हारी समस्या का समाधान कर दूँगा।'

बच्चा अभी भी सोच रहा था, मुँह खोले या नहीं?

'बोलो बेटा।' सुधीर रामचंदानी ने इस बार इतने प्यार से और इतनी मीठी आवाज में उसका हौसला बढ़ाया कि बच्चे के मन की सारी दुविधा मिट गई और उसने अपनी बात शुरू कर दी, 'पापा, उन्तीस अगस्त का दिन था वह, जब एक चौकीदार की मृत्यु हो जाने पर स्कूल में छठे घंटे के बाद छुट्टी कर दी गई थी। मैंने मम्मी से फोन पर बता करके जल्दी गाड़ी भेजने को कहा था, तभी हमारे कॉलेज का ही किसी बड़ी कक्षा का एक छात्र मेरे पास आकर बोला···'

और फिर पास खड़े उस बड़े छात्र के देखने के लिए मोबाइल माँगने से जो घटना-क्रम का बयान शुरू हुआ, वह सोने की चेन सौंपने के बाद ही रुका।

सुधीर बाबू शांति से बेटे की सारी बातें सुनते रहे। बात पूरी होने पर गंभीर कंठ से सिर्फ इतना बोले, 'पूरे साढ़े छह महीने तुम उस बड़े लड़के से आतंकित होते रहे। तुम्हें पहले दिन ही स्कूल से आने पर अपनी माँ को सारी बात बतानी चाहिए थी।'

'मुझे मम्मी की बहुत जरूरत है, पापा!...और आपकी भी। यदि मेरे कुछ बताने पर वह आप लोगों को चोट पहुँचा देता, तो क्या होता? कैंटीन में मेरे पैसों से दावत खाने के बाद उसने दो हजार रुपए माँगे थे। मेरे मना कर देने पर छुट्टी के बाद वह अपने तीन साथियों के साथ मुझे धमकाने आया था। तीनों इतने लंबे-तगड़े थे कि उनका खूँखार रूप देखकर मुझे रुपयों से भरा पर्स सौंपना पड़ा था। उनका चेहरा याद करके कई दिन मैं भय से सिहरता रहा था। यदि एक लड़के ने अकेले डराया-धमकाया होता तो शायद मैं घर पर बता देता। लेकिन उन सबने मिलकर मुझे सचमुच बहुत ज्यादा डरा दिया था।'

'कोई बात नहीं। जो हुआ, सो हुआ। वह धूर्त लड़का है, उसने तुम्हारी नादानी का अनुचित फायदा उठाया। पर अब यह अध्याय खत्म हुआ। तुम्हें उसके लिए एक तिनका भी ले जाने की जरूरत नहीं है।'

'लेकिन उसे पूरा सवा लाख चाहिए और आज वाली जंजीर से शायद सवा लाख न मिले। ऐसी हालत में एक और आभूषण पहुँचाने के लिए वह मुझ पर दबाब डालेगा।'

'नाम क्या है उसका?'

'वही, जो मेरा है।...कुशाग्र। कुशाग्र गुप्ता।'

'तुम्हें उसके घर का पता मालूम है।'

'सिर्फ इतना पता है कि वजीरपुरा में किसी गली में उसका घर है। यदि मुझे सही याद है तो उसने करीमा वाली गली का नाम उस दिन लिया था, जब अपने तीन दोस्तों को लेकर आया था।'

'पिता का नाम जानते हो?'

'हाँ। एक दिन कह रहा था कि रवींद्र गुप्ता के बेटे को मैं ऐसा-वैसा न समझूँ।···एक अन्य दिन की बातचीत से मुझे पता चला था कि उसके पिता किसी बैंक में कर्मचारी हैं।'

'इतनी जानकारी काफी है।···तो क्या आज शाम को सात बजे उसका फोन आएगा?'

'उम्मीद तो पूरी है।'

'ठीक है, अब ध्यान से मेरी बात सुनो।'

इसके बाद सुधीर रामचंदानी अपने बेटे को बड़ी देर तक काफी कुछ समझाते रहे।

बेटा सिर हिलाता रहा।

□

जैसी कि पूरी उम्मीद थी, शाम के ठीक सात बजे कुशाग्र रामंचदानी के मोबाइल की घंटी बजी। स्क्रीन पर चमकते नंबर को पढ़कर वह तत्परता से बोल पड़ा, 'पापा, जल्दी आइये। उसी का फोन है। बड़े कुशाग्र का।'

'ठीक है, अब बात करो।' सुधीर ने पास आकर कहा, 'बिल्कुल वैसे ही, जैसा मैंने समझाया है।'

छोटे कुशाग्र ने स्वीकृति में सिर हिलाते हुए मोबाइल का हरा बटन छुआ और 'हलो!' कहा।

उधर से आवाज आई, 'जूनियर!'

'जी भैया, मैं बोल रहा हूँ।'

'तुम्हारे आस-पास कोई और तो नहीं है?'

'जी नहीं। मम्मी पूजाघर में हैं और करीब पौन घंटे बाद वहाँ से बाहर निकलेंगी। पापा रोज ही आठ बजे शॉप बंद करने के बाद कंचन मार्केट से लौटते हैं। सबसे बाद में ट्यूशन पढ़ाने के लिए मोहित सर आते हैं। वह भी पढ़ाकर जा चुके हैं।'

'वेरी गुड।···तुम क्या कर रहे हो?'

'सुबह के लिए अपना स्कूल बैग तैयार कर रहा हूँ।'

'अपने बैग में किताबों-कापियों के अलावा तुम्हें एक और जरूरी चीज रखनी है।'

'कौन-सी चीज, भैया?'

'यार, तुम्हारी वह पटपटिया जंजीर सिर्फ चालीस हजार दे सकी। जबकि मुझे सवा लाख की जरूरत है।'

'तो?'

'तो क्या', उधर से झुंझलाई हुई आवाज आई, 'या तो उसी वजन की दो चेनें और निकालो, अथवा कोई ज्यादा वजन की चेन ले आओ।'

छोटा कुशाग्र कुछ न बोला।

'क्या सोचने लगे? मेरी बात सुनी नहीं या समझी नहीं?' उधर से और ज्यादा क्रोधित स्वर सुनाई दिया।

'भैया, मैंने आपकी बात अच्छी तरह से सुन-समझ ली है, पर पापा के सेफ को दुबारा हाथ लगाते हुए डर लगता है। आखिर छह-सात महीने से आपकी बात मानकर पापा की अलमारी और मम्मी के पर्स के रुपए लाकर देता रहा हूँ या नहीं? बहुत हिम्मत करके एक बार तिजोरी से भी चेन निकाली, प्लीज मुझे दूसरी बार…' कहते-कहते गला भर आया छोटे कुशाग्र का।

'देखो जूनियर, जिस तरह अभी तक चुपचाप मेरा कहना मानते रहे हो, उसी तरह आज भी मेरी बात तुम्हें माननी पड़ेगी।'

'भैया, तीस अगस्त को आप व आपके दोस्तों ने जब मेरा पर्स छीना था, उसमें चवालीस हजार रुपए थे, इसके बाद शुरू के दो महीने आप सौ-दो सौ या हजार-पाँच सौ लेकर संतुष्ट होते रहे। पापा-मम्मी जान नहीं सके। लेकिन फिर बारह हजार एक साथ माँगे। उसके बाद अस्सी हजार लिये और फिर मेरा मोबाइल ले लिया। अब तो आपकी डिमांड सोने के जेवरों तक पहुँच चुकी है, भैया। मुझे चोरी करते हुए सच में बहुत डर लगता है।'

'मैंने कहा न, यह आखिरी बार है। उस हलकी जंजीर की जगह, कोई वजनी चेन ले आए होते, तो मैं दूसरी बार सेफ को हाथ लगाने के लिए क्यों कहता?'

'भैया…'

'नौटंकी मत करो जूनियर। मेरे लिए क्या-क्या लाए हो, इसे दो के पहाड़े की तरह तुमने तो फोन पर ही सुनाना शुरू कर दिया। मेरी समझ में नहीं आता कि इस बात को इस तरह गाने की क्या जरूरत है? तुम्हारे घर अथाह धन-संपत्ति का समुंदर है। दो-चार अंजुरी पानी मेरे लिए भी निकाल लिया, तो कौन-सा घाटा आ गया? उधर से तेज आवाज में डपट दिया गया।'

'मैंने कभी कुछ कहा है, भैया? आप तो व्यर्थ ही नाराज होने लगे।'

'तुम मुझे गुस्सा दिला रहे हो, समझे?'

'ठीक है भैया, मैं कुछ न कुछ जरूर ले आऊँगा। इतना बताइए, यदि सेफ को हाथ लगाना मुमकिन न हुआ, तो घर की कोई और कीमती चीज लाऊँ?'

'जैसे?'

'जैसे पापा की अलमारी में रखी हुई सोने की घड़ी, चांदी का लाइटर या पाउंड आदि विदेशी मुद्रा?'

'कुछ भी ले आओ यार, मेरा दिमाग ज्यादा मत खाओ। इतना ध्यान रहे, उसे बेचने से मुझे ८०-८५ हजार मिल सकें।'

'भैया, यदि इस काम में मुझे दो-चार दिन लग जाएँ तो आप परेशान मत होना। जैसे ही मैं पापा की तिजोरी से सोने का कोई जेवर या उनकी अलमारी से अन्य कोई कीमती सामान निकालूँगा, आपको फोन से बता दूँगा। आपका नंबर मेरे पास आ ही गया है, आप मेरे फोन का इंतजार करना।'

'जूनियर, मैं तुमसे कह चुका हूँ कि मुझे कल ही वह वस्तु चाहिए। कल का मतलब है कल, सिर्फ कल। और यदि कल तुम मेरा काम न कर सके, तो इस टालमटोली का नतीजा तुम्हारे लिए बहुत बुरा होगा। कल ही तेजाब की भरी बोतल से तुम्हारी मम्मी को नहला दूँगा और फिर वह दर्द से बिलबिलाती हुई अस्पताल में छटपटाती रहेंगी। सूरत इतनी वीभत्स हो जाएगी कि किसी को चेहरा दिखाने के काबिल नहीं रहेंगी। खुद सोच लो, क्या चाहते हो? मम्मी की जान पर बीते या पापा की सेफ

से कंगन की एक मामूली जोड़ी बाहर निकल जाए।'

'भैया, मेरी मम्मी को कोई चोट मत पहुँचाना!' छोटे कुशाग्र ने सहमे कंठ से कहा।

'जूनियर, तुम्हारी हिम्मत बहुत बढ़ गई है। तुम मेरे साथ जबानदराजी कर रहे हो। ठीक है, तुम्हें डोज देने की जरूरत है और मैं दूँगा। बोलो, मम्मी या पापा में से किसे खोना चाहते हो?'

'किसी को नहीं भैया!' छोटे कुशाग्र ने कंठ से एक घिघियाई आवाज निकली, 'मुझे दोनों की जरूरत है। मैं अभी जाता हूँ और पापा की सेफ से कोई भारी आभूषण आपके लिए निकाल लाता हूँ। कल अपना पेपर देने के बाद आप कॉलेज आकर इंटरवल में मुझसे ले लेना।'

'शाबास!' कहते हुए उधर से स्विच ऑफ कर दिया गया।

छोटे कुशाग्र ने पहले निश्चिंत होना चाहा कि दूसरी तरफ से संपर्क टूट चुका है, फिर चमकती आँखों से पिता की ओर देखा, 'पापा, मैंने अपना पार्ट सही ढंग से निभाया है न?'

'बिल्कुल।' सुधीर रामचंदानी ने बेटे की पीठ ठोंकी, 'अब हमारे पास पूरा सबूत है। मैं अभी पुलिस थाने जाता हूँ। पराया माल हड़पने में बहुत माहिर हो चुके हैं बारहवीं कक्षा में पढ़ने वाले कुशाग्र गुप्ता। जब हवालात में रहना पड़ेगा, तो सारी गुंडागर्दी निकल जाएगी।'

'पापा, मैं भी आपके साथ चलूँगा।' छोटा कुशाग्र उठते हुए बोला।

'और मैं भी।' सुरेखा कमरे में घुसती हुई बोली।

पाँच मिनट के भीतर तीनों जने गाड़ी पर सवार होकर वजीरपुरा पुलिस थाने चल पड़े। जिस मोबाइल के अंदर छोटे कुशाग्र और बड़े कुशाग्र का पूरा संवाद टेप था, वह सुधीर रामचंदानी के हाथ में मौजूद था।

थाना वजीरपुरा में इंस्पेक्टर मोहनीश अपनी सीट पर मिले। सुधीर रामचंदानी ने उनके पास जाकर कहा 'इसी इलाके के एक कॉलेज स्टूडेंट की धोखाधड़ी, लूट और गुंडागर्दी के खिलाफ मैं एक शिकायत दर्ज कराना चाहता हूँ।'

'कॉलेज स्टूडेंट ने यह सब किसके साथ किया?'

'उसी कॉलेज में कक्षा छह में पढ़ने वाले मेरे इस बेटे कुशाग्र

रामचंदानी से उसने छह महीने की अवधि में लगभग दो लाख लूटे हैं।'

यह आरोप सुनकर पुलिस अधिकारी का बौखला उठना स्वाभाविक था, 'कमाल है! एक कॉलेज छात्र को लेकर ऐसा संगीन आरोप मैं पहली बार सुन रहा हूँ। लेकिन श्रीमानजी, क्या आपके पास उस छात्र द्वारा दो लाख की लूट का कोई सबूत है? माफ कीजिए, बगैर सबूत के हम कोई कार्यवाही नहीं कर सकते।'

'मेरे पास पुख्ता सबूत है। उसे मैं साथ लाया हूँ।' कहते हुए सुधीर रामचंदानी ने अपने मोबाइल की रिकार्डिंग सुनानी शुरू कर दी।

इंस्पेक्टर के उस कक्ष में आवाज गूँज उठी, 'हलो!'

इसके बाद उत्तम कोटि के उस वैज्ञानिक उपकरण से बातचीत का एक-एक शब्द, आवाज का हर उतार-चढ़ाव और आवाज से मन की भावनाओं की पकड़ इतने कौशल से व्यक्त हुई कि इंस्पेक्टर मोहनीश को भी प्रभावित होकर कहना पड़ा, 'कमाल है! एक कॉलेज छात्र की उसी कॉलेज की छोटी कक्षा के अन्य छात्र से इस किस्म की चौथ वसूली पहली बार मेरे संज्ञान में आई है।'

'बात अविश्वसनीय, किंतु सच है।' सुधीर बोले।

'वह तो दिख ही रहा है।''''बताइए, अब आप क्या चाहते हैं?'

'पहले आप मेरी शिकायत दर्ज करें। फिर उस शिकायत पर कार्यवाही करते हुए इसी वक्त उस आरोपी छात्र को उसके घर से गिरफ्तार करें। अभी सिर्फ रात के आठ बजे हैं। यह काम किया जा सकता है।'

'जी हाँ, मुझे यही करना पड़ेगा।' इंस्पेक्टर मोहनीश गंभीर कंठ से बोले और उन्होंने सामने रखा रजिस्टर खोलकर शिकायत दर्ज करनी शुरू कर दी।

शिकायत दर्ज हो जाने के बाद रजिस्टर बंद करते हुए पूछा, 'आपको उस लड़के के घर का पता मालूम है?'

'पिता रवींद्र गुप्ता बैंक कर्मचारी हैं। शायद करीमा वाली गली में उनका घर है।'

'इस गली में रहने वाले एक शख्स को मैं जानता हूँ। उससे अभी पूछे लेता हूँ।' कहते हुए इंस्पेक्टर ने अपने मोबाइल पर एक नंबर

मिलाकर संक्षिप्त बातचीत की और बोले, 'जी हाँ, आपका अनुमान सच है। २८/१७४ करीमा वाली गली में रवींद्र गुप्ता रहते हैं। गली में घुसने पर बाएँ हाथ पर पड़ने वाला चौथा मकान है। चलिए, हम लोग चलें।'

सब लोग उठ खड़े हुए।

इंस्पेक्टर मोहनीश थाने से बाहर निकलकर बोले, 'अपनी गाड़ी यही खड़ी रहने दें। यहाँ से पैदल पाँच मिनट का रास्ता है।'

हालाँकि अँधेरा हो चुका था, पर स्ट्रीट लाइट के सहारे करीमा वाली गली के बायें हाथ के चौथे घर के सामने पहुँचकर इंस्पेक्टर ने दस्तक दी।

रवींद्र गुप्ता ने द्वार खोला तो चार मानव-मूर्तियों को, जिनमें एक पुलिस वाला भी था, देखकर वह चौंक पड़े।

'कुशाग्र गुप्ता यहीं रहता है?' इंस्पेक्टर मोहनीश ने पूछा।

पिता घबरा गए, 'जी हाँ, यहीं रहता है। वह मेरा बेटा है। लेकिन उसे आप लोग क्यों तलाश रहे हैं?'

'अभी जान जाएँगे। बुलवाइए उसे।' कहते हुए पहले इंस्पेक्टर, फिर शेष तीनों आगंतुक घर के भीतर घुस गए।

पुलिस आने की सूचना पहुँचते ही, कारण जानने के लिए माँ तुरंत कमरे में आ गईं। प्रज्ञा ने कुशाग्र के कमरे में जाकर कहा, 'भैया, पुलिस आई है। तुम्हें बुला रही है।'

पुलिस के नाम से ही बड़े कुशाग्र के चेहरे का रंग उड़ गया। फिर भी उसने खुद को संयत करने की कोशिश की, 'पुलिस हमारे यहाँ क्यों आ गई? और फिर, मुझे बुलाने का क्या मतलब है?'

'मुझे नहीं पता। तुम चलो तो सही।' प्रज्ञा घबराई आवाज में बोली।

'मेरा हुलिया देख रही है? अंडरवियर और फटी टीशर्ट में कल सुबह के पर्चे की तैयारी कर रहा हूँ। जाकर कह दे, कपड़े बदलकर अ।ने में मुझे 5-7 मिनट लग जाएँगे।'

प्रज्ञा लौट गई।

बड़े कुशाग्र ने अपने हृदय की बढ़ती धड़कनों को काबू में करने और अपने दिमाग से फिसलते नियंत्रण को सँभालने की भरपूर चेष्टा की। इतना तो वह समझ ही गया था कि किस संदर्भ में उसे बुलाया जा रहा

है। 'कुत्ते-कमीने' से लेकर वे सारी गालियाँ मन-ही-मन जूनियर को देता चला गया, जो उसे आती थीं। इस गाली-वर्षा के साथ-साथ कपड़े बदलते हुए उसने वे सारी गालियाँ दुबारा खुद को दे डालीं। आखिर उस छोटे पिल्ले से भरपूर चौथ वसूली कर ली थी, फिर समय रहते अपने लोभ पर अंकुश क्यों नहीं लगाया? मरने का काम जब खुद ही किया है, तो अब आराम से भुगते! महँगे कपड़े-जूतों से लेकर कंप्यूटर-मोबाइल तक झटकने के बाद भी अपनी इच्छाओं पर नियंत्रण क्यों नहीं कर सका था? अंततः मोटर साइकिल की चाहत उसे ले डूबी। जब पुलिस दरवाजे तक आ गई है तो···

लेकिन अगले ही पल उसने अपनी ग्लानि को परे धकेलते हुए एक बार फिर धूर्तता के रंग में रँगने की कोशिश की, 'बेटा कुशाग्र, होश में आओ। तुम्हारे द्वारा पैसा और मोबाइल वसूले जाने का जूनियर के पास कोई सबूत नहीं है। संभावना यही है कि आज आभूषण चुराते वक्त वह पकड़ा गया होगा और माता-पिता की डाँट-फटकार से डरकर सारा भंडाफोड़ कर दिया होगा पर तुम किसी आरोप को स्वीकारना ही मत। जरा-सी हिम्मत दिखाने की जरूरत है, हारी हुई बाजी को जीत लोगे।'

बस, झूठ बोलने के लिए खुद को तैयार करने के बाद बड़े कुशाग्र में नई जान-सी आ गई। वह अपने चेहरे को यथासंभव सहज बनाने की कोशिश करता हुआ ड्राइंगरूम की ओर बढ़ गया।

उसे देखकर सबसे पहले उसके पिता रवींद्र गुप्ता ही बोले, 'कुशाग्र, तुम्हारे खिलाफ थाने में शिकायत दर्ज हुई है। पूछताछ के लिए तुम्हें बुलाया गया है।···बैठ जाओ।'

पर वह बैठा नहीं।

खड़े-खड़े ही बोला, 'मेरे खिलाफ शिकायत?···हैरत है! मैं एक कॉलेज स्टूडेंट हूँ। कोई चोर-उचक्का नहीं हूँ, जो कहीं जुर्म करके आया हूँ। जाहिर है, मेरे खिलाफ झूठी शिकायत दर्ज कराई गई है।'

'क्या तुम पिछले छह-सात माह से, यानी तीस अगस्त से आज तक की कुशाग्र मूलचंदानी से चौथवसूली से इंकार करते हो?' पुलिस इंस्पेक्टर ने कर्कश कंठ से पूछा।

'कैसी चौथवसूली? मैं आपकी बात का मतलब नहीं समझा, सर!' वह अकड़कर बोला।

'बेटा, उड़ो मत। हम पुलिस वाले हैं। बड़े-बड़े गुंडों-शोहदों के मुँह से सच्चाई उगलवा लेते हैं। फिर तुम तो बच्चे हो। उम्र से भी और अपराध की दुनिया में पांव धरने की दृष्टि से भी। इसलिए हमें झांसा देने की कोशिश मत करो। धड़ल्ले से बताते चले जाओ कि तुमने अपने ही नाम के इस कुशाग्र रामचंदानी से कब-कब और क्या वसूल किया है?'

'कुछ नहीं।···मैं सच कहता हूँ।'

'तुम्हारा सच क्या है, जानना चाहते हो?' कहते हुए इंस्पेक्टर मोहनीश ने इशारा किया, तो सुधीर रामचंदानी ने पास की मेज पर रखकर दुबारा वही रिकार्डिंग चालू कर दी, जो छोटे कुशाग्र के 'हलो!' से शुरू हुई थी।

ज्यों-ज्यों संवाद आगे बढ़ रहा था, बड़े कुशाग्र का चेहरा और-और पीला पड़ता जा रहा था। उसके माता-पिता बड़ी ही अविश्वसनीय मुद्रा में पूरे घटनाक्रम को देख-सुन रहे थे। उफ़, यह कैसी अनहोनी है? अपने जिस बेटे को वे लोग एक मासूम किशोर मानते हैं, वह हकीकत में इतने शातिर किस्म का बदमाश है? पूरे साढ़े छह माह से एक छोटे बच्चे को डरा-धमका कर हजारों की रकम डकार चुका है और उन्हें खबर तक नहीं?

सच, माता-पिता के लिए यह बहुत बड़ा सदमा था।

जहाँ तक बहन प्रज्ञा की बात थी, भाई के सिर पर लटकती नंगी तलवार देखकर वह बहुत उदास हो उठी थी। पर उदासी के बावजूद मम्मी-पापा की तरह स्तब्ध नहीं हुई थी। उसके होश-हवाश कायम थे और बहुत तरस खाने वाली निगाह से बड़े भाई का चेहरा देखे जा रही थी। उसकी निगाहें कह रही थीं—भाई, मुझे तुम्हारे आचरण पर शक था कि तुम घर से इतना ज्यादा बाहर क्यों रहने लगे हो? तुमने अपने कमरे में एक अकेली दुनिया बसाकर उसी में डूबे रहने की आदत कब से सीख ली है? सच भाई, तुम्हें लेकर बहुत सारे संदेह मेरे मन में जागने लगे थे। पर तुम्हारे ऊपर मुझे पूरा भरोसा था, इसलिए मुँह खोलकर किसी से कभी कुछ कहा नहीं। मुझे अपने आपको समझाना पड़ता था कि तुम्हारे ऊपर

संदेह न करूँ। कोई अमीर दोस्त ही तुम्हारे बढ़े हुए खर्च उठा रहा है। दोस्ती में अक्सर ऐसा होता भी है। मुझे नहीं पता था कि मेरा भाई तेजी से पतन के रास्ते पर बढ़ा जा रहा है। काश! मैंने तुम्हारे ऊपर इतना ज्यादा भरोसा न किया होता। काश! मैंने तुम्हारे बारे में अपना शक मम्मी-पापा के सामने प्रकट कर दिया होता।

कमरे का माहौल बहुत भारी हो चुका था।

संवाद पूरा हो जाने पर मोबाइल बंद कर दिया गया। पुलिस इंस्पेक्टर ने गंभीर कंठ से कहा, 'अपराध साबित है। अब मुझे सिर्फ तुम्हारे हाईस्कूल सार्टीफिकेट की जरूरत है।'

इंकार करने का सवाल ही नहीं उठता था।

किशोर वय का वह अपराधी उठा और अपना हाईस्कूल का प्रमाण पत्र ले आया। इंस्पेक्टर ने उसे गौर से देखा, कुछ बुदबुदाए, फिर जोर से बोले, 'इसमें तुम्हारी जन्मतिथि आठ मार्च उनीस सौ अट्ठानवे दर्ज है। इसके अनुसार पिछले सप्ताह आठ मार्च दो हजार सोलह को तुम अठारह साल के हो चुके हो।'

वातावरण में गहरी निस्तब्धता छा गई।

सिर्फ दीवार घड़ी की टिक-टिक थी।

सिर्फ कमरे की छत पर फरफराते सीलिंग फैन की आवाज थी। और···और सिर्फ वहाँ मौजूद लोगों के हृदय की धड़कनें थीं, जो सिर्फ उन्हीं को सुनाई दे रही थीं।

तभी इस सन्नाटे को तोड़ते हुए गली में एक कुत्ता जोर से भौंक उठा। उसकी आवाज में अपनी आवाज मिलाते हुए तीन-चार और कुत्ते भी भौंकने लगे। उनके समवेत कंठ का कर्कश शोर वातावरण में कुछ और घुटन भर गया।

जाहिर था, किसी दूसरी गली का कुत्ता वहाँ आ गया था। घुसपैठिये को खदेड़ने के लिए गली के सारे कुत्ते एक हो गए थे। शायद वह कुत्ता भाग गया था, क्योंकि शोर बंद हो गया। दुबारा सन्नाटा छाते ही इंस्पेक्टर मोहनीश की आवाज गूँज उठी, 'कुशाग्र, चूंकि पिछले हफ्ते तुम अठारह

साल के हो चुके हो, इसलिए इस वक्त बालिग हो। यदि नाबालिग होते, तो तुम्हें सुधार के लिए किशोरों की जेल भेजा जाता। पर अब तुम्हें मेरे साथ चलना होगा। कागजी कार्यवाही पूरी करके तुम्हें हवालात भेजा जाएगा।'

शब्द नहीं, रिवाल्वर की गोली थी यह। इंस्पेक्टर के मुँह से निकलकर सीधे बड़े कुशाग्र के कलेजे में घुस गई। वह बदहवास हो उठा। टूटते शब्दों में बोला, 'ऐसा…कैसे…हो सकता है?…कल तो मेरा बोर्ड की परीक्षा का पहला पेपर है।'

'बरखुरदार, यह बात तुम्हें दादागिरी दिखाने से पहले सोचनी चाहिए थी। कॉलेज में पढ़ने जाते थे या गुंडई दिखाकर किसी छोटे बच्चे से पैसा लूटने के लिए भेजे जाते थे?'

'पापा!' अपने बचाव के लिए बेटे ने कातर निगाह से पिता की तरफ देखा।

रवींद्र गुप्ता के चेहरे पर विवशता दिखाई दी। उन्होंने दृष्टि झुका ली।

सहारा पाने के लिए उस किशोर बालक ने इस बार बड़ी उम्मीद भरी दृष्टि से माँ की तरफ निहारा, 'मम्मी, मुझे बचा लो।'

'तुमने अपराध किया है बेटे। कानून की निगाह में जो अपराधी है, उसे माँ कैसे बचा सकती है?' माया क्षुब्ध कंठ से बोली।

'मैं अभी कंप्यूटर और मोबाइल लौटाए देता हूँ। सुबह वाली सोने की चेन भी वापिस लाए देता हूँ।' बड़े कुशाग्र ने बहुत उम्मीद के साथ माँ का चेहरा देखा।

'बेटा, तुमने कंप्यूटर नहीं, पूरे अस्सी हजार इस बच्चे से वसूले हैं। कंप्यूटर दे देने से उन रुपयों की भरपाई थोड़े ही हो जाएगी।' माया खिन्न कंठ से बोली।

कुशाग्र का सिर झुक गया।

'और पहले दिन, यानी तीस अगस्त को वसूले गए वे चालीस-बयालीस हजार रुपए क्यों भूल रहे हो?' इंस्पेक्टर मोहनीश ने चुभती आवाज में पूछा, 'किसी ने पूछा नहीं कि कैसे और कहाँ से लाए हो?'

'पापा के पास बैंक के काम की व्यस्तता के कारण मेरे कमरे में झांकने तक की फुरसत नहीं रहती है। माँ को मैंने उलटी-सीधी पट्टी

पढ़ा ली कि एक अत्यंत संपन्न दोस्त की दूकान से बहुत कम कीमत में ये सारा सामान ले आया हूँ।'

'वह पैसा और कहाँ-कहाँ इस्तेमाल किया?'

'मल्टीप्लैक्स में दोस्तों के साथ कई फिल्में देखीं। रेस्तराँ में दावतें उड़ाईं। विदेशी परफ्यूम खरीदे। महँगा धूप का चश्मा लिया।' मुरझाई आवाज में आरोपी किशोर ने बताया।

'बियर भी पीते थे?' इंस्पेक्टर ने तेज दृष्टि से देखते हुए पूछा।

'बियर?···जी नहीं।' इस बार बड़ा कुशाग्र एकदम निर्भीक कंठ से बोला। उसकी आवाज बता रही थी कि वह सच बोल रहा है।

'बेटा, तुम्हें इस फिजूलखर्ची की सूझी कैसे? एक मामूली बैंक कर्मचारी के बेटे थे। अपनी चादर देखकर पाँव फैलाने चाहिए थे।' अपना गुस्सा रोक न पाने पर रवींद्र गुप्ता झल्ला उठे।

बेटा लज्जित दिखाई दिया।

उसके चेहरे पर पश्चाताप झलकने लगा, 'पापा, मेरी क्लास में बड़े-बड़े पूँजीपतियों और क्लास वन अधिकारियों के बेटे पढ़ते हैं। डाक्टर, इंजीनियर और बड़ी-बड़ी मल्टीनेशनल कंपनियों के मैनेजर के बेटे भी पढ़ते हैं। उनके पास एक-से-एक नायाब वस्तुएँ हैं। उनका अहंकार मुझे कई सालों से चुभ रहा था। पर मजबूर था। उनकी घमंड भरी बातें सुनने के लिए बाध्य था। उनकी व्यंग्यभरी बातों में छिपा अपमान झेलना मेरे लिए दूभर हो गया था। रोज मन में सोचता था कि किस तरह इनकी बराबरी में खड़ा होकर मैं भी अपनी शान दिखा सकता हूँ? इसी बीच संयोग से इस जूनियर से मुलाकात हो गई, तो मुझे अपनी अधूरी इच्छाएँ पूरी करने का रास्ता दिखाई दे गया।'

'अब तो तुम भरपूर रईस हो गए थे। कीमती कपड़े, शानदार मोबाइल, महँगा कंप्यूटर···फिर कमी किस बात की थी, जो सोने के जेवरों के लिए इस छोटे बच्चे पर दबाव डालने लगे?' इंस्पेक्टर ने कड़कती आवाज में पूछा।

लड़का चुप रहा।

'बोलते क्यों नहीं?' इंस्पेक्टर मोहनीश जोर से गरजे।

'सर, यह मेरी आखिरी ख्वाहिश थी। मैं अपने एक सहपाठी की नई मोटर साइकिल देखकर ललचा गया था। वैसी ही मोटर साइकिल खरीदना चाहता था।'

'एक बात मेरी समझ में नहीं आई।' इंस्पेक्टर की भौहों पर बल पड़ गए, 'तुमने जो रुपया घर से बाहर फूँका, उसके बारे में कोई जान नहीं सका। तुमने जो रुपया वस्तुएँ खरीदने में फूँका, उन चीजों को कमरे में छिपाकर रख लिया। माता-पिता व्यस्त थे, किसी ने कुछ पूछा नहीं। पर मोटर साइकिल तो बड़ा वाहन रहती, उसे तुम अपने घर वालों की निगाह से कैसे छिपाते? उसके बारे में घर में पूछताछ होती तो क्या कहते?'

'सर, मैंने इस बारे में भी सोच लिया था। अपने उसी काल्पनिक साथी रवि का नाम एक बार फिर मुझे लेना पड़ता। कह देता, उसके पिता ने घूमने-फिरने के लिए कार खरीदवा दी है, इसलिए कुछ समय के लिए उसकी मोटर साइकिल मैं उठा लाया हूँ। बाद में अगर किसी इंजीनियरिंग संस्थान में कहीं बाहर प्रवेश मिल जाता, तो इस मोटर साइकिल को अपने साथ वहीं ले जाता। घर वाले कुछ दिन बाद इसके बारे में भूल जाते।'

'तुम···तुम इतने शातिर दिमाग कैसे हो सके, कुशाग्र?' रवींद्र गुप्ता ने दांत पीसे।

'तुमने अपनी इन नीच हरकतों से हमें कहीं मुँह दिखाने लायक नहीं छोड़ा।' माया ने अपनी आँखों से बहते आँसुओं को पोंछते हुए कहा।

'मम्मी, मैं अपनी गलती मानता हूँ। मुझे जूनियर को डरा-धमकाकर पैसे नहीं वसूलने चाहिए थे।···सॉरी!' बड़े कष्ट के साथ बड़ा कुशाग्र बोला।

'बरखुरदार, आपने जुर्म कबूल कर लिया है। अब सीधे थाने चलिए, जहाँ कुछ जरूरी कागजात तैयार होंगे। फिर आपकी मेहमानी के लिए हवालात तो है ही।' इंस्पेक्टर बोले।

बाकी लोग उठ खड़े हुए।

यहाँ तक कि मम्मी-पापा और प्रज्ञा भी।

सिर्फ बड़ा कुशाग्र अपनी कुरसी पर बैठा रहा। उसने उठने का कोई

प्रयास भी नहीं किया। चकित कंठ से बोला, 'अब भी उठूँ?...मैंने 'सॉरी' बोल तो दिया है।'

'देखते हैं आप?' इंस्पेक्टर मोहनीश ने सुधीर रामचंदानी की तरफ देखा, 'यह है हमारी आज की शिक्षा-प्रणाली के अनुसार तैयार होने वाले नौनिहालों के सोच की बानगी। इनमें इतना अहंकार आ जाता है कि गलती स्वीकारने में अपनी तौहीन समझते हैं। यदि 'सॉरी' कह दिया तो समझ लीजिए, अपने अपराध की सजा भुगत ली।'

'सही कहते हैं आप!' सुधीर मुसकराए, 'सिर्फ 'सॉरी' कहने से इनका सारा जुर्म खत्म हो गया!'

अब निगाह टेढ़ी करके इंस्पेक्टर ने आरोपी को डपटा, 'सुना नहीं तुमने? उठते हो या नहीं? थाने ले चलने के लिए क्या एक कॉलेज स्टूडेंट को भी चार थप्पड़ मारने होंगे? सीधी भाषा में कही गई बात उसकी समझ में नहीं आती है?'

सिटपिटाकर आरोपी किशोर उठ खड़ा हुआ।

पता नहीं क्यों, छोटे कुशाग्र का चेहरा उदास हो गया था। वह स्वयं को इस वक्त काफी असहज महसूस करने लगा था। सुधीर रामचंदानी ने उसे समझाया, 'तुम क्यों इतने परेशान हो गए हो बेटे? एक अपराधी को उसके जुर्म की सजा मिलनी ही चाहिए। इसने तुम्हें पूरे साढ़े छह महीने कितना सताया है, याद करो।'

'जी पापा।' छोटा कुशाग्र एक संक्षिप्त उत्तर देकर चुप हो गया।

'मेरे बेटे की जिंदगी बरबाद हो जाएगी, साहब।' इस बार बैंककर्मी पिता अपना सारा स्वाभिमान छोड़कर गिड़गिड़ा उठे, 'इसका अपराध माफ करने लायक नहीं है, मैं जानता हूँ। फिर भी हाथ जोड़कर आप लोगों से माफी माँगता हूँ। इसने जितना पैसा छोटे कुशाग्र से वसूला है, मैं उसकी एक-एक पाई लौटाने का वायदा करता हूँ। इसे हवालात मत भेजिए। मेरे बच्चे का भविष्य बरबाद हो जाएगा।'

'इसने नादानी में, अन्य बच्चों की होड़ में यह सारा जुर्म किया है। इस पर रहम कीजिए आप लोग।' माया भी आँसू भरी आँखों से बोली।

'देखिए, मुझे अपनी ड्यूटी का पालन करने दें। और ध्यान रहे, हमारे पीछे- पीछे थाने में आने की भूल न करें। आपके हजार दफे गिड़गिड़ाने का भी कोई नतीजा नहीं निकलेगा। इस बालिग अपराधी को जेल जाना ही पड़ेगा।'

'इंस्पेक्टर अंकल, प्लीज मेरी सिर्फ एक बात मान लें। प्रज्ञा की कातर आवाज गूँजी, 'मेरे भैया को आप सुबह पेपर दे आने दें, उसके बाद गिरफ्तार कर लें।'

'उससे क्या होगा, बेटी?' इंस्पेक्टर हँसे, 'एक परचा दे देने से पूरा इम्तहान थोड़े ही हो जाएगा।...बेहतर है, इसे अपनी करनी का फल भुगतने दो और तुम लोग कानूनी काररवाही में दखल मत डालो।'

इंस्पेक्टर के पीछे-पीछे प्रज्ञा के अलावा सभी लोग बाहर निकल गए। रोकने के बावजूद माता-पिता का हृदय माना नहीं था। प्रज्ञा ने द्वार बंद कर लिया और खिड़की खोलकर गली की तरफ झाँकने लगी। कई लोगों की भीड़ निकलती देख गली के कुत्ते एक बार भौंके थे, पर अब चुप हो गए थे।

एक ठंडी सांस भरकर प्रज्ञा ने खिड़की भी बंद कर दी। दीवार घड़ी में रात के दस बजे का समय दिखाई दे रहा था।

□

और दस बजकर पाँच मिनट पर बड़ा कुशाग्र थाने के भीतर था।

अपने आप में खोया हुआ और गुमसुम। हालाँकि उसके चेहरे पर कोई भाव न था, पर मन में गहरी उथल-पुथल मची हुई थी। पिछले डेढ़-दो घंटे में जो कुछ उसके साथ घटा था, उसे वह सब बड़ा अविश्वसनीय-सा लग रहा था।

क्या सचमुच उसकी धनवसूली की पोल खुल चुकी है?

क्या सचमुच उसकी गुंडागर्दी सबके सामने आ चुकी है?

क्या सचमुच वह किसी डरावने सपने को नहीं देख रहा है और जेल-जीवन की भयावह सच्चाई उसके सामने खड़ी है?

क्या सचमुच उसका भविष्य चौपट होने जा रहा है और वह उसे

बचाने के लिए कुछ नहीं कर सकता है?

दिमाग की नसें चटकने लगीं, तो उसने दोनों हाथों से अपना माथा थाम लिया।

उसकी आँखों के सामने जेल की ऊँची दीवारें थीं, अँधेरी कोठरी थी और उस कोठरी में नंगे फर्श पर बैठा हुआ वह स्वयं था। जेल कैसी होती है, उसे नहीं पता। आज तक वह कभी जेल के इर्द-गिर्द तक नहीं फटका है। फिर भी उसने सिनेमा हॉल में फिल्म के परदे पर जेल, जेलर और कैदी देखे हैं। जेल की ऊँची दीवारों ने उसे डराया है। जेलर के सख्त चरित्र ने उसे सिहराया है। कैदियों की भयानक सूरतों को देख वह थरथराया है। क्या उसे भी उन सबके बीच रहना पड़ेगा?

ओह, जिंदगी ने उसे आज कैसा दुखदायी दिन दिखाया है। कल तक वह पापा को दोष देता रहा। पैसों के नाम पर कंजूस और न जाने क्या-क्या कहकर कोसता रहा।

कल तक वह मम्मी को भी दोष देता रहा। अपनी जरूरतें पूरी न करने के नाम पर रात-दिन उन्हें नीचा दिखाता रहा।

पर आज वह किसे दोष दे?

आज अपनी बरबादी के लिए सिर्फ वही अकेला तो जिम्मेदार है। पास में बैठे हुए इस जूनियर को डरा-धमकाकर आए दिन पैसा वसूलना क्या निंदनीय कर्म न था।

यह छोटा बच्चा हर दफा सहमता रहा। जान बख़्शने की भीख माँगता रहा। घर से पैसा लाने के नाम पर अपनी असमर्थता जतलाता रहा। पर उसने जूनियर की वे फरियादें एक कान से सुनकर दूसरे से निकाल दीं। पैसा कमाने का इतना आसान तरीका हाथ लग जाने पर अपनी अक्लमंदी की दाद देता रहा। आज उसकी वे गलत हरकतें, उसकी वह ज्यादती, उसकी वह गुंडागर्दी ही उसे मुँह चिढ़ा रही है, 'अब कैसा महसूस कर रहे हो बच्चू?'

नहीं, अब उसके बचाव में कुछ नहीं हो सकता। उसे जेल भेजे जाने की कानूनी प्रक्रिया के कागजात तैयार हो रहे हैं। मम्मी-पापा उदास चेहरा

लिये उसके सामने खड़े हैं। समाज में उनकी प्रतिष्ठा गिराकर, उनके नाम पर कालिख पोतकर उसने स्वयं को उनका नालायक बेटा साबित कर दिया है। कल जब अखबार में खबर छपेगी, स्कूल का नाम भी सबके सामने आ जाएगा। उस वक्त उसके सहपाठी, उसके अध्यापक, कॉलेज के प्रधानाचार्य उसके बारे में क्या सोचेंगे? वह किसी को मुँह दिखाने लायक नहीं रहा है।

बड़े कुशाग्र के कलेजे में धू-धू करके पछतावे की आग जलने लगी। रहा न गया, तो उसने जूनियर की तरफ देखा और मार्मिक कंठ से बोला, 'मैं तुम्हारा अपराधी हूँ जूनियर। माफी माँगने का मुँह तो नहीं है, पर अपना दर्द और किससे कहूँ? एक बार जेल चले जाने के बाद मैं कहीं का नहीं रहूँगा। मेरी जिंदगी तबाह हो जाएगी। अपराधी को वोट देने तक का अधिकार नहीं रहता। किसी सरकारी नौकरी में पहुँचने के दरवाजे बंद हो जाते हैं। किसी चुनाव में उम्मीदवार की हैसियत से खड़े होने पर भी पाबंदी रहती है। इन सब स्थितियों को झेलने के बाद मेरी जिंदगी में बचेगा ही क्या?'

बड़े कुशाग्र की वेदना को देख उसके माता-पिता की आँखें भी भीग गईं।

पर जूनियर अविचलित बैठा रहा। सामने दीवार पर टँगे एक कलैंडर पर निगाह टिकाए, पता नहीं क्या सोचता रहा।

'जूनियर, मेरी एक मदद करोगे?' बड़े कुशाग्र ने बहुत गिड़गिड़ाते हुए कहा।

छोटे कुशाग्र ने कलैंडर से निगाह हटाकर उसकी तरफ देखा जरूर, पर बोला कुछ नहीं।

'देखो, कल अखबार में यह खबर छपते ही मैं पूरे मुहल्ले और पूरे शहर की धिक्कार सुनूँगा। मेरे लिए यह तकलीफ बरदाश्त के बाहर है। कॉलेज की साख गिराने और उसके नाम पर बट्टा लगाने के बाद मुझे जीने का कोई हक नहीं है। मेरी क्लास के लड़के मुझ पर हँसेंगे या तरस खाएँगे, यह तो मुझे पता नहीं, पर मैं उनकी निगाहों से गिर जरूर जाऊँगा। ऐसी जिंदगी क्या मेरे लिए मौत से बदतर नहीं होगी?'

जूनियर अब भी चुप रहा।

'तुम चुप रहोगे या नहीं? व्यर्थ ही इतनी बक-बक क्यों किए जा रहे हो?' इंस्पेक्टर मोहनीश ने रजिस्टर से दृष्टि उठाकर किशोर अवस्था के अपराधी को डपटा।

बड़ा कुशाग्र सकपका गया। पल भर चुप रहा। अगले ही पल उसका मुँह खुले बिना न रहा, 'छोटे भाई, मेरी मदद करो। मैं तुमसे दया की भीख माँग रहा हूँ। मेरी विनती को अनसुना न करो।'

जूनियर ने तरस खाने वाली दृष्टि से उसकी तरफ देखा।

'देखो भाई, तीस अगस्त से आज चौदह मार्च तक मैंने तुमसे हाथ फैलाकर रुपए माँगे और तुमने मजबूरी के चलते मुझे रुपए दिए। आज हाथ फैलाकर एक दूसरी चीज माँगता हूँ। बोलो, दे सकोगे?'

छोटे कुशाग्र ने उसके चेहरे पर गहरी दृष्टि टिका दी।

'मैं तुम्हारा अपराधी हूँ, स्वीकार करता हूँ। तुम मुझे जो भी सजा दो, मुझे मंजूर है। पर यों इस तरह अपमानित तो न होने दो। मैंने तुम्हें जितना भी डराया-धमकाया, उससे कहीं ज्यादा डर और तकलीफ मैं इन दो घंटों में झेल चुका हूँ। कम-से-कम अब तो मुझ पर तरस खाओ।'

बड़े कुशाग्र की आवाज से छलकते दर्द को झेल पाना जूनियर के लिए नामुमकिन था। उसने घबराकर पिता की ओर देखा। सुधीर रामचंदानी ने उसे दिलासा दिया, 'घबराओ मत बेटा। सिर्फ दो मिनट की बात है। इंस्पेक्टर साहब ने कागज तैयार कर लिए हैं। शायद कहीं पर हमारे हस्ताक्षर जरूरी हों, इसलिए मैं रुका हुआ हूँ। जैसे ही अनुमति मिली, हम यहाँ से चल देंगे।'

'पापा!' छोटा कुशाग्र कातर दिखाई दिया।

'रिलैक्स बेटे!' पिता ने अपनी जगह से उठकर उसकी पीठ थपथपाई।

'पापा, भैया को अपनी गलती पर पछतावा है। यह पछतावा सिर्फ होंठों से नहीं, इनके दिल से निकल रहा है। ऐसा इंसान माफ कर देने योग्य है। आप ही बताइए, क्या इनको इज्जतदार जिंदगी जीने का एक और मौका हमें नहीं देना चाहिए?'

सुधीर रामचंदानी के चेहरे पर दुविधा दिखाई दी। उनकी पत्नी सुरेखा

भी विचलित नजर आई। थाने के उस कक्ष में एक बार फिर माया की रुलाई फूट पड़ी थी और रवींद्र गुप्ता बेचैनी से हाथ मलने लगे थे।

'सच पूछो तो सारी गलती अकेले इस लड़के की नहीं है।' इंस्पैक्टर ने कहा, 'पूरा समाज इसके लिए जिम्मेदार है। अमीर माँ-बाप अपने बच्चों को वैभव के अंधाधुंध प्रदर्शन से रोकते क्यों नहीं? स्कूल वालों की अनाप-शनाप बहानों से रोज पैसे की माँग क्यों होती हैं? फिर, लड़के के माता-पिता भी समान रूप से दोषी हैं, जिन्होंने अपने बेटे के हृदय के भीतर झाँकने की, उसकी कुंठाओं को समझने की कोशिश क्यों नहीं की? क्यों नहीं अपने बेटे को समझाया कि अपने रईस सहपाठियों से रईसी में होड़ करने के बजाय पढ़ाई में होड़ करे। शायद यह प्रतिस्पर्धा की एक सही दिशा होती और तब उनका बेटा चौथवसूली जैसे गलत रास्ते पर नहीं बढ़ता। और फिर, पीड़ित बच्चे के परिवार ने ही अपने बेटे के पिछले साढ़े छह माह से शुरू हुए असामान्य आचरण को इतने विलंब से क्यों पकड़ा? यदि 29 अगस्त को ही उन्होंने अपने बेटे से गंभीर पूछताछ की होती, तो आज यह विस्फोटक स्थिति क्यों आती?'

'पापा, अंकल ठीक कह रहे हैं।' छोटा कुशाग्र बोला।

सुधीर रामचंदानी विचारमग्न हो गए।

'पापा, सुबह का भूला यदि शाम को घर लौट आए, तो वह भूला नहीं कहलाता। इसलिए अगर भैया ने भी अपनी गलती महसूस कर ली है, तो उन्हें माफी मिल जानी चाहिए।' छोटा कुशाग्र गंभीरता से बोला।

पिता अब भी चुप रहे।

'मेरी बहस बेवजह नहीं है, पापा। जहाजी सिंदबाद की कहानी तो आपने भी अपने बचपन में पढ़ी होगी। सात समुद्री यात्राएँ करके उसने अपने को साहसी साबित किया और हर बार सफल होकर लौटा। यदि आप भैया को जेल जाने से बचा लेंगे, तो अपनी ईमानदारी, सच्चाई और साहस दिखाकर यह एक और सिंदबाद बनकर दिखा देंगे।'

सुधीर रामचंदानी के मन में दया जाग चुकी थी। वह उठते हुए बोले, 'इंस्पेक्टर साहब, हम लोग चलते हैं। आपको जो तकलीफ दी, उसके लिए क्षमा करें। कुशाग्र गुप्ता के खिलाफ अब हमें कोई कानूनी काररवाही

नहीं करनी है। अपनी शिकायत मैं वापिस लेता हूँ।···लाइए, जहाँ आप कहें वहाँ हस्ताक्षर कर दूँ।'

काले-घने बादलों को चीरकर मानो पल में चमकता सूरज निकल आया। कुशाग्र गुप्ता की आँखों में जूनियर के लिए ढेर-सा प्यार और आभार तैर उठा। उसने मन-ही-मन संकल्प किया कि अब वह यकीनन बनकर दिखाएगा एक और सिंदबाद।

□

चाँद-किरन

'बच्चो, इससे मिलो। यह है सरला। आज ही आपकी कक्षा में इसका दाखिला हुआ है। अब यह यहीं पढ़ेगी। इसे अपनी सहेली बना लीजिए ताकि यह आप लोगों के बीच घुल-मिल सके।' कक्षाध्यापिका सुमन वर्मा ने सुबह प्रार्थना के बाद कक्षा में आते ही उपस्थिति रजिस्टर खोलते हुए कहा।

पूरी क्लास ने उत्सुकता से अध्यापिका के साथ आई हुई नई लड़की को देखा, लगभग उन्हीं की हमउम्र बालिका। साँवली और बेहद दुबली-पतली। देह पर स्कूल की यूनिफॉर्म जरूर थी, पर चेहरे पर दीनता की छाप। न आँखों में कोई उल्लास, न व्यक्तित्व में आत्मविश्वास की झलक। सबको लगा, यह नई लड़की तो उन जैसी नहीं है। एकदम डरी-सहमी खड़ी है। भला इस क्लास की अमीर घरानों की शान-शौकत वाली लड़कियों के बीच यह खप पाएगी?··· न जी, मखमल पर निरा टाट का पैबंद लगेगी!

पूरी क्लास चकित थी। यह लड़की उनके स्कूल में कैसे दाखिला पा गई? नगर के इस जाने-माने स्कूल में सिर्फ उच्च वर्ग के बच्चे पढ़ते थे। फीस इतनी तगड़ी थी और दाखिले के नियम इतने सख्त थे कि आम आदमी की हिम्मत ही उधर झाँकने की नहीं पड़ती थी। ऊँचे प्रशासनिक अधिकारी, पुलिस अधिकारी, बैंक अधिकारी, न्यायिक सेवा के अधिकारी, बड़ी मल्टीनेशनल कंपनियों के प्रबंधक और प्रख्यात चिकित्सक ही अपनी बच्चियों को वहाँ दाखिल कराने की हैसियत रखते थे। इस स्कूल में दाखिला

मिलने का मतलब था, देश-विदेश की ऊँची सेवाओं में पहुँचने की गारंटी। इसीलिए यहाँ पढ़ने वाली बच्चियाँ अपने घमंड में चूर रहती थीं। हिंदी में बात करना अपनी तौहीन समझती थीं। सिर्फ अंग्रेजी में गिने-चुने वाक्यों में गिटपिटाना ही अपनी शान मानती थीं।

बात भी सच थी। महँगी विदेशी गाड़ियों में विद्यालय आती थीं वे। साथ में मेड रहती थी। मेड, यानी सेविका। जो गाड़ी से उतरने के बाद उनका भारी-भरकम बस्ता और पानी की बोतल लेकर सड़क पार कराके स्कूल के फाटक तक उनके साथ आती थी। चूँकि विद्यालय के भीतर सिर्फ छात्राओं के प्रवेश की अनुमति थी, इसलिए बस्ता और बोतल अपनी नन्ही मालकिन को थमाकर वह मेड वापस लौट जाती थी। छुट्टी के समय भी वह फाटक पर मिलती थी। बस्ता और बोतल लेकर गाड़ी तक पहुँचाने के लिए। कभी बड़ी उम्र की महिला यह काम करती थी, तो कभी 18-20 साल की लड़की ही किसी उच्चाधिकारी के यहाँ नौकरी पर लगकर अपने परिवार के लिए चार पैसे कमाती थी।

वे मेड भी इतनी शानियल होती थीं कि उनके सामने तक यह नया दाखिला पाने वाली सरला नहीं टिक पा रही थी। सच, चेहरे से ही ऐसी बौड़म दिखाई दे रही थी, कि सेवेंथ ए की एक-एक छात्रा ने सोच लिया, इस लड़की से तो वे दोस्ती करने वाली नहीं। हुँह, नाम भी तो कितना पुराना है, सरला। आजकल ऐसा नाम कोई रखता है क्या? आराध्या, नव्या, सारा, मान्या, अनन्या जैसे नामों के सामने यह देहाती नाम 'सरला' कहीं टिकेगा क्या?

सुमन वर्मा सिर्फ हाजिरी लेने आई थीं। उन्हें पहले घंटे में किसी दूसरी कक्षा को पढ़ाना था। वे अपना काम समाप्त करके रजिस्टर सहित वापस लौट गईं। नई लड़की एक खाली सीट पर वैसी ही डरी-सहमी बैठ गई। पहले घंटे में विज्ञान विषय पढ़ाने वाली अध्यापिका आ गईं तो सबने बस्ता खोलकर अपनी-अपनी कॉपी-किताब निकाल ली। इसके बाद इंटरवल तक एक के बाद एक विषय की पढ़ाई होती रही। किसी छात्रा को ध्यान तक नहीं आया कि उनके बीच आज एक नई लड़की भी बैठी हुई है।

इंटरवल में पूरी कक्षा में चहल-पहल छा गई। खाने के डिब्बे खुल गए और स्वादिष्ट व्यंजनों की खुशबू पूरे कमरे में फैल गई। कहीं सैंडविच थे, कहीं मूंग की दाल का हलवा। कहीं पनीर-पकौड़े थे, तो कहीं तले हुए काजू-अखरोट और मखाने। कहीं पूरन पोली थी तो कहीं ताड़ के गुड़ से बने संदेश। साथ में महँगी चॉकलेट तो होनी ही थी। सेब के कटे हुए टुकड़े भी कुछ बच्चियों के लंच बॉक्स में रखे हुए थे। वे सब फटाफट खाने-पीने में जुट गईं। जिन्हें कैंटीन का चस्का था, वे शान से हजार-पाँच सौ का नोट लहराती हुईं अपनी सहेलियों के साथ उधर खिसक लीं।

सरला कुछ देर हिचकती हुई बैठी रही। फिर उसने भी अपना बस्ता खोलकर सस्ता सा प्लास्टिक का डिब्बा निकाला। डिब्बे को देखकर ही आस-पास बैठी लड़कियों ने नाक-भौं सिकोड़ी और जब डिब्बा खुला, तब तो उन सबके लिए हँसी रोकनी मुश्किल हो गई। दो सूखी रोटियाँ और आम के अचार का एक टुकड़ा। ऐसे घटिया लंच को लेकर भी कोई स्कूल आ सकता है, सोचकर उन लड़कियों ने हँसी रोकने के लिए मुँह पर हाथ रख लिया।

सिर्फ इतना करके ही उन घमंडी लड़कियों को संतोष न हुआ। आँख के इशारे से उन्होंने दूसरी बच्चियों को भी वहाँ बुला लिया। सरला के खुले हुए टिफिन पर कुछ ही देर में सबकी निगाह पड़ गई थी। उन सबके लिए यह मुफ्त का तमाशा था। पर इस अपमान की जैसे उस नई लड़की सरला को कोई चिंता न थी। वह चुपचाप रोटी के निवाले निगलती जा रही थी।

घमंडी लड़कियों को उसका यह तौर-तरीका बरदाश्त न हुआ। इशारेबाजी और मुँह पर हाथ रखकर हँसी रोकने जैसे नाटक तो हो चुके थे। अब उन शरारती लड़कियों ने खुलकर सरला का मजाक उड़ाना शुरू कर दिया। तरह-तरह के अपशब्द कहकर उसे लज्जित करने लगीं। आपस में फुसफुसाकर उन्होंने क्या तय किया है, यह बात भी सिर्फ उन्हीं लड़कियों को मालूम थी। पर सरला उनकी इन सारी हरकतों से एकदम बेपरवाह थी। वह वैसा ही भावहीन चेहरा लिये बैठी रही। चेहरे पर न कोई नाराजगी, न शर्मिंदगी

और न किसी के प्रति कोई शिकायत। हाँ, उसने अपना भोजन करना जरूर रोक दिया था और सिर्फ आधी रोटी खाकर खाने का डिब्बा बंद करके बस्ते में रख दिया था।

इंटरवल खत्म हुआ।

पाँचवाँ घंटा क्लास टीचर सुमन वर्मा का था। वे आईं, तो उन्हें क्लास का माहौल रोज जैसा शांत न लगा। कुछ लड़कियों के चेहरे पर अभी भी शरारत झलक रही थी और कुछ अपनी मुसकराहट रोकने की कोशिश कर रही थीं।

सुमन वर्मा ने पल भर गहरी दृष्टि से कक्षा को देखा, फिर गंभीर आवाज में पूछा, 'बात क्या है? आप लोगों की कोई समस्या है?'

अंग्रेजी में पूछे गए इस सवाल का जवाब भी उन्हें अंग्रेजी में ही मिला, 'नो मैम।'

'सरला बेटे, आपको अपनी क्लास कैसी लगी?' अब अध्यापिका ने नई छात्रा से हिंदी में पूछा।

बच्ची उठकर खड़ी हो गई। जैसी कि उम्मीद थी, हिंदी में ही बोली, 'जी, आज मेरा पहला दिन है। फिर भी जो पढ़ाया गया है, उसे सीखने की मैंने पूरी कोशिश की है।'

'शाबाश!' सुमन वर्मा ने उसका मनोबल बढ़ाया।

पर तभी क्लास की सबसे शरारती और पढ़ाई में भी हमेशा अव्वल रहने वाली सारा उठकर खड़ी हो गई। तनिक रोष भरे कंठ से बोली, 'मैम, मैं पूरी क्लास की तरफ से आपसे एक निवेदन करना चाहती हूँ।'

'कहो।' पूछते हुए सुमन वर्मा का चेहरा गंभीर हो उठा।

'प्लीज, इस सरला को आप सेवेंथ बी में भेज दें। हमारी क्लास की कोई लड़की न इसे पंसद करती है और न कर सकेगी।'

'क्यों?' सवाल करते हुए अध्यापिका की भौहों पर बल पड़ गए।

'बस मैम, ऐसे ही।' सारा लापरवाही से बोली और उसने तनिक मुँह बिचकाकर सरला की तरफ देखा।

सारा और सुमन वर्मा की यह सारी बातचीत अंग्रेजी में हुई थी। स्कूल का नियम ही ऐसा था। हिंदी के घंटे को छोड़कर सबके होंठों पर सारे समय अंग्रेजी ही रहती थी। स्कूल के चलन के अनुसार, अंग्रेजी में सुमन वर्मा ने पूरी कक्षा से एक सवाल किया, 'यदि आज मैं अपने गणित विषय से हटकर आप लोगों से बातचीत करूँ, तो किसी को एतराज तो नहीं है।'

'बिल्कुल नहीं, मैम।' पूरी कक्षा एक स्वर में बोली।

सुमन वर्मा पल भर चुप रहीं। जैसे किसी दूसरी दुनिया में पहुँच गई हों। फिर बेचैनी से पहलू बदलकर उन्होंने अपनी बात शुरू की, 'अब मैं आपके साथ छह महीने पहले घटी एक घटना को साझा करना चाहती हूँ। हमारे विद्यालय की दसवीं कक्षा की छात्राओं के लिए पिकनिक का इंतजाम किया गया था। दिल्ली से करीब दो सौ किलोमीटर दूर, पुरातात्विक महत्व के ऐतिहासिक स्थल फतेहपुर सीकरी को देखने के लिए हम लोग गए थे। दसवीं कक्षा की पैंतालिस छात्राएँ, चार अध्यापिकाएँ और एक चौकीदार। बस ड्राइवर को मिलाकर कुल इक्यावन लोग इस पिकनिक पर गये थे।'

पूरी कक्षा ने कौतूहल से भरकर उस पिकनिक का हाल सुनने के लिए कक्षाध्यापिका के चेहरे पर निगाहें गड़ा दीं।

□

सुमन वर्मा बोलीं, 'बड़े उत्साह से सुबह आठ बजे इसी विद्यालय परिसर से हम लोग फतेहपुर सीकरी के लिए रवाना हुए थे। मौज-मस्ती का पूरा सामान हमारे साथ था। खाने-पीने से लेकर मनोरंजन का भरपूर प्रबंध था। चूँकि दसवीं कक्षा की छात्राओं की यह आखिरी सामूहिक घुमक्कड़ी थी और इम्तहान के बाद उन सबको अलग हो जाना था, इसलिए वे कुछ ज्यादा ही जोश और भावुकता से भरी हुई थीं। स्कूल बस नई थी। ड्राइवर मेवाराम होशियार था। आनंददाई सफर का सबको पूरा भरोसा था।

'फतेहपुर सीकरी पहुँचने में हमें चार घंटे लगे। दोपहर में करीब बारह बजे हम वहाँ पहुँच गए। चूँकि खाना-पीना बस में कर चुके थे, इसलिए पहुँचते ही वहाँ के ऐतिहासिक स्मारकों की धूल छाननी शुरू कर

दी। हाथ-हाथ में महँगे मोबाइल थे ही। किसी लड़की को शेख सलीम चिश्ती की दरगाह के चारों ओर बिखरी खूबसूरती को चित्रों मे बाँधने की धुन चढ़ी, तो कोई जोधाबाई के महल पर लट्टू हो उठी और कोई बुलंद दरवाजा देखकर चकित रह गई। 'दूर तक फैली उस ऐतिहासिक इमारत में कहानियाँ-ही-कहानियाँ बिखरी हुई थीं। उन्हें सुनते और लाल पत्थर पर उकेरे गए बेल-बूटों को देखते हुए कितना समय बीत गया, हम जान न सके। सभी लोग अकबर कालीन युग में पहुँच गए थे और अपनी सुध-बुध खो बैठे थे। पर अध्यापिकाएँ बड़ी थीं और समझदार भी। उन्होंने तीन बजते-बजते लड़कियों को चलकर बस में बैठने के लिए टोकना शुरू कर दिया। लड़कियाँ भला सुनने वाली थीं? किसी को जामा मसजिद की फोटो खींचनी बाकी थी, तो किसी को हवाखाना एक बार फिर देखने का मन था। बीरबल महल, मरियम महल और तुर्की सुलतानों के महल तक तो अभी वे लोग पहुँचे ही नहीं थे। इतनी जल्दी फतेहपुर सीकरी कैसे छोड़ी जा सकती थी? अध्यापिकाएँ जल्दी चलने के लिए बार-बार कहतीं, बच्चियाँ 'कुछ देर और' कहकर ठहरने के लिए मचल उठतीं।

'बात सिर्फ घूमने-फिरने की नहीं थी, वहाँ आकर्षक बाजार भी सजा हुआ था। चूड़ियाँ, माला, बुंदे-बाले, ब्रेसलेट जैसे चमक-दमक वाले आभूषणों के साथ संगमरमर की बनी विविध आकार की नक्काशीदार डिबियाँ, खूबसूरत प्याले और मनमोहक तश्तरियाँ ऐसा आकर्षण जगा रही थीं कि अधिकाधिक वस्तुएँ खरीदने के लिए हर बच्ची लालायित हो उठी थी। रंग-रंग के कढ़े हुए परिधान देखकर उनके पाँव वहीं-के-वहीं ठिठक जाते थे। अध्यापिकाओं के बार-बार टोकने के बावजूद सबको वहाँ से निकलकर बस में बैठते हुए शाम को छह बज गए। चूँकि दिसंबर माह में छह बजने का मतलब अंधेरा हो जाना था, इसलिए फतेहपुर सीकरी के जादुई सम्मोहन से मुक्त होते ही सब लोग एकबारगी घबरा गए, दिल्ली पहुँचने में तो हर हालत में रात के दस बज जाएँगे!

'तभी बस स्टैंड पर मौजूद एक सरदारजी बोल पड़े, दिल्ली जाना है।

थोड़ा आगे बढ़ते ही सड़क दो हिस्सों में बँटेगी। आप मुख्य मार्ग छोड़कर दूसरा छोटा रास्ता पकड़ लेना। इससे 30-35 किलो मीटर की दूरी कम हो जाएगी। सबको लगा, सरदारजी के मुँह से कोई फरिश्ता उन्हें राह दिखा रहा है। 30-35 किलोमीटर सफर बचने का मतलब पौन घंटे की बचत था। सब बच्चियाँ, यहाँ तक कि चारों अध्यापिकाएँ भी, बस ड्राइवर मेवाराम से, छोटा रास्ता पकड़ने के लिए खुशामद करने लगीं।

'मेवाराम हिचक रहा था। नए रास्ते की उसे कोई जानकारी न थी। वह मुख्य मार्ग को छोड़कर अनजान सड़क पकड़ना नहीं चाहता था। पर सबकी जिद के सामने उसे झुकना पड़ा और हमारी बस दोराहा आते ही फौरन बाईं ओर वाले रास्ते पर मुड़ गई।

'वह कृष्ण पक्ष की एक अँधेरी रात थी। अमावस्या शायद आस-पास ही रही होगी, क्योंकि चाँद नजर नहीं आ रहा था। स्ट्रीट लाइट भी जगह-जगह बंद थीं। गनीमत सिर्फ इतनी थी कि इस रास्ते पर भीड़ 'न' के बराबर थी। इसलिए मेवाराम फर्राटे से गाड़ी दौड़ा रहा था।

'पर अभी मुश्किल से 20 मिलो मीटर सफर तय हुआ होगा कि बस में बैठी एक छात्रा की तबियत अचानक खराब हो गई। उसकी हालत देखकर आस-पास बैठी बच्चियों ने जल्दी बस रोकने के लिए चीख-पुकार शुरू कर दी।'

□

बोलते-बोलते थककर सुमन वर्मा तनिक रुकीं। सामने मेज पर रखा पानी का गिलास उठाकर उन्होंने कुछ घूँट भरे। गिलास यथास्थान रखा और अपनी बात का असर जानने के लिए कक्षा पर निगाह डाली।

पूरी कक्षा में गहरी खामोशी थी। 'आगे क्या हुआ ?' जानने की उत्सुकता हर बच्ची के चेहरे पर साफ पढ़ी जा सकती थी। पर्स से रुमाल निकालकर माथे का पसीना पोंछती हुई सुमन वर्मा बोलीं, 'बच्चियों के हड़कंप मचा देने पर मेवाराम भी घबरा गया। उसने तत्काल बस रोक दी। बीमार लड़की के साथ और भी कई लड़कियाँ बस से नीचे उतर गईं। सड़क के किनारे

एक पुलिया थी। पुलिया के नीचे नाला बह रहा था। सड़क के दोनों ओर खेत थे। उनमें क्या फसल बोई गई थी, यह गहरी शाम के अँधेरे में पता न चला। कोई गाँव भी शायद आस-पास था। नई दिल्ली के इलाकों में रहने वाली बच्चियाँ हालाँकि गली-कूचों की दमघोंट जिंदगी से अनजान थीं और खुले परिवेश में ही पल-बढ़ रही थीं, फिर भी गाँव की यह शांत-निस्तब्ध शाम उनके लिए अनोखी थी। दूर-दूर तक फैले खेत और सन्नाटे को देख वे खुश भी हुईं और डरीं भी। कुछ इतनी जोशीली हुईं कि मोबाइल से वहाँ के भी फोटो खीचने लगीं। इधर बीमार लड़की खुली हवा में राहत महसूस कर रही थी। दो उल्टियों के बाद उसकी तबियत सँभलने लगी थी।'

'सब निश्चिंत थे, पर ड्राइवर मेवाराम एक सजग और जिम्मेदार भाव से आस-पास के वातावरण पर निगाह रखे था। एक पत्ता भी खड़कता, तो वह चौंक जाता। अचानक उसे खेतों की पगडंडी के बीच से एक मोटर साइकिल आती दीखी। चूँकि वह कोई खतरा नहीं लेना चाहता था, इसलिए फौरन सबको गाड़ी में चढ़ने का आदेश देकर बेचैन हो उठा।

'सभी सवारियाँ हड़बड़ाकर बस में चढ़ गईं। मेवाराम ने एक-एक लड़की के ऊपर चढ़ने का इंतजार किया। सबको चढ़ाने के बाद वह जैसे ही ड्राइविंग सीट की ओर बढ़ने लगा, मोटर साइकिल काफी नजदीक आ गई थी। मोटर साइकिल सवार तीन युवक ड्राइवर के गाड़ी दौड़ाने का इरादा भाँप चुके थे। उसे रोकने के लिए उन्होंने अपने देसी तमंचे से गोली चला दी। गोली मेवाराम की सीधी बाँह पर लगी। कोहनी से कुछ ऊपर खून का फव्वारा बह निकला, पर उसकी तरफ से सर्वथा बेपरवाह मेवाराम अपनी सीट पर बैठा और उसने बिजली की सी तेजी से बस दौड़ा दी। आगे बस, पीछे मोटर साइकिल। बस में बैठी सवारियाँ दहशत से थर-थर काँपतीं। पर मेवाराम था न! उसके रहते वे सब किन्हीं गुंडों के हत्थे कैसे चढ़ सकती थीं?

'बस दौड़ती रही, दौड़ती रही और जैसे ही शॉर्टकट वाला रास्ता तय करके दिल्ली-आगरा मुख्य मार्ग पर पहुँची, पूर्णतः सुरक्षित हो चुकी थी।

पीछा करती मोटर साइकिल अपने गंदे इरादे में असफल होकर वापस लौट गई थी। बस में मौजूद चौकीदार सहित सभी महिला सवारियाँ अभी तक डर के मारे थर-थर काँप रही थीं।' 'बहुत आहिस्ता से मेवाराम ने बस को सड़क के नीचे उतारा और रोक दिया। उसकी हालत देखने के लिए दो अध्यापिकाएँ फुरती से ड्राइविंग सीट की ओर बढ़ीं। उन्होंने देखा, स्टियरिंग व्हील पर सिर रखे मेवाराम अचल हो चुका है।'

□

पूरी कक्षा भी यह किस्सा सुनते-सुनते अचल हो उठी थी। सुमन वर्मा पल भर चुप रहीं। फिर भरे गले से बोलीं, 'मर चुका था मेवाराम। पर उसने अपना फर्ज. बखूबी निभाया था। इनसानियत का फर्ज भी बखूबी निभाया था। यदि वह बाँह के बहते खून से घबराकर हिम्मत हार गया होता, तो बस के भीतर मौजूद उनचास महिला सवारियों का पता नहीं क्या हाल होता? उसकी मृत्यु के शोक में विद्यालय में एक दिन का अवकाश कर दिया गया, पर यह तो उसके प्राण-विसर्जन की भरपाई न थी। सच तो यह है कि उसकी शहादत का कोई भी बदला नहीं चुकाया जा सकता था। न उसकी विधवा पत्नी को दिवंगत पति लौटाया जा सकता था और न तीन छोटी बच्चियों को उनके मृत पिता दिए जा सकते थे।

'खैर, विद्यालय की प्रबंध समिति ने कुछ देर से ही सही, उसकी कुरबानी की कीमत समझी। गाँव में रहने वाली उसकी विधवा पत्नी और तीन बेटियों को शहर बुलवाया। पत्नी को नौकरी दे दी है और बच्चियों को स्कूल में प्रवेश भी दे दिया है। दोनों छोटी नर्सरी, के.जी. में भरती की गई हैं। तीसरी सरला कुछ बड़ी है, इसे सेवेंथ ए में दाखिला मिला है। विद्यालय की प्रबंध समिति ने तय किया है कि ये तीनों बच्चियाँ जितना पढ़ना चाहें, पढ़ें। जो कुछ बनना चाहें, प्रयास करें। विद्यालय इन्हें पूरा सहयोग देगा।'

सुमन वर्मा अपनी बात पूरी करके चुप हो गईं, तो उन्हें क्लास में एक सिसकी सुनाई दी। उन्होंने पहले सरला की तरफ देखा, कहीं पिता के साथ घटे हादसे की चर्चा सुनकर वह तो नहीं रो रही? पर सरला चुप थी, पहले

जैसी भावहीन। सिसकियाँ अब बढ़ गई थीं और क्लास की कई लड़कियाँ अपने आँसू पोंछ रही थीं।

सुमन वर्मा उठ खड़ी हुईं, 'ठीक है, आपने अपनी बात मेरे पास तक पहुँचा दी है। मैं प्रधानाचार्या से कहकर सरला को 'बी' सेक्शन में भिजवा दूँगी। लेकिन यह अकेली नहीं जाएगी। इसके साथ मैं भी आपकी क्लास छोड़कर 'बी' सेक्शन की क्लास टीचर बनूँगी। इसे अपनी निगरानी में रखकर ही मुझे इसकी पढ़ाई-लिखाई को पूरी क्लास के बराबर पहुँचाना है। आखिर मैं कैसे भूल सकती हूँ कि उस दिन पिकनिक पर फतेहपुर सीकरी जाने वाली बस में, दसवीं में पढ़ने वाली अपनी बेटी अदिति के साथ मैं भी सवार थी।'

पूरी क्लास को जैसे पाला मार गया।

सबके चेहरे फक पड़ चुके थे। सबसे नटखट और पढ़ाई में भी सबसे आगे रहने वाली सारा झिझकते हुए अपनी जगह से उठी। सरला की सीट के पास पहुँचकर उसने उसका हाथ पकड़ लिया। अपनी काँपती उँगलियों से कुछ पल उसकी पसीजी कलाई थामे रही, फिर उसके उदास-भावहीन चेहरे पर एक स्नेहिल चुंबन देकर झटके से वापस लौट गई। आखिर वह कक्षा की प्रतिनिधि थी। उसे ही पूरी क्लास की तरफ से अपनी जिम्मेदारी निभानी थी। अपनी बात को इससे बेहतर ढंग से कहने की क्षमता उसमें न थी। अंग्रेजी का एक छोटा सा 'सॉरी' पूरी कक्षा की मनोभावना अपनी सहपाठिनी तक नहीं पहुँचा सकता था।

सुमन वर्मा अब आश्वस्त थीं। सरला के सुबह से भावहीन चेहरे पर उल्लास की चाँद-किरन जो दीपित हो उठी थी।

□

सच्ची दीवाली

परसों दीवाली है।

सेठ जौहरीमल की हवेली में त्योहार की तैयारियाँ पूरे जोर-शोर से चल रही हैं। और क्यों न चलेंगी? उनके इकलौते बेटे पवन का चार महीने पहले ही तो विवाह हुआ है। नई-नवेली दुलहन श्यामला की यह पहली दीवाली है। वह भी पिछले एक महीने से रोज दिन गिन रही है कि कब दीवाली आए और वह उत्सव की खुशियों का दोनों बाँहें फैलाकर स्वागत करे।

हाँ, तो परसों दीवाली है।

सेठ जौहरीमल की पत्नी शारदा देवी हवेली की रंगाई-पुताई को संतुष्ट नेत्रों से निरख-परख रही थीं कि श्यामला पास आकर बोली, ''माँ, हमारी हवेली में बिजली की सजावट कब होगी? आज धनतेरस है, पर अपने यहाँ बिजली मैकेनिक अभी तक रंगीन बल्बों की झिलमिल झालरें लेकर नहीं आया।''

शारदा देवी स्नेह से मुसकराईं, ''तुम्हें हवेली को झिलमिलाता हुआ देखने का बहुत चाव है?''

''जी, माँ।''

''तो इसके लिए परसों तक इंतजार करना पड़ेगा, बेटी। हमारी हवेली की परंपरा है कि दीवाली वाले दिन ही दीए जलाए जाते हैं।''

''दीये?'' श्यामला चौंकी, ''आजकल तो शहर क्या, गाँवों तक में बिजली की सजावट होती है, माँ। मिट्टी के दीपक भला कौन जलाता है?''

''बेटी, हमारे खानदान में सात पीढ़ियों पहले हवेली के मालिक को एक उन्मत्त साँड़ के पाँवों तले कुचलने से एक कुम्हार ने बचा लिया था। इस उपकार के एवज् में उसने धन लेने से इनकार कर दिया। बोला, उसे तो सिर्फ दीवाली पर माटी के दीवलों से हवेली को सजाने की अनुमति चाहिए। सजावट से खुश होकर मालिक जो भी इनाम बख्शीश देंगे, वह सिर-माथे लेगा।''

''फिर?'' श्यामला ने कौतूहल से पूछा।

''उसकी इतनी मासूम चाहत को सुनकर मालिक भी मुसकरा दिए। उन्होंने उसे वचन दिया कि सिर्फ इसी एक दीवाली पर क्यों, पीढ़ी-दर-पीढ़ी उसके वंशजों को भी इसकी इजाजत है। बस, तब से हवेली में यही परंपरा चली आ रही है और इस समय हरखू कुम्हार इसका दावेदार है।''

''उहँ, फिजूल बात!'' श्यामला ने नाक सिकोड़ी, ''सात पीढ़ियों पहले दिए गए एक वचन को आज भी ढोने का कोई तुक है क्या? माँ, ऐसा करिए कि हरखू कुम्हार को कुछ दे-दिवाकर इस परंपरा को अब हमेशा के लिए खत्म कर दीजिए।''

शारदा देवी कुछ बोली नहीं।

लेकिन उन्होंने भले ही बात आई-गई कर दी हो, श्यामला ने इसे गंभीरता से लिया था। उसी रात वह पति पवन से बोली, ''कल छोटी दीवाली है। दोपहर में मेरे साथ बाजार चलकर आपको बिजली के रंगारंग बल्बों की झालरें खरीदनी हैं।''

''क्या कहती हो?'' पवन चौंका, ''क्या तुमने इस बारे में माँ से बात नहीं की? उन्होंने तुम्हें नहीं बताया कि हमारी हवेली में सिर्फ माटी के दीपकों से ही रोशनी की जाती है?''

''देखिए, मैं साफ कहे देती हूँ कि यह बेतुकी परंपरा इस साल से आप लोगों को छोड़नी होगी। पूरा बाजार चाइना की विद्युत झालरों से पटा पड़ा है। एक बार उनका इस्तेमाल करके तो देखिए, लगेगा इंद्रपुरी धरती पर उतर आई है।''

"श्यामला, तुम भी एक बार हरखू के हाथों की कला देखो तो सही। उसके बाद ही कोई फैसला करना। वह इतनी मेहनत, लगन और चाव से हमारी हवेली के लिए विभिन्न आकार-प्रकार के दीपक और मूर्तियाँ बनाता है कि देखकर चकित रह जाना पड़ता है।"

"आप भी हद करते हैं!" श्यामला तमतमा उठी, "क्या मैं सजने-सँवरने के बाद दीये जलाऊँगी? कहीं तेल-घी मेरी साड़ी पर गिर गया तो पचास हजार की साड़ी का सत्यानाश हो जाएगा।… फिर, दीपक की लौ से कहीं आग ही लग गई तो?"

"छि:, ऐसे अशुभ बोल मत बोलो श्यामला," पवन का चेहरा उतर गया, "तुम शौक से दस-पाँच दीये भले ही जला लो और अपने हाथों से मुँडेर पर रख दो, पर इस काम को करने के लिए हवेली में नौकरों की कमी नहीं है। तुम्हें इस बारे में तनाव लेने की रत्ती भर-जरूरत नहीं है।"

किंतु श्यामला ने दो-टूक फैसला सुना दिया, "हरखू के दीये लौटाए जाएँगे और हवेली बिजली के बल्बों से ही सजेगी।"

"जैसी तुम्हारी इच्छा," पवन ने हथियार डाल दिए।

अगली सुबह हरखू और उसकी पत्नी चम्पा अपने सिर पर भारी झाबे लादे हुए हवेली आ पहुँचे। चंपा हँसकर बोली, "मालकिन, इस बार नई बहू की पहली दीवाली है न! हम लोगों ने दीपक और मूर्तियाँ बनाने में अपनी सारी कारीगरी उँडेल दी है। बहूरानी को चीजें पसंद आ जाएँ, तो हमारी मेहनत सफल हो जाएगी।"

"पैसा कितना हुआ?" एकदम सपाट आवाज में शारदा देवी पूछ उठीं।

"पैसा?" चंपा चौंकी, "अभी तो आपने हमारा सामान भी नहीं देखा, पैसा पहले पूछ रही हैं?"

"दरअसल यह खरीद-फरोख्त का मामला है। कीमत तो पहले पूछनी ही चाहिए।"

"आज तक तो आपके चेहरे की मुसकान में ही हमें अपनी मेहनत का मोल मिला है, मालकिन। उसके बाद अपनी खुशी से ड्योढ़ी-दुगनी

कीमत आपने खुद ही हमारे हाथ थमाई है। कहावत है न, बड़े पतीले की खुरचन ही बहुत होती है। आपने राजी-खुशी जो दिया, उसी से हमारी झोंपड़ी में हर साल दीवाली की खुशियाँ बिखरी हैं।''

शारदा देवी निगाहें चुराते हुए बोलीं, ''दरअसल इस दफा··· बात यह है कि मुए बिजली के लट्टुओं के फैशन के चलते··· चूँकि तुम्हें पहले से मना नहीं किया था, इसलिए इस बार तो सामान खरीद लेंगे हम, पर अगली बार से जरूरत नहीं पड़ेगी।''

हरखू और चंपा समझदार थे। दुनिया देखे हुए थे। उनकी आँखें छलछला आईं। एक ठंडी साँस भरकर चंपा बोली, ''आज तक इस हवेली के दाना-पानी से ही बच्चों के मुँह में दो निवाले पड़ते थे। लगता है, अब किस्मत रूठ गई। हमारे दीयों की यहाँ कोई पूछ नहीं रही।''

हरखू अपना झाबा उठाने के लिए झुका तो शारदा देवी तड़प उठीं, ''इसे यहीं छोड़ जाओ। बाद में मैं नौकर से भिजवा दूँगी। तुम लोगों को इतना वजन दुबारा उठाने की जरूरत नहीं है।''

वातावरण बहुत गंभीर हो गया था। आँसू पोंछते हुए वे दोनों चले गए।

तभी सेठ जौहरीमल बदहवास हालत में भीतर आए और कांपती आवाज में बोले, ''शारदा, बड़ा नुकसान हो गया।''

''कैसा नुकसान?'' शारदा देवी ने घबराकर पूछा।

सेठजी वहीं पड़ी एक खाली कुरसी पर बैठ गए। वाकई वे बहुत परेशान थे। जैसे-तैसे खुद को सँभालकर उन्होंने जो बात बताई, उसे सुनकर पूरा घर स्तब्ध रह गया। 'दाऊजी मिठाई वाला' के नाम से इस हवेली का एक बहुत बड़ा प्रतिष्ठान था। साख की दूकान थी। स्तर और शुद्धता की गारंटी के लिए उसका नाम ही काफी था। दीवाली, नए वर्ष आदि मौकों पर भारी तादात में मिठाई की माँग होती थी। नगर के चावल, दाल और चीनी मिल के मालिक तो एडवांस बुकिंग कराए बिना अपनी जरूरत भर माल नहीं पा सकते थे। आखिर जहाँ सैकड़ों की संख्या में कर्मचारी कार्यरत हों, वहाँ पहले से कई-कई क्विंटल मिठाई का ऑर्डर दिए बिना काम कैसे

चल सकता था? किंतु अभी कुछ देर पहले सेठजी के पास चमन दाल मिल से अचानक एक ऐसा फोन आ गया था, जिसे सुनकर उनके पाँवों तले जमीन खिसक गई थी। मिल मालिक के बेटे ने साफ-साफ कह दिया था कि पंद्रह दिन पहले दिया गया अपना मिठाई का ऑर्डर वह कैंसिल करा रहा है। अगर उसके पिता ने एडवांस बुकिंग के नाम पर कुछ रकम पहले दे दी है, उसे वह छोड़ने को भी तैयार है।

निश्चय ही यह बहुत बड़ा झटका था।

'दाऊजी मिठाई वाला' की बाजार में साख गिर जाने का खतरा उत्पन्न हो गया था।

पवन तो यह सुनते ही अपना होश-हवास खो बैठा। उसने तुरंत चमन दाल मिल के दफ्तर में फोन लगाया, जिसे मिल मालिक के बेटे ने ही उठाया। बौखलाई आवाज में पवन चीखा, "आप अचानक अपना ऑर्डर कैंसिल कैसे कर सकते हैं? उसके नाम पर हमने जो इतनी मिठाई बनवा ली है, वे क्या नदी में फिंकवा ही जाएँगी?"

"सॉरी, हम आपकी मिठाई खरीदने की स्थिति में नहीं हैं। एडवांस रकम छोड़ने को तो तैयार हैं।"

"देखिए, हमारे-आपके संबंध आज के नहीं, पीढ़ियों पुराने हैं। आपके बाप-दादा के जमाने से त्योहार पर कर्मचारियों को बाँटने के लिए हमारे यहाँ से मिठाई मंगाई गई है। अचानक इस चलन को रोक देने की वजह जान सकता हूँ?" पवन ने गुस्से से भभकते हुए पूछा।

"असल में बात यह है कि मिठाई में सिंथेटिक मावा और पनीर मिलाए जाने की आज आम चर्चा है। खाद्य वस्तुओं में मिलावट की धर-पकड़ करने वाले दस्तों ने इसी शहर के दसियों दूकानदारों की सड़ी-बासी मिठाई फिंकवाई है। छापा पड़ने के डर से बहुतों ने तो अपनी दुकान की मिठाई खुद फेंक दी है। ऐसे में शहर के लोग मिठाई से कतराने लगे हैं। फिर हम इतनी बड़ी तादात में आपकी मिठाई कैसे खरीद लें?"

"लेकिन हमारे यहाँ···," पवन ने कहने की कोशिश की, तो उधर से

उसकी आवाज दबा दी गई, ''देखिए, बहस करने से कोई फायदा नहीं। साफ-साफ सुनिए, ड्राईफ्रूट और चॉकलेट के गिफ्ट पैक ही आजकल चलन में हैं। विदेशों से आयातित चॉकलेट के क्रेज के सामने मिठाई की माँग बहुत घट गई है। हम लोग भी इस दीवाली पर अपने कर्मचारियों को चॉकलेट के डिब्बे ही भेंट में देंगे।''

उधर से फोन रख दिये जाने पर भी पवन कुछ देर अपने होंठ चबाता रहा। सिर्फ क्रोध नहीं, चिंता भी उसके दिमाग पर हावी थी। चमन दाल मिल के फैसले की खबर पाकर अगर चीनी-चावल की मिलों और दीप आइरन फाउंड्री ने भी अपने ऑर्डर कैंसिल करा दिए, तो इस दीवाली पर उनका तो दिवाला पिट जाएगा। आखिर नकल और भेड़चाल की प्रवृत्ति जो फैली हुई है समाज में। अपने विवेक का इस्तेमाल किए बिना देखा-देखी चॉकलेट का जादू अगर सारे प्रतिष्ठानों में चल गया, तो···

पवन ने दोनों हाथों से अपना माथा थाम लिया। खुद को सँभाल न सका, तो फट पड़ा, ''पापा, हमारी दुकान आज की नहीं है, दो सौ साल पुरानी है। दीवाली और मिठाई का संबंध भी आज का नहीं, सदियों पुराना है। हमारे हलवाई दहकती भट्टी के सामने घंटों पसीना बहाकर एक-एक मिठाई तैयार करते हैं। उनके पसीने का क्या कोई मोल नहीं है? हाथ के इसी हुनर के सहारे वे लोग अपने बाल-बच्चों के पेट में दो निवाले डालते हैं। चमकीले रैपर में लिपटी विदेशी चॉकलेट का क्रेज क्या इतना बड़ा हो गया कि उसके सामने हमारे पिन्नी के लड्डू, बालूशाही और गुलाबजामुन दीवाली के त्योहार से बाहर कर दिए गए?''

''शांत रहो बेटे,'' शारदा देवी गंभीर कंठ से बोलीं, ''और भी तो बहुत से देशी कारीगर और कारीगरी इसी विदेशी चकाचौंध के चलते हाशिए के बाहर कर दी गई हैं। बाजार किस वस्तु को आसमान पर चढ़ा देगा और किसे रसातल में पटक देगा, इसे समझ पाना हमारे-तुम्हारे बस की बात नहीं रही है। जो घट रहा है, उसे खामोशी से देखते जाओ। बस, यही हमारे हाथ में है।''

''क्या मतलब?'' पवन की बौखलाहट बढ़ गई।

''बेचारा कुम्हार महीनों पहले से दीवाली पर रोशनी के लिए मिट्टी के दीये और पूजा के लिए गणेश-लक्ष्मी की मूर्तियाँ तैयार करता है। लेकिन बिजली की झालरों के सामने दीयों को कौन पूछता है? मिट्टी के लक्ष्मी-गणेश अनगढ़ और भदेस कहकर नकार दिए जाते हैं। विदेशी फै .टरियों में तैयार की हुई मूर्तियों को हम दीवाली की पूजा के लिए सोत्साह खरीद लाते हैं।··· सोचकर देखो, क्या यह सब उचित है?''

किसी के मुँह से कोई बोल न फूटा।

शारदा देवी की आवाज रुँध गई, ''दीपक जलाने के फायदे भी भूल गए हैं हम। इनसे वायुमंडल शुद्ध होता है और बरसात के कीड़े-मकोड़ों से भी नजात मिलती है। कुम्हार के घर अलग चार पैसे आते हैं और उसके बाल-बच्चे भी खुश होकर दीवाली मनाते हैं। पर आज घरों में गिनती के 10-12 दीयों से ज्यादा कौन खरीदता है? मिट्टी के लक्ष्मी-गणेश भी संपन्न कोठियों में तो खरीदे नहीं जाते। चाइना ने बिजली की झालरों और हमारे देवी-देवताओं की खूबसूरत मूर्तियों से बाजार जो पाट रखा है! इसीलिए आज अमेरिका-लंदन के चॉकलेट के डिब्बे अगर अपने नए-नए फ्लेवरों से दाऊजी की मिठाइयों को पछाड़ने लगे हैं, तो अफसोस कैसा? यह तो बाजार है, जो सुरसा की तरह मुँह फाड़े हुए हमारी पाँच हजार साल पुरानी संस्कृति को लीलने दौड़ रहा है। हम लोग सिर्फ खामोशी से उसकी चाल-ढाल देख सकते हैं, उसे रोक नहीं सकते। अब यह बात हमारे बस की नहीं रही है।''

एक सन्नाटा सा छा गया।

सिर्फ घड़ी की टिक्-टिक् का स्वर था।

सिर्फ गुसलखाने के नल के बूँद-बूँद टपकने की आवाज थी। और··· और सिर्फ वहाँ उपस्थित हर इनसान के मन में मूक झँझावात था।

तभी अचानक श्यामला चीख उठी, ''माँ, हम बाजार की दुरभिसंधि को सफल नहीं होने देंगे। आम आदमी की जेब पर डाका डालने की उसकी रफ्तार को रोकने की कम-से-कम एक कोशिश तो अपने स्तर से जरूर करेंगे।''

''कैसे?'' शारदा देवी व्यंग्य से मुसकराईं।

''अपनी हवेली में हरखू के लाए हुए दीयों और लक्ष्मी-गणेश से दीवाली-पूजन करके।'' श्यामला जैसे एक-एक शब्द को तौलते हुए बोली, ''और हाँ, अपनी नादानी के लिए, अपनी गलत सोच के लिए मैं अपने परिवार से हाथ जोड़कर माफी भी माँगती हूँ।''

हाथ जोड़कर खड़ी श्यामला को शारदा देवी ने फौरन अपनी बाँहों में भर लिया। यह क्षमा-याचना का जवाब था।

तभी टेलीफोन की घंटी बजी और जौहरीलाल पाँच मिनट तक किसी से बात करते रहे। बात खत्म हो जाने पर वे उल्लसित कंठ से बोले, ''एक और खुशखबरी है।''

''क्या?'' सबने एक साथ पूछा।

''चमन दाल मिल के मालिक ने भी अपने बेटे की नादानी पर अफसोस जाहिर करते हुए माफी माँगी है। मिठाइयों के डिब्बे वाले पुराने ऑर्डर पर टिके हैं वह।''

''यह हुई न बात!'' पवन मुसकरा उठा।

''माँ, कल त्योहार पर बहुत काम बढ़ जाएगा। इसलिए दीपक जलाने के लिए रुई की बाती मैं आज ही बना लूँगी,'' श्यामला मृदु कंठ से बोली, ''लेकिन पहले किसी नौकर को भेजकर हरखू और चंपा को बुलवा लीजिए। हम उन्हें बता दें कि उनके झाबों के सामान से ही इस साल भी हमारी हवेली सजेगी।''

दीवाली कल थी, छतों और मुँडेरों पर जलते दीपक कल धरे जाने थे, पर हवेली में सबके चेहरे खुशी से चमक उठे थे। गरीब कुम्हार के लिए सबके मन में संवेदना जाग गई थी। मशीन के सामने दो हाथों की मेहनत जीत गई थी।

और यही थी सच्ची दीवाली।

□

नन्ही परी और जादुई छड़ी

परियाँ होती हैं क्या?

कोई यह सवाल पूछे तो तुम कहोगे कि वास्तविक जिदंगी में तो शायद नहीं होतीं, पर कथा-कहानी की दुनिया में जरूर होती हैं। लेकिन अगर तुम्हें इसी दुनिया में किसी नन्ही परी की जादुई छड़ी की करामात दिखाई दे जाए, तो? यकीन न हो तो करीब तीन-चार साल पहले घटी इस सच्ची घटना को पढ़कर खुद फैसला कर लो कि इसी दुनिया में परियाँ होती हैं या नहीं।

यह लंदन शहर की घटना है, फरवरी के महीने की। लारा बाइंडर को वसंत के सुखद मौसम में डॉक्टरों ने एक दुखद सूचना दी। लारा तो इसे सुनते ही गहरे सदमे में डूब गई। क्या सचमुच कैंसर उसके पूरे शरीर में फैल चुका है? क्या सचमुच जिंदगी के गिने-चुने दिन अब उसके पास हैं? क्या सचमुच मौत उसे दबोचने के लिए एकदम तैयार खड़ी है?

आतंक की एक ठंडी लहर लारा के शरीर की रग-रग में दौड़ गई। उसे इस बुरे वक्त में सबसे पहले अपनी दोनों बेटियों की याद आई। नौ साल की लींजी और दो साल की अलीशिया। छुटकी तो अभी एकदम दुधमुँही ही है, पर बड़ी ही कौन-सी बड़ी है! नौ साल की उम्र भी कोई उम्र होती है क्या? जल्दी ही अपनी माँ को हमेशा के लिए गँवाकर ये बच्चियाँ किसके सहारे बड़ी होंगी? लारा कुछ समझ नहीं पा रही थी कि अचानक सिर आ पड़ी मुसीबत की इस घड़ी में क्या करे?

दो साल की अलीशिया को तो कुछ बताने का मतलब ही नहीं था, पर नौ साल की लींजी को आने वाली विपत्ति के बारे में बताया जा सकता था। अचानक माँ की मौत देखकर बेचारी बच्ची दु:ख से एकदम पागल हो जाएगी। उसे पहले से मानसिक रूप से माँ के बिछोह के लिए तैयार करना जरूरी था।

खूब सोच-विचार के बाद लारा ने एक दिन लींजी को पास बुलाकर पूछा, ''बेटी, अब तुम बड़ी हो गई हो न?''

''हाँ माँ,'' लींजी मुसकरा दी।

''अगर मैं कहीं चली जाऊँ, तो तुम अपने सारे काम खुद कर सकती हो?''

''हाँ माँ। मैं ब्रश करना जानती हूँ। नहाना जानती हूँ। बाल सँवारना जानती हूँ। डाइनिंग टेबल पर अगर खाना ढका हुआ रखा है, तो परोसना भी जानती हूँ,'' कहते-कहते लींजी की मुसकान गहरी हो उठी।

''शाबाश!''

लारा पल भर चुप रही। फिर उसने बात आगे बढ़ाई, ''लींजी, तुम अलीशिया की देख-भाल भी अच्छी तरह कर सकती हो न?''

''उहँ,'' लींजी ने सिर को दाएँ-बाएँ घुमाते हुए फौरन मना कर दिया, ''अलीशिया ने कल मेरी किताब फाड़ दी थी और परसों बाल भी खींचे थे। मैं उसकी देखभाल करना बिल्कुल पसंद नहीं करती।''

''वह तुम्हारी छोटी बहन है न?''

''हाँ, यह तो है,'' लींजी ने स्वीकार किया, ''ठीक है, मैं उसकी देखभाल भी कर लूँगी, लेकिन तुम जा कहाँ रही हो?''

''एक बहुत-बहुत लंबे सफर पर।''

''कब वापस लौटोगी?''

''शायद··· कभी नहीं,'' लारा का गला भर आया।

लींजी फौरन उठी और उसने माँ के गले में दोनों बाँहें डाल दीं, ''ऐसे सफर पर तुम अकेली कैसे जा सकती हो, माँ? मैं और अलीशिया तुम्हारे साथ चलेंगी।''

"न, ऐसा नहीं कहते बेटी," घबराकर लारा ने उसके मुँह पर हाथ रख दिया।

"क्यों?" लींजी मचलते हुए बोली, "एक-दो दिन की बात होती, तो हम दोनों बहनें आया के साथ रह लेतीं और पापा को बिल्कुल तंग नहीं करतीं, पर··· पर तुम्हें जब कभी वापस लौटना ही नहीं है, तो हमारे बिना वहाँ कैसे रह सकोगी?"

लारा के पास इस सवाल का कोई जवाब न था।

"बताओ न माँ, कहाँ जा रही हो तुम?"

"भगवान के यहाँ," बताते हुए लारा का चेहरा एकदम फीका पड़ गया।

लींजी गंभीर हो उठी। भगवान के यहाँ जाने का मतलब उसे मालूम था। करीब दो साल पहले उसकी दादी भगवान् के यहाँ गई थीं और आज तक वापस नहीं लौटीं। शुरू-शुरू में वह दादी के बारे में सवाल करती थी तो पापा बताते थे, 'देखो, आसमान में जो चमकीला तारा है न, वे ही तुम्हारी दादी है। पहले तुम्हारे साथ थीं, अब आसमान पर रहकर तुम्हें देखती हैं।'

लींजी बात समझी जरूर, पर माँ का भगवान् के यहाँ जाना उसके गले के नीचे नहीं उतरा। वह अविश्वास से बोली, "हँसी करती हो माँ?"

"नहीं बेटी, मैं सच कहती हूँ," लारा का गला आँसुओं से रुँध उठा।

"तो ठीक है," लींजी ने एकदम से फैसला कर लिया, "मैं और अलीशिया भी तुम्हारे साथ भगवान् के यहाँ चलेंगे। दादी वहाँ पहले जा ही चुकी हैं। बहुत मजा आएगा, हम सब मिलकर रहेंगे।"

"तुम दोनों बहनें यहीं घर में पापा के साथ रहो। खूब पढ़ो-लिखो। खूब लंबी उम्र जियो," लारा ने बेटी का चेहरा चूम लिया।

"लेकिन माँ, तुम्हें भगवान् के यहाँ जाने की क्या जरूरत है? शायद मैं बहुत परेशान करती हूँ, इसीलिए तुम जा रही हो।" लींजी उदास होकर बोली।

"ऐसा नहीं है बेटी।"

"फिर क्या बात है?"

''मुझे कैंसर हो चुका है। मैं अब ठीक नहीं हो पाऊँगी। इसलिए मुझे न चाहते हुए भी तुम लोगों को छोड़कर जाना पड़ेगा।''

''कैंसर क्या होता है माँ?'' लींजी सोच में डूब गई।

''एक बीमारी।... बहुत बुरी बीमारी। जब पूरे शरीर में फैल जाती है, तो डॉक्टरों के पास भी इसका इलाज नहीं रहता है।''

''गंदी बात मत करो माँ?'' लींजी ऊब गई, ''और गंदी बीमारी का नाम भी मत लो। बस, जल्दी से ठीक हो जाओ। हम सब मिलकर पहले की तरह पिकनिक मनाने चलेंगे।... बहुत मजा आएगा। है न?''

लारा चुप रही। उसके मन में जरूर यह बात उठी, काश! ऐसा हो सकता।

पर लींजी का चेहरा पहले की तरह फूल सा खिला हुआ था। वह इस बात को मानने के लिए तैयार न थी कि उसकी माँ को कोई भयंकर बीमारी हो चुकी है। उसे याद आता, वह भी तो बहुत बार बीमार पड़ती है और फिर इलाज से ठीक हो जाती है। लेकिन माँ तो ऐसी बुद्धू है कि जरा सी बीमारी में ही घबरा गई है।

एकदम छोटी बच्ची।... अलीशिया से भी छोटी। ऐसी नादान माँ को संभालने के लिए उसे ही बड़ी बनना पड़ेगा। आखिर तीसरी कक्षा में पढ़ती है वह। अपनी जिम्मेदारी नहीं सँभालेगी, तो कैसे काम चलेगा? दो साल की अलीशिया के साथ-साथ बीमार माँ का भी पूरा ध्यान रखना पड़ेगा उसे, ताकि माँ जल्दी ही एकदम ठीक हो जाए।

लींजी सोचती रही, सोचती रही।

आखिर उसे माँ को खुश रखने का एक तरीका समझ में आ गया। वह अपना बस्ता उठा लाई और कॉपी से एक खाली पन्ना फाड़कर उसने माँ के लिए बहुत प्यारा सा पत्र लिखा। ऐसा मीठा पत्र, जिसे पढ़कर सचमुच लारा के उदास चेहरे पर थोड़ी देर के लिए खुशी छा गई। वह पत्र लारा ने अपने तकिए के नीचे रख लिया। उस दिन ऐसा हुआ कि जब-जब उसका मन उदास हुआ, वह तकिए के नीचे से निकालकर बिटिया का प्यारा पत्र पढ़ती रही।

और इस तरह यह रोज का नियम बन गया।

लींजी सुबह होते ही अपना बस्ता खोलती और कागज-कलम निकालकर चॉकलेट जैसी मजेदार चिट्ठी माँ के लिए लिखने बैठ जाती। लिखते वक्त उसके होंठ रह-रहकर मुसकराते। पढ़ते वक्त उतनी ही दफा माँ के होंठ भी रह-रहकर मुसकराते। हर पत्र लारा को महसूस कराता, सचमुच जिंदगी इतनी खूबसूरत है कि उसे पल-पल पूरे उल्लास से जीना चाहिए। लींजी के पत्र सिर्फ कागज पर टँके अक्षर भर नहीं होते थे, वे तो हँसी के गोलगप्पे थे, आनंद की रिमझिम फुहार थे और थे मन की ऊब-थकान मिटाने वाला असरदार टॉनिक। लींजी को पता भी नहीं चला कि कब माँ उसकी चिट्ठी का रोज सुबह होते ही बेचैनी से इंतजार करने लगी है, झपटकर पढ़ने लगी है और पढ़कर उसी के आनंद में सारा दिन डूबी रहने लगी है। वह तो बस यही सोचकर खुश थी कि माँ का बीमारी की तरफ से ध्यान हटाने के लिए उसने एक कारगर उपाय खोज लिया है। अब माँ सारा दिन उदास नहीं रहती है और न पहले की तरह ठंडी साँसें भरा करती है। कितना मजा आता है, जब रोज सुबह होते ही एक शरारती बच्ची की तरह अपनी हथेली फैला देती है, "लींजी, कहाँ है मेरा आज का तोहफा?"

इधर बिटिया का चिट्ठियों का सिलसिला चलता रहा, उधर डॉक्टरों का कीमोथैरेपी का इलाज जारी रहा। पर डॉक्टर सिर्फ अपना फर्ज समझकर मरीज की चिकित्सा कर रहे थे। उन्हें अच्छी तरह मालूम था कि इतना बढ़ा हुआ मर्ज किसी दवा-दारू से काबू में नहीं आ सकता है। वे अपने मरीज की जिंदगी के गिने-चुने दिनों को कुछ लंबा भले ही खींच लें, पर निरोग हो जाने की खुशी उसे नहीं दे सकते हैं।

सितंबर माह में लारा की दुबारा जाँच हुई। लेकिन यह क्या? रोग तो जड़ से दूर हो चुका था। डॉक्टरों को लगा, रिपोर्ट तैयार करने में ही कोई भूल हुई है। पर दुबारा-तिबारा जाँच का भी वही नतीजा निकला, तो डॉक्टरों ने लारा को पूर्ण स्वस्थ हो जाने की खुशखबरी सुना दी। बड़े डॉक्टर ने

चकित कंठ से कहा, ''मेरे लंबे चिकित्सीय जीवन में ऐसा चमत्कार पहली बार हुआ है। मैं खुद समझ नहीं पा रहा हूँ कि ऐसा कैसे हो गया?''

''एक नन्ही परी की जादुई छड़ी से,'' लारा ने मुसकराकर बताया।

''मैं समझा नहीं,'' डॉक्टर चौंका।

लारा ने पास खड़ी लींजी की तरफ इशारा किया, ''देखिए यह है मुझे जीवन-दान देने वाली नन्ही परी।''

और फिर तकिए के पास धरी उस संदूकची को खोल दिया, जिसमें चिट्ठियाँ भरी हुई थीं। लारा की मुसकान गहरी हो गई, ''देखिए, यह है इसकी जादुई छड़ी।''

लारा ने हाथ बढ़ाकर आज की नई चिट्ठी डॉक्टर को सौंप दी, जिसमें लिखा हुआ था, ''बधाई हो माँ। अब आप पूरी तरह ठीक हो चुकी हैं। कैंसर भाग चुका है। मेरी बात पर विश्वास न हो रहा हो, तो डॉक्टर के मुँह से सुन लीजिएगा। आज वे आपके पूरी तरह स्वस्थ हो जाने की ही रिपोर्ट थमाएँगे। मेरा दिल पूरे भरोसे के साथ यह बात कहता है।''

डॉक्टर को विश्वास करना पड़ा कि एक बेटी का प्यार माँ के लिए दुनिया में सबसे कीमती तोहफा है। सकारात्मक सोच हमेशा संकट से लड़ने में मदद करता है और विजयी बनाता है।

लारा के मामले में भी तो यही हुआ था न! बेटी के विश्वास ने माँ को रोगमुक्त कर दिया था। सिर्फ आज का पत्र पढ़कर डॉक्टर मुसकरा दिए, ''वाकई कमाल की है यह नन्ही परी और इसकी जादुई छड़ी।''

और हमें भी इस सत्य घटना को पढ़कर मानना पड़ेगा—हाँ, इसी दुनिया में परियाँ होती हैं।

□

गुल्लक

माँ के बचपन के किस्से सुनना कृतिका को बहुत भाता है। एक दिन बातों-बातों में उनके मुँह से गुल्लक का जिक्र सुनकर वह चौंक पड़ी, "गुल्लक क्या होती है, माँ?"

"तुम लोग गुल्लक का नाम तक नहीं जानते," माँ मुसकराई, "लेकिन हमारे बचपन में हर बच्चा इसे निजी बैंक के रूप में जानता था। घर में जो चवन्नी-अठन्नी मिली, हम लोग उसे फौरन गुल्लक में डाल देते। थोड़े-थोड़े दिन बाद उसके वजन से अंदाज लगाते कि अब कितनी भर चुकी होगी। जब गुल्लक तोड़ते, तो ढेर सारे खनखनाते सिक्के हमें मालामाल बना देते थे।"

"माँ, मेरे लिए भी एक गुल्लक ला दो न!" कृतिका ललचा उठी।

"ठीक है। आज बाजार जाऊँगी, तो ले आऊँगी," माँ बोलीं।

पर बाजार से लौटकर माँ ने निराश आवाज में बताया कि गुल्लक उन्हें कहीं नहीं मिली। कृतिका को उदास होते देखा तो दिलासा दिया, "फिक्र मत करो। एक दुकानदार ने मुझे बताया है कि सुलतानगंज की पुलिया के पास गोमती कुम्हारिन रहती है। वह अब भी मिट्टी की गुल्लक बनाती है।"

कृतिका ने उत्सुकता से पूछा, "माँ, आपको पता है कि सुलतानगंज की पुलिया कहाँ है?"

"हाँ, पता है," माँ ने बताया।

"आप वहाँ कब जाओगी?"

"काफी दूर है यहाँ से। किसी दिन फुरसत मिलने पर जाऊँगी," माँ ने उसे दिलासा दिया।

इसके बाद एक दिन बाजार से लौटने पर माँ ने खुश होकर सूचना दी, "इधर आओ बच्चो, देखो मैं तुम्हारे लिए क्या लाई हूँ?"

श्रेय और कृतिका दौड़े चले आए। पर गुल्लक देखकर सिर्फ कृतिका खुश हुई। श्रेय ने मुँह बिचका दिया, "इसका मैं क्या करूँगा?"

"इसमें तुम पैसे जमा किया करना। यह तुम्हारा अपना बैंक है। वक्त जरूरत पर गुल्लक में धरे पैसे बहुत काम आते हैं," माँ ने समझाया।

"मुझे किसी गुल्लक-उल्लक की जरूरत नहीं है," श्रेय ने फौरन इनकार कर दिया और अपनी जेब से निकालकर एक छोटा सा सुंदर पर्स आगे बढ़ाया, "यह है न, मेरा प्यारा पर्स। मेरी जमा-पूँजी को सहेजकर रखना अच्छी तरह जानता है।"

माँ ने पल भर उस खूबसूरत पर्स की तरफ देखा, फिर मुसकरा दीं, "बच्चे, बहुत फर्क है तुम्हारे इस पर्स और हमारी इस गुल्लक में। पर्स में धरे रुपए फौरन फुर्र हो जाते हैं, जबकि गुल्लक एक-एक पैसे की बचत करना सिखाती है। जानते हो, वर्ष 2008 की वैश्विक मंदी का भारत पर सबसे कम असर क्यों हुआ? क्योंकि भारतीयों में बचत की आदत थी। पर तुम नई पीढ़ी के पैसा उड़ाऊ बच्चे भला बचत का मूल्य क्या जानो। तुम्हारे पर्स में धरे रुपए तो चुटकियों में पता नहीं कहाँ गायब हो जाते हैं।"

"माँ, आपकी तो हर बात में मुझे टोकने की आदत है?" श्रेय रूठते हुए बोला।

"लेकिन मैं गलत तो नहीं कह रही हूँ," माँ गंभीर हो गईं, "तुम्हारे पास अच्छा-खासा मोबाइल था। पर जन्मदिन पर रिश्तेदारों से मिले नकद रुपयों से तुमने अगले ही दिन नया मोबाइल खरीद लिया। बाजार बच्चों की नब्ज पहचानता है। हर दिन एक नया माल बिक्री के लिए उतार देता है और जेब से पैसा खींच लेता है।... आज के बच्चों की यह फिजूलखर्ची कल देश को आर्थिक तंगी के कगार पर ले जाकर खड़ा कर देगी। पर तुम्हारी पीढ़ी ऐसी बातों को सोचना नहीं चाहती।"

"माँ, वे मेरे रुपए थे। जन्मदिन पर आए मेहमानों ने मुझे दिए थे।

उन्हें मैं कैसे भी खर्च करूँ मेरी मरजी! देश की अर्थव्यवस्था का उससे क्या लेना-देना?'' श्रेय बहस पर उतारू हो गया।

''ठीक है भाई, तेरी मरजी!'' माँ ने ऊब कर कहा, ''अब यह बता, इन दो गुल्लकों में से एक को तू लेगा या नहीं?''

''नहीं!'' श्रेय अकड़ते हुए बोला और चला गया।

कृतिका ने अपनी गुल्लक बड़े चाव से थाम ली और बोली, ''आपने सच कहा, माँ। यह मेरा अपना बैंक बनेगी। वक्त-जरूरत पर मैं इसे तोड़कर पैसे निकाल सकूँगी।''

उस दिन यह चर्चा यहीं खत्म हो गई।

कई महीने बाद एक दिन ऐसा हुआ कि बोर्ड की परीक्षा की फीस जमा करने के लिए निर्धारित शुल्क लेकर श्रेय विद्यालय गया। संयोग से उसी दिन जिला स्तरीय निबंध प्रतियोगिता का नतीजा स्कूल में घोषित किया गया। श्रेय के भेजे निबंध को प्रथम पुरस्कार मिला था। सचमुच यह बहुत बड़ी खुशखबरी थी। वह हर्ष से फूला न समाया। दोस्तों ने उसे घेर लिया, ''इस खुशी के जश्न को हम कॉफी हाउस चलकर मनाएँगे।… पहले ही बता दो, तुम्हारे पर्स में इसकी गुंजाइश है?''

दोस्तों के साथ कॉफी हाउस जाने लायक पैसे भला श्रेय के पर्स में कैसे हो सकते थे? वह सामान्य परिवार का लड़का था। पर अमीर परिवार के लड़के उसके दोस्त थे और उनके सामने वह खुद को छोटा नहीं सिद्ध करना चाहता था। गनीमत थी, आज पर्स में परीक्षा की फीस भरने के लिए रुपए रखे थे। इसलिए वह इतराकर बोला, ''तुम लोग मुझे समझते क्या हो! यहाँ पर्स में हमेशा इतने रुपए रहते हैं कि कभी भी दोस्तों को कॉफी हाउस ले जा सकता हूँ।''

''तो फिर ठीक है, आज छुट्टी के बाद वहाँ चलने का कार्यक्रम तय रहा,'' दोस्तों ने कहा।

कॉफी हाउस में दोस्तों के जश्न का नतीजा श्रेय को पहले से पता था। उसका पर्स एकदम खाली हो गया। पर उसने सोचा कि अभी फीस जमा

करने का आखिरी दिन बाकी है। जैसे भी हो, माँ की खुशामद करके वह दुबारा रुपए माँग लेगा। साफ कह देगा, दोस्तों के बीच अपनी किरकिरी उसे बरदाश्त न थी। इज्जत बचाने की खातिर फीस के रुपए खर्च कर देने पड़े।

खैर, घर पहुँचकर उसने माँ से निबंध प्रतियोगिता में पहला पुरस्कार जीतने की बात बताई, तो उन्होंने खुशी से पुलकते हुए उसका मुँह चूम लिया। लेकिन जब दबी जुबान से उसने फीस के रुपए खर्च कर देने की बात कही, तो माँ गंभीर हो उठीं, "तुम्हें ऐसा नहीं करना चाहिए था। वे रुपए इम्तहान की फीस जमा करने के लिए तुम्हें दिए गए थे। दोस्तों को पार्टी देने के लिए फिर किसी दिन मुझसे रुपए माँग लेते, तो क्या बिगड़ जाता?"

"बात तो एक ही है, माँ," श्रेय चिढ़कर बोला, "रुपए तो खर्च होने ही थे। दुबारा आप देतीं तब पार्टी होती या आज फीस के रुपयों से हो गई, फर्क क्या पड़ेगा?"

"पता नहीं।," माँ का अनमनापन बना रहा, "लेकिन मुझे तुम्हारा पैसे खर्च कर देने का यह उतावलापन पसंद नहीं आया। देखो, महीने के आखिरी दिन हैं। मेरे पास सिर्फ सौ-सवा सौ रुपए हैं। अगर पापा ने भी तुम्हें रुपए नहीं दिए, तो कल फीस कैसे जमा करोगे? इम्तहान देने से रोक दिया जाना तुम्हें स्वीकार होगा?"

पहली बार अपनी गलती का एहसास हुआ श्रेय को। उसका चेहरा फीका पड़ गया। पर अगले ही पल उसने खुद को सँभाला, "माँ, आप ऐसा क्यों सोचती हो कि पापा मुझे रुपए नहीं देंगे? मुझे पूरा यकीन है कि वह इम्तहान की फीस के नाम पर तुरंत पैसे देने को तैयार हो जाएँगे।"

"लेकिन ध्यान रहे, इम्तहान की फीस के नाम पर एक बार वे तुम्हें पूरी रकम दे चुके हैं। तुम्हें दुबारा उसके लिए हाथ फैलाना है। पापा की जेब में इतने पैसे हैं भी, इसे कैसे कह सकते हो?"

श्रेय का चेहरा और ज्यादा उतर गया। वह ईश्वर से प्रार्थना करने लगा कि पापा बिना किसी असुविधा के उसे रुपए दे सकें। कल फीस जमा न करने पर कहीं सचमुच उसे परीक्षा में नहीं बैठने दिया गया, तो क्या होगा?

अब उसे सिर्फ पापा के दफ्तर से आने का इंतजार था।

इंतजार की घड़ियाँ बीतीं। पापा ने रोज की तरह दरवाजे पर स्कूटर रोका। भीतर आए। माँ ने उन्हें पहले पानी का गिलास, फिर चाय का प्याला थमाया। इसके बाद पापा ने खुद ही बात शुरू की, ''आज ऑफिस में बहुत काम रहा। मैं बैंक जाना चाहता था, जा नहीं सका। अब कल से तीन दिन बैंक अवकाश है। हाथ रोककर खर्च करना पड़ेगा।''

''अरे!'' माँ के मुँह से घबराहट में निकल पड़ा।

श्रेय का चेहरा भी फीका पड़ चुका था।

''क्या बात है?'' पापा मुसकराए, ''तुमने 'अरे'! क्यों किया? घर में तीन दिन के लिए राशन तो है न!''

''राशन तो है, लेकिन एक दूसरे खर्च के लिए कल ही पैसों की जरूरत है।''

''कौन सा खर्च?'' पापा की भौंहों पर बल पड़ गए।

''श्रेय को…,'' माँ कहते-कहते हिचक गईं।

''बोलो न?'' पापा ने चेहरे पर झुँझलाहट दिखाई दी।

''इस लड़के को बोर्ड की परीक्षा की फीस भरनी है। कल आखिरी दिन है।''

''लेकिन इसकी फीस के रुपए तो मैं कल ही दे चुका हूँ। क्या आज इसने जमा नहीं किए?''

माँ चुप रहीं। इस सवाल का जवाब न उनके पास था और न श्रेय के पास। वातावरण एकाएक बहुत गंभीर हो उठा।

पापा तिलमिला गए, ''बात क्या है माधुरी? साफ-साफ बताओ। तुम्हारे साहबजादे ने वे रुपए मल्टीप्लैक्स में कोई फिल्म देखकर उड़ा दिए हैं क्या?''

''देखो, गुस्साओ मत,'' माँ ने समझाना चाहा, तो पापा और ज्यादा भड़क उठे, ''मुझे इस बारे में एक शब्द भी नहीं कहना-सुनना है। इस लड़के की फिजूलखर्ची की आदत बढ़ती जा रही है। मेरे पास पैसों का कोई पेड़ नहीं है, कि जब चाहा तब हिलाकर घर में पैसों की बरसात कर

दी। किसी जरूरी खर्च के नाम पर कितनी जगह कटौती करके रुपयों का इंतजाम किया जाता है, यह बात आज के बच्चे समझना क्यों नहीं चाहते? एक ही मद पर दुबारा रुपए देना मेरे लिए संभव नहीं है।''

''बच्चा ही तो है। खर्च हो गए रुपए,'' माँ ने दबी आवाज में कहा, ''निबंध प्रतियोगिता में जिला स्तर पर प्रथम आने पर दोस्तों ने इसे पार्टी के लिए घेर लिया। मना न कर सका। किसे मालूम था कि बैंक भी तीन दिन के लिए बंद रहेंगे। अब तो पैसे निकालने का कोई उपाय ही नहीं रहा।''

''अच्छा है, साहबजादे इस साल आराम करें। पार्टी जरूरी थी, आज दे दी गई। बोर्ड की परीक्षा अगले साल दे देंगे। जल्दी क्या है?'' पापा ने ताना दिया।

श्रेय का जी चाहा कि वह अपना सिर दीवार से टकराकर फोड़ ले। दोस्तों ने अगर उसे इमली के पत्ते पर चढ़ाया तो क्या उसके पास बुद्धि नाम की कोई चीज नहीं थी? कैसे सबको कॉफी हाउस ले गया बगैर आगा-पीछा सोचे? एक प्रतियोगिता जीतने का जश्न इतना बड़ा हो गया कि वह इम्तहान की फीस जमा करने की गंभीरता को भूल गया? ठीक है कल भीख का कटोरा लेकर उन्हीं दोस्तों के सामने खड़ा हो जाएगा। वे अपनी पॉकेटमनी से दस-दस, बीस-बीस रुपए की मदद करके फीस के रुपयों का इंतजाम कर देंगे। आज जिन लड़कों के नाम पर रईसी दिखाने की अक्लमंदी की है, कल उन्हें गरीबी पर ताली बजाने का मौका न दिया, तो मजा ही क्या आया!

सचमुच देर तक खुद को भला-बुरा कहता रहा श्रेय। पर इस तरह कोसने से रुपयों का इंतजाम नहीं हो सकता था। उसकी भूख-प्यास उड़ चुकी थी, मन का चैन खत्म हो चुका था। रसोई से कई बार माँ खाना खाने के लिए बुला चुकी थीं, पर उसने मुँह लटकाकर 'भूख नहीं है' ही जवाब में कहा था। बाहर जिस अनुपात में साँझ का अंधेरा बढ़ रहा था, उसी अनुपात में उसके मन के भीतर भी अँधेरा गहराता जा रहा था।

''भैया, खाने के लिए तुम्हें कितनी देर से माँ बुला रही हैं, चलते क्यों नहीं?'' अचानक कृतिका पास आकर बोली।

''मैं कह चुका हूँ कि भूख नहीं है,'' वह उदास आवाज में कह भी नहीं पाया था कि कृतिका ने उसको बाँह पकड़कर उठाने की कोशिश की, ''उठो भैया, मैं जानती हूँ कि तुम्हारे पेट में चूहे कूद रहे हैं। चलो, खुश होकर खाना खाओ। तुम्हारी समस्या सुलझ चुकी है।''

''कैसे?'' पूछते हुए श्रेय की आवाज में अविश्वास झलक उठा।

''यह लो,'' रुपयों की एक गड्डी आगे बढ़ाते हुए कृतिका मुसकराई, ''गिन लो, पूरे रुपए हैं। कल स्कूल जाते ही फीस जमा कर देना।''

''कृति, मेरी नन्ही बहन, ये रुपए कहाँ से ले आई तू?'' श्रेय जैसे खुशी से बौरा उठा।

''माँ के साथ बाजार गई थी अभी। पंसारी चाचा से लिये हैं,'' कृतिका बोली।

''ओह!'' श्रेय की सारी खुशी पल में मिट गई, ''खुद को बड़ा दिखाने के लिए पापा को कितना छोटा बनवा दिया मैंने।'' वह रो पड़ा, ''सचमुच मैं अपने आपको कभी माफ नहीं कर सकूँगा, कृति।''

''पागल हो क्या!'' कृतिका मुसकराई, ''पापा को किसी ने छोटा नहीं बनाया है।'.

''पंसारी चाचा के सामने फीस के रुपयों के लिए हाथ फैलाने का फिर और क्या मतलब हुआ?'' श्रेय ने एक ठंडी साँस भरी।

''मैंने अपनी गुल्लक तोड़ दी है। सारे सिक्के लेकर मैं माँ के साथ बाजार गई। पंसारी चाचा से कहा कि इस रेजगारी को रुपयों में बदलवाना है। बाजार में रेजगारी की कितनी किल्लत रहती है, सबको पता है। उन्होंने खुशी से मेरे प्रस्ताव को मान लिया। सौ-सौ के नोटों के साथ एक चॉकलेट ऊपर से इनाम में दी।''

श्रेय ने झट अपनी नन्ही बहन का मुँह चूम लिया। कृतज्ञता प्रकट करने का इससे बेहतर दूसरा कौन सा तरीका उसके पास था?

हाँ, एक काम अभी और बाकी था।

रसोईघर में जाकर वह माँ से बोला, ''साल भर पहले बाजार से आप

दो गुल्लकें लाई थीं न! मेरी गुल्लक मुझे दे दें। आज मैं बचत का महत्व जान गया हूँ।"

सुलतानगंज की पुलिया से पंद्रह रुपए में खरीदी मिट्टी की गुल्लक बेटे के हाथों में थमाते हुए माँ ने मुसकराकर कृतिका की तरफ देखा, "तुम्हारे लिए कल ही इससे बढ़िया पचास रुपए वाली नक्काशीदार गुल्लक खरीद लाऊँगी।" ठीक है न?"

अब श्रेय और कृतिका के एक साथ चिल्लाने की बारी थी, "गुल्लक जिंदाबाद।"

□

मास्टरजी

"मास्टरजी, वापस जाओ," की तेज-कर्कश आवाजों से पूरा मैदान गूँज उठा।

गाँव के गणेश जूनियर हाईस्कूल के सामने बच्चों और अभिभावकों की भीड़ बढ़ती जा रही थी। बच्चे-तो-बच्चे ठहरे! छोटे और नादान! कुछ समझने-बूझने की उनकी उम्र ही नहीं थी। वे सिर्फ भौचक्के होकर अपने सामने खड़े उस अध्यापक को देखे जा रहे थे, जिसके विरोध में पूरा गाँव उमड़ उठा था। देखते-देखते कुछ ही घंटों में लोगों का यह गुस्सा पूरे उबाल में आ गया था। जैसे ही गाँव वालों को पता चला कि उनके बच्चों को पढ़ाने के लिए दृष्टिहीन अध्यापक भेजा गया है, उनका क्रोध सातवें आसमान पर पहुँच गया था। सबके बीच एक ही चर्चा थी, "ऐसा अँधेर तो आज तक नहीं देखा-सुना। शिक्षा-विभाग भी अंधा हो गया है क्या, जो हमारे बच्चों को पढ़ाने के लिए एक अंधे मास्टर की नियुक्ति कर दी।"

लोगों की समझ में नहीं आ रहा था कि जिसके पास खुद रोशनी नहीं है, वह मास्टर उनके बच्चों को रोशनी का रास्ता कैसे दिखाएगा? जाहिर है, सबके दिमाग में एक ही बात थी। हर हालत में इस मास्टर को गाँव से विदा करना है।

सैंतीस वर्ष के मास्टर रामनाथ को खुद भी लोगों की यह शिकायत गलत नहीं लग रही थी। आखिर जब कोई उनके बारे में जानता नहीं है, तो उन्हें बाहर से देखकर ही तो उनके व्यक्तित्व का अनुमान लगाएगा। वह किसी को कैसे समझाए कि···

जैसे-तैसे गला खखारकर मास्टर रामनाथ ने अपनी बात कहने की कोशिश की, "भाइयो, थोड़ा शांत होइए। मानता हूँ, मैं विकलांग हूँ। जन्मांध। लेकिन विकलांग भी तो उसी परमात्मा की सृष्टि हैं, जिसने सूरज, चाँद, सितारे, नदियाँ, पहाड़, हँसते- खिलखिलाते बच्चे और आप जैसे कमी रहित स्त्री-पुरुष बनाए हैं। मैं हाथ जोड़कर आप सबसे अनुरोध करता हूँ कि मुझे सिर्फ छह माह का समय दें, इस अवधि में मैं साबित कर दूँगा कि आपके बच्चों को पढ़ाने की योग्यता रखता हूँ या नहीं। यदि छह माह में आपको संतुष्ट न कर सका तो यकीन मानिए मैं खुद शिक्षा-विभाग को पत्र लिखकर यहाँ से अपना तबादला करा लूँगा।"

पल भर के लिए सन्नाटा छा गया।

इसके बाद एक बूढ़े व्यक्ति की व्यंग्यभरी आवाज सुनाई दी, "चालाक तो तुम बहुत हो मास्टरजी, पर हम लोग तुम्हारे झाँसे में आने वाले नहीं हैं। छह महीने तो क्या, एक दिन का भी समय देने को तैयार नहीं हैं। आज, अभी, इसी वक्त और यहीं पर तुम्हारे विरोध में चिट्ठी लिखी जाएगी। पूरा गाँव उस पर हस्ताक्षर करेगा या अँगूठे का निशान लगाएगा। आज ही वह चिट्ठी रजिस्टर्ड डाक से शिक्षा-विभाग को भेजी जाएगी। हाँ, हमारी मजबूरी है कि जब तक वहाँ से कोई कार्यवाही नहीं होती, तुम्हें मन मारकर झेलना पड़ेगा। तुम्हारी जगह दूसरे मास्टर की नियुक्ति होने तक तुम्हीं से अपने बच्चों को पढ़वाना पड़ेगा।"

"जैसी आप सबकी इच्छा!" मास्टर रामनाथ के हाथ जुड़े ही रहे।

सचमुच उसी जगह उनकी नियुक्ति के विरोध में पूरे गाँव के एकजुट प्रदर्शन का नतीजा सामने आ गया। चिट्ठी लिखी गई और शिक्षा-विभाग से जुड़े कई अधिकारियों के पास, अलग-अलग पते पर, उसकी पाँच-छह प्रतिलिपियाँ भेज दी गईं। सबको विश्वास था, कहीं-न-कहीं से कोई कार्यवाही जरूर होगी। उनके गाँव के विद्यालय पर लगा यह काला धब्बा दूर होकर रहेगा। आखिर एक दृष्टिहीन अध्यापक के हाथों पूरे गाँव की आने वाली पीढ़ी कैसे सौंपी जा सकती थी? जब एक अंधा माली तक बगीचे

के पौधों की सही काट-छाँट नहीं कर सकता, तो एक अंधे अध्यापक से नई पौध की सार-सँभाल की कैसे उम्मीद की जा सकती थी?

पूरा गाँव चाहे जितना उत्तेजित हो, मास्टर रामनाथ उस वक्त भी एकदम शांत थे। उन्हें सिर्फ एक बात याद थी कि वे एक शिक्षक हैं और उन्हें अपने विद्यार्थियों का दिल जीतना है। यह काम कैसे होगा, इसे भी वे अच्छी तरह जानते थे।

अगले दिन कक्षा में हाजिरी लेते समय मास्टरजी ने पाया कि गोपाल नामक एक छात्र काफी दिनों से अनुपस्थित चल रहा है। उन्होंने बच्चों से पूछा, ''गोपाल क्यों स्कूल नहीं आ रहा है?''

''उसे मियादी बुखार हो गया है?'' एक बच्चे ने बताया।

मियादी बुखार यानी टाइफाइड। मास्टरजी गंभीर हो गए। कुछ सोचते हुए बोले, ''स्कूल की छुट्टी के बाद मुझे उसके घर ले चलोगे?''

''जी मास्टरजी,'' बच्चे ने खुश होकर जवाब दिया।

सचमुच उसी दिन छुट्टी के बाद मास्टरजी न सिर्फ गोपाल के घर गए, बल्कि उसकी माँ से दवा-दारु और खान-पान के बारे में भी पूरी जानकारी ली। फिर गंभीर होकर बोले, ''बहन, क्या तुम्हें ऐसा नहीं लगता कि गोपाल की सेहत को लेकर लापरवाही हो रही है?''

''लापरवाही नहीं, यह मेरी मजबूरी है मास्टरजी,'' माँ रो पड़ी, ''मैं विधवा औरत चाहते हुए भी अपने बच्चे के लिए दूध-फल का इंतजाम नहीं कर सकती हूँ।''

मास्टर रामनाथ ने उसे दिलासा दिया, ''फिक्र मत करो बहन। तुम्हारा गोपाल हमारे विद्यालय-परिवार का एक हिस्सा है। इसकी सेहत सँभालने के लिए मैं अपनी जिम्मेदारी से पीछे नहीं हटूँगा।''

और सचमुच उसी दिन से बीमार गोपाल के इलाज का तरीका ही बदल गया। पूर्ण स्वस्थ होकर उसके स्कूल आ जाने के बाद ही मास्टरजी ने चैन की साँस ली। गाँव में लोगों को जब इस घटना की खबर लगी, तो दो-एक लोगों ने मुँह बिचकाकर कहा, ''नौटंकी है जी। और कुछ नहीं।

मास्टर रामनाथ अपनी भलमनसाहत जताना चाहते हैं, ताकि हम उन्हें गाँव में टिके रहने दें। पर हम लोग भी बेवकूफ नहीं हैं। जल्दी ही इन्हें बोरिया-बिस्तर लेकर यहाँ से जाना पड़ेगा।''

पर गोपाल की फिक्र करना मास्टर रामनाथ की नौटंकी नहीं थी, इसे पूरा गाँव जल्दी ही जान गया। पहले के अध्यापकों ने उनके बच्चों में मानवीय गुण जगाने में कब इतनी दिलचस्पी ली थी? उन अध्यापकों ने बच्चों को इतनी रुचि, मेहनत और लगन से कब पढ़ाया था? उन अध्यापकों ने...

मास्टर रामनाथ के लिए यह नौकरी सिर्फ उनकी जीविका का साधन नहीं थी, बल्कि बाल-भगवान् की पूजा का एक जरिया थी। तभी तो बच्चों की आवाज सुनकर ही वे उनके दुख-दर्द, भूख-प्यास और हारी-बीमारी जान लेते थे। स्कूल के बच्चों को इतने जी-जान से चाहने वाला अध्यापक आज तक इस गाँव तो क्या, आस-पास के किसी गाँव के स्कूल को नहीं मिला था। पूरा गाँव चमत्कृत था कि मास्टरजी ने आखिर किस जादू की छड़ी से उन सबका दिल जीत लिया है?

पर असली चमत्कार अभी बाकी था।

एक दिन गाँव के मुखिया के नाम शिक्षा-विभाग के किसी उच्च अधिकारी का पत्र आया कि पूरे गाँव का विरोध देखते हुए मास्टर रामनाथ का तबादला दूसरी जगह कर दिया गया है। गणेश जूनियर हाई स्कूल में एक अन्य अध्यापक को भेजा जा रहा है।

मुखिया ने जैसे ही गाँव वालों को यह सूचना दी, पूरा गाँव गहरे सदमे में आ गया—अरे, यह क्या हो गया? उस पत्र की बात तो अब तक पूरा गाँव भूल भी चुका था। उसे अपने संज्ञान में लेते हुए शिक्षा-विभाग ने यह कैसी ज्यादती कर दी?''

लोगों ने गहरे पछतावे से भरकर अपने बाल नोच लिये, क्या हम लोगों ने अपने हाथों से अपने पैरों पर कुल्हाड़ी मार दी है? सौभाग्य से हमें जो चिंतामणि मिल गई थी, उसे साधारण काँच समझकर धूल में फेंक देने की बेवकूफी कर दी?

न, ऐसा कभी नहीं हो सकता, पूरे गाँव ने एक ही बात कही, अपने मास्टरजी को हम स्कूल से नहीं जाने देंगे।

आज एक बार फिर स्कूल के सामने उसी खुले मैदान में गाँव के बच्चों-बड़ों की भीड़ लगी थी। बच्चे सुबक रहे थे, ''मास्टरजी, आप हमारे स्कूल से नहीं जा सकते।'' बड़े लोग गला फाड़कर चीख रहे थे, ''हम किसी भी हालत में अपने मास्टरजी को गाँव से नहीं जाने देंगे।''

उसी जगह और उसी पल एक दूसरा पत्र तैयार हुआ, जिसमें मास्टर रामनाथ का तबादला रोकने की पूरे गाँव की विनती थी। किसी ने हस्ताक्षर किए। किसी ने अँगूठा का निशान लगाया। रजिस्टर्ड डाक से वह पत्र उसी दिन भेज भी दिया गया।

मास्टरजी की ज्योतिहीन आँखों में गहरा संतोष था, उन्होंने तो छह महीने से भी कम समय में अपनी उपयोगिता साबित कर दी थी। यही तो सच्चा शिक्षक धर्म था न!

□

चुनौती

अम्मा का गाँव में अकेली रहना पूरे घर के लिए चिंता का विषय था। पापा-मम्मी उनसे बार-बार मनुहार करते, ''अम्मा, शहर चलकर हमारे साथ रहो। तुम गाँव में अकेली पड़ी हो, यह सोचकर हमारी आँखों से नींद उड़ जाती है। हारी-बीमारी में यहाँ कौन है तुम्हें देखने वाला? अचानक कोई परेशानी आ गई, तो कौन संभालेगा?''

अम्मा अपने पोपले मुँह से हँस देतीं, ''मैं अकेली कैसे, सारा गाँव मेरे साथ है न! यहाँ सभी लोग मेरा इतना ध्यान रखते हैं, जिसकी सीमा नहीं। तुम लोग बेफिक्र होकर शहर में रहो।''

दादी के मुँह से दो-टूक इनकार सुनकर अमन उदास हो जाता, पर उसकी खुशामद भी अम्मा को न डिगाती। वे साफ कह देतीं, ''बेटा, इसी खुली हवा में साँस लेते इतनी उम्र कट गई। जिंदगी के बचे-खुचे दिन मैं शहर के दमघोंट माहौल में नहीं गुजार पाऊँगी।''

बात यहीं खत्म हो जाती। मम्मी-पापा और अमन मन मारकर शहर लौट आते।

पर होनी को कौन रोक सकता है?

एक दिन बादल-पानी के मौसम में अम्मा आँगन में सूखते कपड़े उठाने गई तो रपटकर बहुत चोट खा गईं। खबर मिलते ही पापा फौरन एंबुलेंस लेकर पहुँचे और बहुत सावधानी से उन्हें शहर ले आए। बाएँ हाथ पर प्लास्टर चढ़ाना पड़ा और कूल्हे की चोट का ऑपरेशन किया गया। जाहिर

था, अम्मा को अब कुछ दिन अस्पताल में ही रहना पड़ेगा।

जिस अस्पताल में अम्मा भरती थीं, वह शहर से बाहर नया बना था। जाँच और इलाज के लिए विदेशों से महँगे उपकरण मँगाए गए थे। देखते-देखते आस-पास के इलाके में ही नहीं, पूरे आगरा शहर में चिकित्सा की गुणवत्ता के नाम पर इसकी ख्याति फैल गई थी। हालाँकि इलाज महंगा जरूर था, पर स्वास्थ्य के नाम पर लोग खुशी-खुशी पैसा खर्च करने को तैयार हो जाते थे। अम्मा को वहाँ भरती कराकर और संतोषजनक इलाज होता देखकर मम्मी-पापा ने जब चैन की साँस ली, तो अमन का मुँह खुला, ''मैं भी दादी को देखने अस्पताल जाऊँगा।''

सच, पिछले दो-तीन दिन से घर में चिंता और व्यस्तता का जो माहौल था, उसके चलते अमन बिल्कुल खामोश हो गया था। कभी पापा बाजार से खाना बँधवाकर ले आते, तो कभी मम्मी प्रेशर कुकर में खिचड़ी चढ़ाकर काम निपटाती। पहले दिन तो एक गिलास दूध और फ्रिज में रखी डबलरोटी के सहारे ही अमन ने अपना पेट भरा था। उस दिन पापा-मम्मी सुबह सिर्फ एक कप चाय पीकर घर से निकले थे और अम्मा की दवा-दारु के सिलसिले में बदहवास हाल में सारा दिन भूखे-प्यासे भटके थे।

हाँ, तो जब हालात नियंत्रण में आए, तभी नवीं कक्षा में पढ़ने वाले अमन का मुँह खुला, ''मैं भी दादी को देखने अस्पताल जाऊँगा।''

मम्मी तो इसके लिए फौरन तैयार हो गईं, पर पापा ने थोड़ी हिचकिचाहट दिखाई, ''क्या करोगे वहाँ जाकर? हफ्ता-दस दिन में तो दादी घर आ जाएँगी। तभी इत्मीनान से उनके पास बैठना और सेवा-टहल करना।''

''मम्मी ऽ ऽ'', अमन ने सिफारिश कराने के लिए मम्मी की तरफ देखा, तो वह बोल पड़ीं, ''बच्चा है। मना मत करिए। जाना चाहता है, तो वहीं चलकर, अम्मा से मिल आए।''

''रमा, तुम समझती नहीं हो।'' पापा गंभीर हो उठे, ''आजकल स्वाइन फ्लू फैला हुआ है। अस्पताल में कौन मरीज किस बीमारी के कीटाणु लिये घूम रहा है, हम-तुम नहीं समझ सकते। तुम्हें किसी के चेहरे पर

मास्क दिखता है क्या? मुँह पर हाथ या कोई रुमाल तक रखे बिना लोग खाँसते-खँखारते मिल जाएँगे। लोगों की इसी लापरवाही के कारण शहर के दो-तीन डॉक्टर तक संदिग्ध मरीजों की कतार में पहुँच गए हैं। उनकी जाँच के नमूने दिल्ली भेजे गए हैं, क्योंकि आगरा में अभी इसकी सुविधा नहीं है। ऐसे में अपने इकलौते बेटे को अस्पताल के गली-गलियारों में घुमाना तुम कैसे पसंद करोगी?''

सुनते ही मम्मी ने साफ मना कर दिया, ''अमन, तुम नहीं जाओगे।''

पर अमन हठपूर्वक बोला, ''माँ, प्रॉमिस, मैं अपना मास्क पल भर को भी नहीं हटाऊँगा। किसी बीमारी की छूत लग जाने की कतई संभावना नहीं रहेगी।... अब तो मान जाओ न!''

गनीमत रही, पहले मम्मी और फिर पापा, जैसे-तैसे मान गए। पापा की शानदार सफेद रंग की गाड़ी में बैठकर अमन को पहली बार जमुना पार इलाके के नामी अस्पताल के दर्शन का मौका मिला।

सचमुच अस्पताल भव्य था। बढ़िया रंग-रोगन से पूरी इमारत चमाचम हो रही थी। फर्श भी संगमरमर का था और दिन में तीन बार फिनायल का पोंछा लगने से एकदम साफ-सुथरा नजर आ रहा था। अस्पताल में भीड़ कम नहीं थी, पर हर रोग का अलग विभाग होने के कारण सारा काम व्यवस्थित गति से चल रहा था। अपनी बारी का इंतजार करते मरीज थकें या ऊबें नहीं, इसलिए लॉबी में कुरसियाँ पड़ी हुई थीं। सामने स्क्रीन पर रोचक कार्यक्रम दिखाए जा रहे थे। लोग शांति से बैठे उन्हें देख रहे थे। कहीं अफरा-तफरी न थी। सचमुच आगरा शहर के भीड़-भाड़ भरे अस्पतालों से जमुना पार इलाके का यह अस्पताल कितना बेहतर है, अमन ने बखूबी महसूस किया।

अमन को दादी के सिरहाने एक खाली कुरसी पर बैठाकर मम्मी-पापा कमरे से बाहर निकल गए। डॉक्टर से मिलकर उन्हें मरीज के बारे में जानकारी लेनी थी। अमन को देखकर दादी बहुत खुश हुईं, लेकिन तभी उनके जख्म की ड्रेसिंग करने के लिए एक नर्स आ गई और अमन को

कमरे से बाहर निकलना पड़ा। अपने मोबाइल से उसने पापा को इस बारे में बताया और कहा कि खाली बैठने की बजाय आस-पास घूमकर कुछ देर में यहीं लौट आएगा। इस तरह माता-पिता को निश्चिंत करके वह इत्मीनान से पूरे अस्पताल का हाल-चाल लेने चल दिया।

घूमते-फिरते वह अस्पताल के पिछवाड़े जा पहुँचा और फिर एक खुले दरवाजे से बाहर निकल आया। अब उसके सामने एक विशाल मैदान था। मैदान के बाद, ढलान के नीचे यमुना बह रही थी। पर देखने में किसी गंदे नाले जैसी लग रही थी। अमन को यकीन नहीं हुआ कि यह वही यमुना है, जिसे एक पावन नदी का दरजा मिला हुआ है। उसका मन एकबारगी उदास हो गया।

पर एक और आघात झेलना अभी बाकी था। यमुना के बाद अपनी आँखों के सामने दूर तक फैले मैदान पर निगाह पड़ने से अमन एकदम स्तंभित रह गया। आखिर क्या है यह सब? जो कुछ वह देख रहा है, वह सच है या सपना, सोचते हुए उसका दिल दहल उठा। आस-पास के चार-छह गाँवों के ही नहीं आगरा शहर के ढेरों मरीजों को भी जीवन-दान देने वाला यह अस्पताल क्या इतने भदेस चेहरे का है? यह बीमारी बाँटने में भी क्या किसी से पीछे नहीं है? सामने फैला और हवा के झोंके के साथ इधर-उधर उड़ता बायो वेस्ट (अस्पताल से निकली गंदगी और कचरा) चीख-चीख कर यही सच्चाई तो जतला रहा था।

अमन ने आगे बढ़कर देखा, इस कचरे में क्या नहीं है? इस्तेमाल की हुई पॉलिथीन की थैलियाँ। प्रयोग में आई इंजेक्शन की सिरिंज। मरीजों की चोटों से हटाई गईं खून से सनी पट्टियाँ। मांस के लोथड़े। मल-मूत्र। मरीजों का थूक-बलगम आदि।

छिः, देखते-ही-देखते जी घिना गया उसका।

पर सिर्फ घृणा नहीं, चिंता की बात थी यह। नगर के बाहर बने, नवनिर्मित और मशहूर अस्पताल की यह गंदगी अब तक किसी की आँखों के सामने क्यों नहीं आई? यह बायोवेस्ट कितनी बीमारियों को खुला न्योता

दे रहा है, किसी ने क्यों नहीं सोचा?

तभी अस्पताल की एक नौकरानी भीतर से निकली। उसके हाथ में एक खुली बालटी थी। बालटी में खून सनी रुई, दस्ताने, नीडिल, सिरिंज वगैरह भरे थे।

नौकरानी ने इधर-उधर देखा।

वैसे शायद मैदान में ही यह सारी गंदगी फेंककर वापस लौट जाती, पर एक किशोरवय के लड़के को वहाँ खड़ा देख तनिक झिझकी और बालटी लिये हुए आगे बढ़ गई। कुछ दूर बहती नाली में बालटी का सारा कचरा बहाकर, खाली बालटी लिए फुरती से भीतर घुस गई।

अमन आश्चर्य, पीड़ा और क्षोभ से भरा देखता रहा, बालटी की वह गंदगी नाली के पानी के साथ बही जा रही थी। धीरे··· धीरे··· धीरे···

और नाली में बहती हुई वह गंदगी आगे जाकर उस यमुना नदी में गिर रही थी, जिसके तट पर अस्पताल की ऊँची इमारत खड़ी थी।

देखते-देखते अमन का कलेजा दहल उठा। उसने सोचा, ऐसे हजारों-लाखों अस्पताल पूरे देश में हैं। कुछ को छोड़कर सब जगह ऐसी ही हालत है। पिछले दिनों आगरा के एक अखबार के संवाददाता ने एक अस्पताल के पिछवाड़े स्थित सूखे कुएँ में फेंकी गई ऐसी ही गंदगी के विवरण को पत्र में सचित्र छापा था। फोटो देखकर और खबर पढ़कर शहर में कई दिन काफी हलचल रही थी। अस्पताल के खिलाफ केस दर्ज किए जाने की माँग उठी थी। वायुमंडल दूषित करने और हवा के साथ बीमारियाँ बाँटने का आरोप भी लगा था। पर नतीजा क्या निकला? शून्य ही न!

अमन का मन और उदास होता गया। उसे ध्यान आया, उसके अपने आगरा शहर में ही नहीं, आज पूरे देश में सफाई-अभियान के नाम पर जन-जागरण का माहौल है। जगह-जगह सफाई हो रही है। कूड़े के ढेर हटाए जा रहे हैं। लोगों को सफाई के प्रति जागरूक किया जा रहा है। पर समूचे स्वच्छता-अभियान के लिए अस्पतालों का यह बायोवेस्ट क्या एक तगड़ी चुनौती नहीं है?

काफी कुछ जानता है अमन इस बारे में। उसे मालूम है कि इस कचरे को चार भागों में बाँटा गया है। पहला है यैलो बैग, जिसमें हर तरह की पट्टियाँ, रुई व ऐसे पदार्थ जुड़े हैं, जो जख्मी शरीर के सीधे संपर्क में आए हों। ऑपरेशन के दौरान काटे गए हाथ-पाँव व मांस के लोथड़े भी इसी श्रेणी में हैं। दूसरा है रेड बैग, जिसमें प्लास्टिक कचरा आता है। इंजेक्शन, सिरिंज, ट्यूब आदि के प्लास्टिक से बने हिस्से, ग्लूकोज की खाली बोतलें, खून की खाली बोतलें तथा विभिन्न प्रकार की प्लास्टिक की नलियाँ इस कोटि का कचरा हैं। तीसरा है ब्लू बैग, जिसमें सभी किस्म का काँच का सामान गिना जाता है। भले ही वे काँच की खाली बोतलें हों या पुरानी और टूटी हुई एक्सरे आदि मशीनों का काँच से निर्मित हिस्सा हो। अंतिम ब्लैक बैग में सुइयाँ, ब्लेड, पुराने व टूटे हुए चाकू तथा धातु निर्मित अन्य कचरा आते हैं। इस तरह बायोमेडिकल वेस्ट रोजाना अस्पताल से निकलता है, पर उसे खत्म करने की किसी की कोई चिंता नहीं रहती।

थरथरा उठा अमन का पूरा शरीर। अनायास ही आँखें भीग गईं। अंततः नवीं कक्षा में पढ़ता था वह। पूरे चौदह साल का हो चुका था। देश के सफाई-अभियान को मुँह चिढ़ाती हुई एक गंभीर समस्या को हलका कैसे समझ सकता था? आज पहली बार उसे आभास हुआ कि साफ-सफाई के बारे में बेहद संजीदा होने के बावजूद उसका देश इस मामले में अभी काफी पिछड़ा हुआ है। सुरसा के मुँह की तरह बढ़ते मेडिकल कचरे को ठिकाने लगाने के लिए कोई ठोस योजना क्यों नहीं बना रहा है? इसके निस्तारण के नाम पर हर कोई उदासीन क्यों बैठा है?

क्षुब्ध हो उठा अमन का हृदय।

अगले ही पल उसने ठंडे दिमाग से सोचा कि वास्तव में ऐसा नहीं है।

राष्ट्रीय स्तर पर इस समस्या को निपटाने की बात सोची गई है। सर्वोच्च न्यायालय के कड़े निर्देश जारी हुए हैं। वर्ष 1998 में बायो मेडिकल वेस्ट डिस्पोजल के लिए नीतियाँ बनी हैं। प्रदूषण बोर्ड और नगर निगम जैसी संस्थाओं को इन नीतियों को लागू करने की जिम्मेदारी सौंपी गई है। पर

नतीजा सामने है। किसी ने भी इसे गंभीरता से नहीं लिया है। कोई लेगा भी नहीं। सब अपने धंधे में व्यस्त हैं।

अमन को याद आया कि पिछले साल वह पापा के साथ उनके एक बीमार दोस्त को देखने एक अन्य अस्पताल पहुँचा था। वहाँ भी इससे मिलता-जुलता नजारा था। अस्पताल का एक पूरा कमरा ही बायो मेडिकल वेस्ट से भरा था। पॉलिथिन की बड़ी-बड़ी थैलियों के पैकेट में यह सारा कचरा एक बड़े कमरे में स्टोर कर दिया गया था। पास के बरामदे से निकलते हुए बदबू के तेज भभके से वे लोग घबरा गए थे। इस साल भर पुरानी घटना की याद ने अमन को एक बार फिर सोचने पर विवश कर दिया कि क्या बायोवेस्ट को ठिकाने लगाने के लिए ज्यादा गंभीर प्रयास नहीं होने चाहिए?

बस, फिर क्या था!

दादी के कमरे में जाने की बजाय उसके कदम अस्पताल के सबसे बड़े डॉक्टर के कमरे की ओर बढ़ चले। जल्दी ही वह वहाँ पहुँच गया। दरवाजे पर बैठे चौकीदार ने उसे भीतर जाने से रोका, तो वह तेज आवाज में चीखा, ''तुम मुझे अंदर जाने से नहीं रोक सकते। जन-स्वास्थ्य से जुड़ी एक समस्या के बारे में मुझे बात करनी है।''

आवाज इतनी तेज थी कि भीतर बैठे बड़े डॉक्टर के कानों तक पहुँच गई। उन्होंने आदेश दिया, ''कौन है बाहर? भीतर भेज दो।''

भीतर जाने की अनुमति पाकर अमन के कदम ठिठक गए। सशंकित मन से उसने सोचा, यहाँ तक आ तो गया है, पर इसके बाद क्या करेगा? क्या बड़े डॉक्टर के हृदय तक अपनी चिंता पहुँचा सकेगा? या फिर बेवजह समय नष्ट करने की झिड़की देकर उसे यहाँ से निकाल दिया जाएगा?

जो भी हो, ओखली में सिर देने के बाद मूसल से क्या डरना? अमन ने हिम्मत संजोई और भीतर पहुँचा। डॉक्टर ने एक बार गौर से उसका चेहरा देखा, फिर नरम आवाज में कुरसी पर बैठने का इशारा किया। अमन की हिम्मत बढ़ी और उसने पूरे आत्मविश्वास के साथ अपनी बात बड़े डॉक्टर

तक पहुँचा दी। उन्होंने धैर्य से उसकी पूरी बात सुनी। निगाह गड़ाकर उसका चेहरा देखा। पल भर चुप रहे, फिर अपनी जगह से उठकर उसकी पीठ थपथपाई और बोले, "क्या नाम है तुम्हारा? किस क्लास में पढ़ते हो?"

"जी, मैं अमन हूँ, नवीं कक्षा का विद्यार्थी।"

"शाबाश बेटे! तुम्हें देखकर और तुम्हारी बातों को सुनकर मुझे विश्वास हो गया है कि हमारे देश को आगे बढ़ने से कोई नहीं रोक सकता। तुम्हारी उम्र के बच्चों में कड़ी चुनौतियों का मुकाबला करने का साहस होना हमारे लिए गहरे सुख-संतोष का विषय है।"

"डॉक्टर, आप मानते हैं न…।"

अमन ने चमकती आँखों से कहना चाहा, किंतु डॉक्टर ने बीच में ही उसकी बात काट दी, "बिल्कुल मानता हूँ कि यह बायोवेस्ट हमारे सफाई-अभियान के रास्ते का बहुत बड़ा रोड़ा है।"

"तो फिर?"

"यकीन मानो, तुम्हारी यह चिंता आज मेरी चिंता बन गई है और कल पूरे देश की चिंता बनकर रहेगी।"

"लेकिन सिर्फ चिंता करने से…"

"सच कहते हो तुम। सिर्फ चिंता करने से काम नहीं चलेगा। हमें इस कचरे के निस्तारण के लिए तुरंत कोई ठोस कार्यवाही करनी होगी।"

"क्या ऐसा कोई उपाय आपके पास है?"

"बिल्कुल है। जल्दी ही हमारे अस्पताल में प्लाज्मा टार्च तकनीक का इस्तेमाल किया जाएगा। इस तकनीक में कचरे को अत्यधिक ताप देकर पूरी तरह भस्मकर दिया जाता है और खतरनाक गैसें भी नहीं निकलती हैं।"

पर अमन अभी भी संतुष्ट नहीं था। वह इस बारे में कुछ और सुनना चाहता था। डॉक्टर ने उसके मन की बात समझ ली, मुसकराकर बोले, "दरअसल इनसिनरेशन Incineration विधि से भी बायो वेस्ट खत्म किया जा सकता है और यह अपेक्षाकृत सस्ती तकनीक है, पर इसमें कुछ नुकसान हैं। इसमें दहकती भट्टी में जलाया गया कचरा, जल जाने के बाद भी, राख

के रूप में काफी मात्रा में बचा रहता है। समस्या फिर वही–की–वही। इस राख को पानी में बहाओगे तो जल प्रदूषित होगा, जमीन में गड्डा खोदकर गाड़ोगे तो धरती खराब होगी। वायुमंडल अलग दूषित होगा।''

''और आपकी प्लाज्मा टार्च विधि में?'' अमन ने जानना चाहा।

''Plasma Gasification में टार्च में गैस भरी जाती है। दो छोटी राड्स होती हैं, जिन्हें बिजली से जोड़ने पर आग निकलती है। बिजली का वोल्टेज इतना तेज होता है कि सारा मेडिकल कचरा जलकर भस्म हो जाता है। तकनीक महँगी जरूर है, पर कचरा जल जाने पर बची हुई राख की मात्रा बहुत कम होती है।''

''यानी आप इसी विधि को अपनाकर सारा मेडिकल कचरा खत्म कर देंगे?''

''बिल्कुल।'' डॉक्टर मुसकराए।

''धन्यवाद डॉक्टर।'' कहते हुए अमन उठ खड़ा हुआ। इसके बाद वह सीधे दादी के कमरे की ओर बढ़ गया। वहाँ दरवाजे पर ही पापा–मम्मी खड़े थे। पापा अपने मोबाइल पर उसका नंबर मिला रहे थे। उसे देखकर तनिक झुँझलाते हुए बोले, ''कहाँ गायब थे तुम? इसी मटरगश्ती के लिए दादी को देखने का बहाना करके यहाँ आए थे?''

''मैं अस्पताल के पिछवाड़े फेंके गए मेडिकल बायोवेस्ट को ठिकाने लगाने के बारे में बड़े डॉक्टर से बात करके आ रहा हूँ।'' अमन ने बताया।

पापा–मम्मी चकित थे, उनका छोटा सा बेटा इतना बड़ा कब हो गया, जो ऐसी गंभीर बातें सोचने लगा। पर अमन मुसकरा रहा था। उसकी आँखों में एक अनूठी चमक थी। जीत की चमक। चुनौती को स्वीकारने की चमक।

और यह कोई छोटी बात न थी।

□

तीसरी आपदा

वर्ष 2002 का जून-जुलाई माह। पूर्वांचल के गाँव एक के बाद एक आपदा की मार झेलने लगे, तो गाँव वालों के प्राण नाखूनों में समा गए।

इन गाँवों पर पहली आपदा पड़ी सूखे के रूप में। पानी के अभाव में खेती मटियामेट हो गई। छोटी-छोटी बच्चियों तक ने निर्जल व्रत रखकर इंद्रदेव से पानी बरसाने की प्रार्थना की, पर कोई फल न निकला। अभागा किसान भुखमरी का शिकार हो गया। वह धरती, जो अन्न-कणों के रूप में हीरे-मोती उगलती थी, पानी के बिना बंजर पड़ी थी और किसान की आँखें पानी से भरी हुई थीं।

पर दुर्भाग्य हाथ धोकर इन किसानों के पीछे पड़ा हुआ था।

दूसरी आपदा आई कच्छा-बनियानधारी गिरोह के हमलों के रूप में। ये गिरोह कब किस गाँव पर अचानक धावा मारेंगे, कोई नहीं जानता था। सारी-सारी रात जागकर गाँव वाले पहरा देते, फिर भी कोई-न-कोई घर गिरोह का शिकार हो जाता।

साँप-छछूंदर की गति को जीते हुए किसान किसी तीसरी आपदा को झेलने की स्थिति में न थे। पर होनी को आज तक कौन टाल सका है। एक दिन एक ग्रामीण महिला खेतों की ओर से भागती हुई आई, तो उसका लहू-लुहान चेहरा देखकर घर वाले घबरा गए। औरत भी कुछ बोलने-बताने की हालत में न थी। काफी देर बाद जब तनिक सँभली तो बोली, ''मुझे कुछ पता नहीं कि क्या हुआ था। शायद बिल्ली जैसा एक जानवर उछलकर मेरे चेहरे पर ये खरोंचे मार गया है। उसके पंजों से ही छिलकर

सारा चेहरा लहूलुहान हो गया है।"

औरत इतनी भयभीत थी कि उसी दिन उसे तेज बुखार चढ़ गया। बुखार में भी वह बड़बड़ाती रही, "बचाओ, बचाओ! अरे, कोई मुझे इस मुँहनोचवा से बचाओ!" और फिर उस बिल्ली जैसे विचित्र जंतु को, जिसे किसी ने देखा तक न था, पूरे गाँव ने 'मुँहनोचवा' नाम दे दिया।

देखते-देखते मुँहनोचवा का आतंक आस-पास के गाँवों तक फैल गया। लोग ताबड़तोड़ उसका शिकार बनने लगे। ज्यादातर मामलों में यह चोट लोगों के चेहरे पर ही लगती थी और खरोंचे बहुत गहरे होते थे। आस-पास के गाँवों से खबरें आने लगीं कि आज फलाँ गाँव में फलाँ आदमी या औरत मुँहनोचवा का शिकार बन गया है।

किसी दहशत के साये में आखिर वे निरीह गाँव वाले कब तक जी सकते थे? जिस तरह कच्छा-बनियान वालों से बचने के लिए गाँव में जगार होती थी, वैसे ही मुँहनोचवा से बचने के लिए भी लोग जागकर पहरा देने लगे। घरों में माताओं ने बच्चों को डराना शुरू कर दिया, "जल्दी दूध पियो, वरना अभी मुँहनोचवा को बुलाती हूँ।" कोई माँ अपने ऊधम मचाते बच्चे को डराती, "बस, बहुत हुआ। अब थोड़ी देर शांत बैठो। ज्यादा ऊधम मचाओगे, तो मुँहनोचवा दौड़ा चला आएगा।"

किसी बच्चे को रात देर तक जगने पर धमकी दी जाती, "फौरन आँखें बंद करो और सो जाओ। अभी मुँहनोचवा आएगा और जो बच्चा जगता दिखेगा, उसका मुँह नोच लेगा।"

बच्चों को इस तरह डराना कितना गलत है, इसे वे अनपढ़-अज्ञानी ग्रामवासी कब जानते थे? उन्हें तो बच्चों को काबू में रखने का यह अचूक हथियार मिल गया था। यह डर सिर्फ बच्चों के लिए ही न था, किसी के लिए भी हो सकता था। एक दिन इसका सबूत भी मिल गया।

हुआ यह कि एक रात चार-पाँच आदमी हाथों में लाठी लिये पहरा दे रहे थे, उसी समय उन्हें दूर से आती हुई एक धुँधली आकृति दिखाई दी। संयोग की बात, चाँद उसी समय बादलों में छिप गया और आकृति

और ज्यादा धुँधली हो उठी। ऐसे में उस अजनबी को आता देख एक डरा हुआ ग्रामीण चिल्ला उठा, ''यही है मुँहनोचवा।''

चूँकि सभी लोग भयभीत थे, इसलिए औरों ने आव देखा न ताव, अपने लट्ठ उस आकृति पर बरसा दिए। गिरते हुए आदमी के मुँह से जब कराह निकली, तो सबके दिमाग ठिकाने लग गए कि अरे, हड़बड़ी में यह कैसा अनर्थ उनके हाथों से हो गया है।

पर अब पछताने से क्या होता? वह निर्दोष अजनबी व्यक्ति उसी जगह गिरकर दम तोड़ चुका था। और फिर, इस तरह की समस्याएँ जब गाँव-गाँव में सामने आईं तो ग्रामीणों ने प्रशासन और पुलिस से विनती की, कि उन्हें मुँहनोचवा के आतंक से बचाया जाए। पर जादू की छड़ी न प्रशासन के पास थी और न पुलिस के पास। जगह-जगह मंत्रणाएँ होतीं, पर कोई कारगर उपाय किसी की समझ में न आता।

चूँकि अखबारों में कथित 'मुँहनोचवा' की खबरें आए दिन छप रही थीं, इसलिए आई.आई.टी. कानपुर के इलेक्ट्रिकल इंजीनियरिंग से जुड़े डॉ. रवि अरोड़ा इस समस्या के समाधान के लिए उत्सुक हो उठे। सिर्फ उत्सुक ही नहीं हुए, इस काम के लिए कमर कसकर जुट भी गए। उन्होंने अपने कंप्यूटर पर तमाम बेवसाइटें खोलकर इस किस्म के मामलों की खोजबीन शुरू कर दी। उनका वैज्ञानिक मस्तिष्क यह मानने को तैयार न था कि किसी विचित्र किस्म के अलौकिक जीव के द्वारा लोगों के चेहरे नोचे और लहूलुहान किए जा रहे हैं। तथाकथित 'मुँहनोचवा' के रहस्य की तह तक पहुँचना उनके वैज्ञानिक दिमाग के लिए एक चुनौती बन गया था। इस बारे में काफी जानकारियाँ बटोरने के बाद एक दिन वे अपने मित्र डा. पारस से मिले और बोले, ''पारस, तुमने पिछले एक-डेढ़ माह से अखबारों में एक सनसनीखेज खबर जरूर पढ़ी होगी।''

''क्या तुम्हारा आशय उस मुँहनोचवा से तो नहीं है, जिसने पूर्वांचल के तमाम गाँवों में आतंक फैला रखा है। भदोही, जौनपुर, आजमगढ़, बलिया और गाजीपुर जिलों के समीपवर्ती गाँवों में लोग दहशत से बेहाल हो उठे हैं।''

''हाँ, मैं इसी बारे में तुमसे यह जानना चाहता हूँ कि क्या तुम दो-तीन दिन का समय निकालकर मेरे साथ वहाँ चल सकोगे?''

''लेकिन क्यों? मैं कोई ऐसा तीसमारखाँ नहीं हूँ, जो उस मुँहनोचवा का आतंक मिटा सके।'' डॉ. पारस मुसकरा दिए।

''मेरे भाई, तुम एक डॉक्टर तो हो न! मैं तुम्हें सिर्फ किसी चोटिल इनसान के जख्मों के परीक्षण के लिए ले जा रहा हूँ। तुम्हें जाँच करके यह बताना है कि वे खरोंचे किस किस्म की हैं?'' डॉ. रवि गंभीर कंठ से बोले।

स्थिति की गंभीरता दोनों व्यक्ति समझते थे, इसलिए अगले दिन ही बलिया से जुड़े एक छोटे-से गाँव में पहुँच गए। संयोग की बात, एक दिन पहले ही वहाँ एक महिला मुँहनोचवा का शिकार होकर बिस्तर पर पड़ी थी। दर्द से बिलबिलाती हुई वह स्त्री खुद को चीखने-चिल्लाने से रोक नहीं पा रही थी।

डॉ. पारस ने उसे कुछ दर्द निवारक दवाइयाँ दीं और फिर उसके चेहरे के खरोचों का देर तक परीक्षण किया। परीक्षण करने के बाद वे गंभीर हो उठे, ''कुछ समझ में नहीं आ रहा है।''

''क्या हुआ है?'' डॉ. रवि ने पूछा।

''ये खरोंचे तो स्वयं इसी स्त्री के नाखूनों के हैं। लेकिन भला कोई समझदार इनसान स्वयं ही अपने आपको जख्मी क्यों करेगा? और फिर, यह समस्या तो इन गाँवों में पिछले डेढ़-दो महीने से चल रही है। तो क्या सभी का दिमाग खराब हो चुका है, जो स्वयं को चोट पहुँचाकर किसी मुँहनोचवा का नाम लेते हैं? या फिर इसी स्त्री का मामला औरों से अलग है?'.

डॉ. रवि मुसकराए, ''बस, मेरी खोज पूरी हुई। मैं सिर्फ इतना ही जानना चाहता था कि खरोंचे किसी पक्षी के पंजों की हैं या इनसान के नाखूनों की हैं। तुमने जाँच करके मुझे एक फैसले पर पहुँचने में जो मद्द की, उसके लिए बहुत-बहुत शुक्रिया मेरे दोस्त!''

''तो क्या तुमने मुँहनोचवा की पहेली हल कर ली है?'' डॉ. पारस चौंके।

''बिल्कुल।'' डा. रवि मुसकराए और बोले, ''दरअसल मेरा हल न्यूजीलैंड के क्राइस्टचर्च विश्वविद्यालय के डॉ. अब्राहम के शोध पर आधृत है। इस शोध का निष्कर्ष यह है कि वैसे तो ऊर्जा (इलेक्ट्रिक चार्ज) धरती के भीतर चली जाती है, पर अगर धरती बहुत सूखी हुई हो तो ऊर्जा का एक अंश उसी सूखी धरती पर पसर जाता है। ऐसा आकाशीय बिजली गिरने और कारखानों व घरों में प्रयुक्त होने वाली बिजली के कारण होता है। बड़े मकानों और बिजली के खंभों में अर्थिंग प्लेट्स होती हैं, परंतु पूरा चार्ज धरती में नहीं जा पाता। वही बची हुई ऊर्जा जब धरती पर फैलती है, तो गरम वाष्प बनकर उड़ जाती है। इस गरम वाष्प में सिलिकान, कार्बन मिश्रित सिलिकान, ऑक्सीजन कार्बन के यौगिक गरम हवा के साथ ऊपर उठते हैं और जलने लगते हैं। ये गोले 100 वाट के बल्ब जितनी रोशनी देते हैं। ये गोले कुछ सेकेंड्स से लेकर कुछ मिनट तक रह सकते हैं। इनका आकार टेनिस की गेंद से लेकर फुटबॉल जितना हो सकता है। हवा के साथ तेजी से उड़ते हुए इनके रास्ते में जो भी आता है, वह झुलस जाता है और ये गोले भी बिखर जाते हैं। ये आग के गोले यदि किसी इनसान के चेहरे से टकराए, तो वहाँ की त्वचा झुलस जाएगी और दर्द से बिलबिलाता आदमी यदि अपने बचाव के लिए वहाँ हाथ भी रखे, तो पहले से ही जली त्वचा होने के कारण बड़ी-बड़ी खरोंचे दिखाई देंगी।''

डॉ. पारस की आँखें चमक उठीं, ''तुमने तो इस मुँहनोचवा की सही और सटीक वैज्ञानिक जानकारी खोज निकाली है, रवि!''

''हाँ,'' डॉ. रवि मुसकराए, ''चूँकि पूर्वांचल के इन इलाकों में सूखे की प्राकृतिक आपदा के कारण धरती एकदम खुश्क हो गई है, इसीलिए ये आग के गोले आसमान की ओर उठ रहे हैं। जो लोग इनकी चपेट में आ जाते हैं, वे कभी इसे बिल्ली जैसी आकृति का विचित्र जानवर और कभी मुँह और दुम से लाल-नीली रोशनी फेंकने वाला जानवर की कल्पनाएँ कर-करके अपनी चोट को अन्य लोगों के सामने विकराल बनाकर पेश करते हैं। जबकि सच्चाई यह है कि कोई कुछ समझ ही नहीं पाता है कि

उसके चेहरे पर जख्म कैसे लगे।'' यही वजह है कि मुँहनोचवा को लेकर कल्पनाएँ तो बहुत सी हैं पर उसे अपनी आँखों से देखने का दावा किसी ने भी आज तक नहीं किया है।''

डॉ. रवि की आँखों में अपने मित्र के लिए सम्मान भर गया।

और जब यह सच्चाई अखबारों के माध्यम से सबके सामने लाई गई तो लोगों के मुँह हैरत से खुले-के-खुले रह गए कि अरे, यह सिर्फ एक प्राकृतिक आपदा थी। शायद इंद्रदेव को भी अब तक दुखी किसानों पर रहम आ गया था। आसमान से मूसलाधार बारिश हुई और तीनों आपदाएँ एक साथ विदा हो गईं। माटी की सोंधी गंध से भरी धरती पर इधर बीज बोए गए, उधर कच्छा-बनियानधारियों का गिरोह भी पुलिस की धर-पकड़ होने से लापता हो गया। इसी के साथ तीसरी आपदा यानी मुँहनोचवा भी कहानी बन चुकी थी।

□

अपना-अपना फर्ज

घर में शादी है।

तन्वी के चाचा की शादी।

शादी में शामिल होने के लिए तन्वी भी अपने पापा-मम्मी के साथ मथुरा आई है। दस साल की तन्वी के लिए यह पहला मौका है, जब वह किसी घर में इतना धूम-धड़ाका देख रही है। पापा-मम्मी के साथ दिल्ली में रहते हुए उसने ऐसा कोई उत्सव आज तक नहीं देखा। देखती भी कैसे, बड़े-से बँगले में उन तीनों के सिवाय सिर्फ नौकरानी श्यामा ही तो है। पापा-मम्मी अपने-अपने ऑफिस चले जाते हैं और श्यामा उसकी देख-रेख करती है। उहँ, काफी बड़ी हो चुकी है तन्वी। अब उसे किसी देख-रेख की जरूरत नहीं। स्कूल जाते वक्त खुद ही तैयार हो जाती है। डाइनिंग टेबल के पास बैठकर अपने आप खाना परस लेती है। अब पहले जैसी छोटी बच्ची थोड़े ही है, जो श्यामा को कहानी सुनाते हुए उसके मुँह में कौर देने पड़ते हों। तभी तो कभी-कभी मम्मी के पास खड़ी होकर खुद को नापते हुए खुश हो जाती है, ''देखो न माँ, मैं आपके कंधे के बराबर पहुँचने लगी हूँ।''

खुशी के पल इने-गिने ही मिलते हैं उसे। जब नानी आ जाती हैं, तो वह खिल उठती है। स्कूल की ढेरों बातें उन्हें सुनाकर भी जी नहीं भरता उसका। मन की बातें घर में कहे भी किससे? ममी-पापा के पास छुट्टी के दिन भी उसके लिए फुरसत नहीं। श्यामा से कोई बात करना फिजूल है। बेवकूफों की तरह मुँह ताकती रहेगी और फिर वही एक रट लगा

देगी, ''थोड़ी देर आराम कर लो बेबी, फिर तुम्हें होमवर्क करना होगा।''

बाप रे! होमवर्क है या बवाल! मीनाक्षी मैम की मदद से तन्वी उसे पूरा तो करती है, पर सारा वक्त जमुहाई लेती रहती है। मैम के पढ़ाकर जाते ही डांस स्कूल की कक्षा का समय हो जाता है। दो घंटे की डांस क्लास में मजा जरूर आता है, पर थकान कितनी हो जाती है। हफ्ते में चार दिन स्विमिंग के लिए जाना भी बेचारी तन्वी की मजबूरी है। मम्मी का बस चले तो अपनी इकलौती संतान को ठोंक-पीटकर और भी न जाने क्या-क्या बना डालें।

उधर पापाजी की सारी दिलचस्पी सिर्फ स्कूल के परीक्षाफल में रहती है। अगर पहली रैंक न आए, तो एकदम आपा खो बैठते हैं, ''गलत बात है, तन्वी! पढ़ाई में ढिलाई बिल्कुल नहीं चलेगी। जानती हो, बड़ी होकर तुम्हें अपनी मम्मी-पापा से भी बड़ी अफसर बनना है। जब तुम्हारी हर इच्छा हम लोग मुँह से निकलते ही पूरी कर देते हैं तो तुम्हें भी मेरी एक छोटी सी इच्छा हमेशा पूरी करनी होगी। क्लास में पहले स्थान पर रहना होगा। क्लास में ही क्यों, जिंदगी में हर जगह हमेशा अव्वल रहना होगा।''

वह कहना चाहती है—ठीक है पापाजी, जैसा आपका आदेश। एक बेचारी तन्वी इसी के लिए तो बनी है। आप मन लगाकर पढ़ने को कहेंगे, पढ़ेगी। मम्मी मन लगाकर स्विमिंग और डांस सीखने को कहेंगी, सीखेगी! नानी चाव से भजन याद कराएँगी, तो वह भी करेगी! लेकिन आपने कभी सोचा है क्या, एक रोबोट की तरह चुपचाप सबका हुक्म बजाते ऊबेगी नहीं वह?

कुछ भी कहो, जब से दादा-दादी के यहाँ मथुरा आई है वह, उसकी खुशी छिपाए नहीं छिप रही। कौतूहल से देख रही है सब कुछ। मेहमानों का आना, ढेर सारे रिश्तेदारों का घर में ठहरना। सबके हँसी-कहकहे। बच्चों की धमा-चौकड़ी। सच, दादी का घर न हुआ, जैसे कोई परी-लोक हो गया। बुआ की दोनों बेटियाँ तनुजा और अनुजा तो उसे अपनी क्लास की सहेलियों से भी ज्यादा भाने लगी हैं। अपने बराबर की अनुजा को 'अनु'-'अनु' पुकारते वह थकती नहीं। दोनों एक ही क्लास में हैं, इसलिए

और ज्यादा पटती है। तनु दीदी उम्र में भले ही तीन साल बड़ी हों, पर उन दोनों के बीच खूब हिल-मिल जाती हैं। घर में सब लोग उन्हें देखते ही छेड़ते हैं, "लो, आ गईं त्रिवेणी! गंगा-यमुना हैं दोनों छुटकियाँ और यह तनुजा है सरस्वती। ऊपर से भले ही दिखाई न दे, पर दोनों की हर शरारत के पीछे अक्ल इसी की रहती है।"

झूठ क्या है इसमें? तीनों एक बड़े से पलंग पर एक साथ सोएँगी। एक साथ खाना खाएँगी। एक साथ उठती-बैठती नजर आएँगी। तन्वी सोचती है, काश! ये दिन कभी न बीतें।

इस वक्त भी तीनों मिलकर कक्षा के चटपटे किस्से सुना रही थीं कि दादी की आवाज सुनाई दी, "बच्चो, खाना खाने चलो।"

खाने का नाम सुनते ही हुड़दंग मचाती हुई बच्चों की टोली दौड़ पड़ी। पर आज रसोई से सबके लिए परसी हुई थालियाँ लेकर कोई चाची-मामी नहीं निकलीं। हाँ, आँगन में जरूर फर्श बिछा हुआ था और सभी बच्चे एक-एक करके कतार में बैठते जा रहे थे। तनु दीदी ने हँसकर बताया, "आज हमें पत्तल-सकोरों में भोजन मिलेगा। ढेर सारे मेहमान इकट्ठे हो चुके हैं न! इसीलिए यह इंतजाम किया गया है। थालियाँ माँजने-धोने का बवाल नहीं। खाओ और पत्तलें फेंक दी जाएँगी।"

तन्वी कुछ समझी नहीं। उसके लिए भोजन की यह एकदम नई और अनजानी पद्धति थी। फिर भी तनुजा और अनुजा की देखा-देखी वह भी फर्श पर पालथी मारकर बैठ गई। तभी सब बच्चों के सामने पत्तलें धरी जाने लगीं। फिर दो-दो सकोरे और एक-एक कुल्हड़ भी रखा गया। तन्वी ने ऐसी थाली-कटोरियाँ-गिलास जिंदगी में पहली दफा देखे थे। वह मुसकरा उठी।

उधर भोजन परोसने वालों के हाथ मशीन की तेजी से चल रहे थे। सबसे पहले कुल्हड़ों में केवड़े की खुशबू वाला ठंडा पानी भरा गया। फिर सकोरों में बूँदी का पोदीने वाला रायता और मटर-पनीर की रसदार सब्जी डाली गई। सूखी सब्जियाँ और मीठी चटनी पत्तल पर ही परस दी गई। इसके बाद गुलाब जामुन और मेवाबाटी की बारी आई। अंत में हर पत्तल पर गरमागरम

पूरियाँ-कचौड़ियाँ पहुँचाने के बाद कहा गया, "बच्चो, खाना शुरू करो।"

वाह! दावत का ऐसा अनूठा इंतजाम तन्वी को खूब भाया। उसने गपागप खाना शुरू कर दिया। बगैर आस-पास निगाह डाले, एक-एक करके व्यंजनों का स्वाद लेने लगी। तभी पास बैठी तनु दीदी की आवाज से उसका ध्यान टूटा, "नहीं, नहीं, और कचौड़ी नहीं चाहिए।"

"एक तो ले ही लो," कहते हुए परसने वाले ने पत्तल पर कचौड़ी रख दी और जैसे ही आगे बढ़कर तन्वी के सामने पहुँचा, वह घबरा गई, "अंकल, मुझे मत दीजिए। जरूरत हुई तो बाद में ले लूँगी।"

"ठीक है बेटा," कहते हुए परसने वाला आगे बढ़ गया।

"पहले रायता खत्म करो, ताकि दुबारा ले सको," तनु दीदी फुसफुसाकर बोलीं।

"क्यों?" तन्वी ने पूछा।

"पोदीना पड़ा है इसमें। बहुत फायदा करेगा। खाना पचा देगा," तनु दीदी ने समझाया।

"ठीक है," तन्वी बोली और उसने अपना सकोरा खाली कर दिया।

तभी एक आदमी रायते की बालटी लेकर आया तो उसने तन्वी के खाली सकोरे को दुबारा लबालब भर दिया।

ऐसी अनोखी दावत का मजा तो तन्वी ने अपनी बर्थ डे पार्टी में भी कभी नहीं लिया था। होटल में किया जाने वाला मम्मी-पापा का वह महँगा इंतजाम दादी के घर की पत्तल के दावत के सामने कहाँ टिक पा रहा था?

खाना खत्म करके जैसे ही बच्चों की मंडली उठी, दादी की आवाज तन्वी के कानों में पड़ी, जिसमें महिलाओं के लिए भोजन का बुलावा था।

तभी उसे यह भी पता चला कि खाने का ऐसा ही इंतजाम पुरुषों के लिए बाहर वाले कमरे में किया गया है और वे लोग खाना खाकर उठ चुके हैं। महिलाओं से दादी कह रही थीं, "खाना-पीना निपट जाए, फिर तुम लोग थोड़ी देर आराम कर लेना। उसके बाद ढोलक-मंजीरा लेकर बैठना है। नाच-गाने के बिना ब्याह के घर की रौनक अधूरी लग रही है।"

□

नाच-गाने के नाम पर तन्वी की आँखें चमक उठीं, अपने चाचू की शादी में वह लहँगा पहन कर नाचेगी। पापा कहते हैं न, हर जगह अव्वल रहो। देखना, डांस में उसके सामने कोई नहीं टिक सकेगा।

मन की खुशी पर काबू नहीं रख सकी, तो दादी के पास जाकर इतरा उठी, ''दादी, मैं पूरे चार साल से डांस सीख रही हूँ। आप देखिएगा, कोई बच्चा आपकी पोती के सामने नहीं टिक सकेगा।''

दादी ने मुसकराकर उसके सिर पर हाथ फेरा।

वह और ज्यादा शान में आ गई, ''मेरे पापा कहते हैं कि सब जगह अव्वल रहो। इम्तहान में तो मैं पहली रैंक कभी किसी और को नहीं लेने देती। आज डांस में भी आप मेरा कमाल देखना।''

''जरूर,'' दादी ने प्यार से उसका मुँह चूम लिया।

तन्वी दौड़कर तनुजा और अनुजा के पास पहुँची, ''आप लोग भी डांस करेंगी न?''

''क्यों नहीं?'' वे दोनों एक साथ मुसकराईं, ''हमारे मामा की शादी है। हम लोग पूरी तैयारी के साथ आए हैं।''

तीनों बच्चियों में नाच-गाने के मनपसंद विषय पर इतनी लंबी बात हुई कि समय का पता ही नहीं चला। अचानक दादी की आवाज उनके कानों में पड़ी, ''तनुजा, अनुजा और तन्वी, कहाँ हो तुम तीनों? इधर आओ। एक जरूरी काम है तुमसे।''

तीनों बच्चियाँ फौरन दौड़ी चली आईं।

''क्या है नानी?'' तनुजा-अनुजा ने एक साथ पूछा।

''क्या है दादी?'' तन्वी भी बोल पड़ी।

''बच्चो, तुम्हारे घर आने वाली रिश्तेदार महिलाएँ खाना खाकर उठने वाली हैं। तुम्हें उनके जूठे पत्तल-सकोरे उठाकर उस कोने में रखे हुए कचरे के ड्रम में डालने हैं।''

जूठे पत्तल-सकोरे?

तन्वी भौचक्की सी दादी का चेहरा देखने लगी।

दो पल बाद ही उसके गले से आवाज निकली, ''मैं?··· मैं जूठी पत्तल उठाऊँगी?''

''क्यों? इसमें हर्ज क्या है? अभी थोड़ी देर पहले तुम खाना खाकर उठी हो। तुम्हारी जूठी पत्तल भी आखिर किसी ने हटाई है न?''

''दादी, आप समझती नहीं हैं,'' तन्वी की बौखलाहट बनी रही, ''मैंने तो आज तक अपने घर में डाइनिंग टेबल से अपनी जूठी प्लेट भी नहीं उठाई है। श्यामा ही यह काम करती है।''

''जरूर करती होगी,'' दादी बड़ी मीठी मुसकान मुसकराई, ''पर यह तो दादी का घर है न! यहाँ दादी का ही हुक्म चलेगा और मेरी नन्ही शहजादियों को वह खुशी-खुशी मानना होगा।··· क्यों तनु-अनु?''

''जी नानी,'' तनुजा और अनुजा ने मुस्तैदी से जवाब दिया।

''देखो, महिलाएँ उठने लगीं। तुम्हें अब अपना काम शुरू कर देना चाहिए,'' दादी बोलीं।

तनुजा-अनुजा आँगन की तरफ बढ़ गईं, पर तन्वी के माथे पर बल पड़े रहे, ''मैं जूठी पत्तल उठाऊँगी तो पापा-मम्मी बहुत नाराज होंगे। कहेंगे कि अफसरों की बिटिया इतना छोटा काम करने के लिए नहीं बनी है।''

''तन्वी, कुछ देर पहले शायद तुम्हीं ने कहा था कि तुम्हारे पापा तुम्हें जीवन में हर जगह अव्वल देखना चाहते हैं?'' दादी ने गंभीर कंठ से पूछा।

''जी दादी,'' तन्वी चहक उठी, ''और मैं उनकी बेटी ही नहीं, बेटा भी हूँ। अपनी क्लास में हमेशा पहली रैंक लाती हूँ। डांस स्कूल में हर साल इनाम जीतती हूँ। तैराकी में भी मुझे मैडल मिला है। आप देखना, एक दिन आई.ए.एस. बनकर दिखाऊँगी।''

''तुम अपने पापा की होनहार बेटी हो,'' दादी ने उसकी पीठ थपथपाई, ''पर मुझे दुःख है कि मेरी पोती एकदम फिसड्डी साबित हुई है।''

''फिसड्डी?'' तन्वी जैसे आकाश से गिरी, ''लेकिन कैसे? किस काम में, दादी?''

''विनम्रता और सेवा में।''

''मैं समझी नहीं,'' तन्वी सोच में डूब गई।

''मैं समझाती हूँ,'' दादी मुसकराईं, ''तुमने देखा होगा कि पेड़ जितना फलदार होता है, उतना झुक जाता है। यही विनम्रता है। पढ़ाई, खेल वगैरह में अव्वल रहकर मेरी पोती ऊपर उठना तो खूब सीख गई है, पर अपने भीतर फलों से लदे पेड़ की तरह झुक जाने का गुण वह नहीं ला सकी। जबकि मेरी दोनों नातिनें, तनु व अनु इस मामले में उससे बाजी मार ले गई हैं।''

तन्वी का चेहरा फक पड़ गया।

उसने नजर उठाकर देखा, तनु-अनु जूठी पत्तलें उठाने में जुटी हुई थीं। अगले ही पल उसका चेहरा चमक उठा, ''सॉरी दादी, मैंने अपनी भूल समझ ली है। अब आपको अपनी पोती के आचरण को लेकर निराश होने की जरूरत नहीं। मैंने भी नीचे झुककर ऊपर उठना सीख लिया है। मुझे अपने जीवन में घमंडी नहीं, विनम्र बनकर दिखाना है। यही सच्चे इनसान का फर्ज है न!''

अगले ही पल वह दौड़कर तनु-अनु के साथ पत्तलें उठाने लगी।

दादी के चेहरे पर संतोष चमक उठा। उन्होंने भी अपना फर्ज सही ढंग से निभाया था।

□

अगिया बैताल की कथा

साँझ होने में अभी कुछ वक्त था। कानपुर देहात के पिपलिया गाँव के समीप से निकलते हुए देव बाबू ने एक ग्रामीण से पूछा, ''भैया, अगला गाँव यहाँ से कितनी दूर है?''

''पैदल जाने पर पूरे दो घंटे का रास्ता है,'' ग्रामीण ने बताया।

''कैसा गाँव है वह? छोटा या बड़ा?''

''वैसे तो निबौली बहुत बड़ा गाँव है, पर वहाँ पहुँचते-पहुँचते आपको रात हो जाएगी। जाड़े के दिन हैं न! सूरज डूबते ही अँधेरा छा जाता है। आजकल वैसे भी अँधेरा पाख चल रहा है।''

''कोई बात नहीं। निबौली में ही मैं रात काटूँगा।,'' देव बाबू बोले और आगे बढ़ चले।

ग्रामीण के चेहरे पर चिंता छा गई थी। उसने दो कदम आगे बढ़कर उन्हें रोका, ''बाबूजी बेहतर है कि आप आज रात हमारे गाँव में ही ठहर जाइए। मुखिया के घर मैं आपको पहुँचाए देता हूँ। वहाँ सारी सुविधाएँ मिलेंगी। घास-फूस के छप्पर में रहने से दिक्कत न हो, तो मैं अपने यहाँ लिये चलता हूँ।''

''दिक्कत भला क्यों होगी, भाई'' देव बाबू हँसे, ''दरअसल यह पद यात्रा मैं 'बेटी-बेटा एक समान' आंदोलन से गाँव वालों को जोड़ने के लिए कर रहा हूँ। तुम्हारे इस छोटे से गाँव में तो दस-बारह घर ही दिख रहे हैं। निबौली पहुँचकर कल सुबह मैं ज्यादा बड़ी भीड़ के सामने अपनी बात रख सकूँगा।''

"सच बात तो यह है कि मैं आपको रात में निबौली पहुँचने से रोकना चाहता हूँ," ग्रामीण बोला।

"लेकिन क्यों?" देव बाबू चौंके।

"दरअसल आपको गाँव में घुसने से पहले श्मशान के पास से होकर निकलना होगा। वह खतरनाक जगह है। वहाँ अगिया बैताल का आतंक है। मैं नहीं चाहता कि एक परदेशी को अगिया बैताल का शिकार होना पड़े। इसीलिए आपसे रात यहीं काटने की विनती कर रहा हूँ।"

अगिया बैताल?

देव बाबू अनमने हो उठे। आज इक्कीसवीं सदी में पहुँचकर भी क्या हमारे गाँव वाले इतने अंधविश्वासी हैं कि अगिया बैताल जैसी किसी आसेबी ताकत में विश्वास रखते हैं? दृढ कंठ से उन्होंने जवाब दिया, "तब तो मेरा निबौली पहुँचने का इरादा और भी पक्का हो गया। जब इधर से निकल रहा हूँ तो एक मुलाकात इस अगिया बैताल से भी करता चलूँ।"

"आप मेरी बात को हँसी में मत उड़ाएँ बाबूजी," ग्रामीण का चेहरा गंभीर हो गया, "आप सीधे-सरल इनसान दिखते हैं। मुझे आपसे हमदर्दी है। आपको किसी हालत में निबौली नहीं जाने दूँगा।"

"तुम्हारी हमदर्दी के लिए बहुत-बहुत शुक्रिया भाई," देव बाबू की मुसकान गहरी हो गई, "लेकिन बातों में मुझे जितना ज्यादा घेरोगे, निबौली पहुँचने में उतनी ज्यादा देर हो जाएगी।"

ग्रामीण कुछ न कह सका। उसका चेहरा भयभीत हो उठा था। पर देव बाबू अविचलित रहे। सूनी सड़क पर आगे बढ़ गए। तेज चाल की वजह से उन्होंने दो घंटे का रास्ता डेढ़ घंटे में ही तय कर लिया। निबौली पास आ गया है, यह बात वे श्मशान के निकट से निकलते हुए समझ गए। अँधेरा इस वक्त धरती पर पूरी तरह पसर चुका था। अचानक उनकी आँखों के सामने एक आग का गोला तेजी से धधक उठा। लेकिन वे डरे नहीं। पल भर रुककर गौर से उस ओर देखा और फिर अपनी सामान्य चाल से आगे बढ़ते रहे।

आश्चर्यजनक रूप से वैसा ही आग का एक गोला फिर चमक उठा, तो इस बार उनके कदम श्मशान की ओर बढ़ गए। तनिक झुककर उन्होंने उस धधकते गोले को देखा, कुछ देर खड़े होकर विचार किया और फिर वहाँ से हटकर गाँव जाने वाली पगडंडी पकड़कर आगे बढ़ गए।

गाँव में घुसते ही देव बाबू जान गए कि यहाँ कच्चे-पक्के और छोटे-बड़े बहुत से घर मौजूद हैं। गाँव वास्तव में काफी बड़ा है। पर जाड़े के दिन और रात का वक्त होने के कारण कोई आदमी गाँव में घूमता-फिरता न दिखाई दिया। चारों तरफ सन्नाटा था। एक कुत्ता तक न भौंक रहा था।

सरसरी निगाह से चारों तरफ देखकर देव बाबू एक पक्के मकान के सामने खड़े हो गए और उन्होंने दरवाजे की साँकल खटखटाई।

''कौन है ?'' अंदर से आवाज आई।

''मैं एक मुसाफिर हूँ। रात में यहाँ ठहरने के लिए स्थान चाहता हूँ,'' वे बोले।

''इतनी रात को कोई मुसाफिर नहीं हो सकता,'' एक औरत की फुसफुसाती आवाज सुनाई दी, ''जरूर अगिया बैताल होगा, दरवाजा मत खोलना।''

इसके बाद कुछ पल सन्नाटा छाया रहा।

''दरवाजा खोलो भाई। ठंडी हवा मेरे शरीर में तीर की तरह घुसी जा रही है।'' देव बाबू बोले।

''अगर तुम मुसाफिर भी हो, तो दूसरा दरवाजा देखो भाई। हम लोग द्वार खोलने में असमर्थ हैं।'' भीतर से पुरुष कंठ सुनाई दिया।

''क्या तुम्हें मेरे इनसान होने पर शक है ?'' देव बाबू बोले।

''हम क्या कह सकते हैं,'' भीतर से आने वाली आवाज डरी हुई थी, ''दुनिया में भूत-प्रेत-चुड़ैल सभी तो होते हैं। कब किस रूप में किसके दरवाजे पर पहुँच जाएँ, कौन कह सकता है ?''

''तो फिर ठीक है। दरवाजा मत खोलो। लेकिन मेरी भी जिद है कि किसी और दरवाजे पर नहीं जाऊँगा। रात भर यही बाहर खुले में बैठा रहूँगा।

सुबह बुखार की हालत में मिलूँगा, तो तुम्हीं को दवा-दारु करानी होगी।''

''यह तो बड़ी ज्यादती है भाई,'' भीतर से आने वाली आवाज में खीझ भर गई थी, ''मान-न-मान, मैं तेरा मेहमान!''

''सचमुच मैं तुम्हारा मेहमान ही हूँ। रात भर का मेहमान। अब जल्दी से दरवाजा खोलकर अतिथि-सत्कार का पुण्य भी लूट लो भाई।'' देव बाबू की आवाज में मुसकान घुल गई थी।

पता नहीं क्या जादू था उस आवाज में कि इस बार द्वार खुल गया। खुले दरवाजे के उस पार एक प्रौढ़ सज्जन खड़े दिखाई दिए। उनकी आँखों में भय और आशंका समाई थी।

देव बाबू को वे दो पल अपनी तेज निगाह से नापते-तौलते रहे, फिर संतुष्ट होते हुए बोले, ''इसमें कोई शक नहीं कि तुम मनुष्य ही हो। पर एक अजनबी इनसान का रात में सड़क से यहाँ तक आना जरूर हैरतअंगेज है। क्या तुम्हारे रास्ते में श्मशान नहीं पड़ा? क्या तुम्हें श्मशान में अगिया बैताल नहीं दिखा?''

''श्मशान भी मिला और अगिया बैताल भी दिखा,'' देव बाबू ने उसी मुसकराते चेहरे से बताया।

''उसने तुम्हें गाँव तक सही-सलामत कैसे आ जाने दिया? आज तक अंधेरी रात में कोई गाँव वाला उससे बचकर नहीं आ सका है। अच्छे-भले इनसान की ऐसी हालत कर देता है कि…''

और फिर वे प्रौढ़ सज्जन एक के बाद एक कई सच्चे किस्से सुनाते चले गए। किस तरह कुछ लोगों को उसका भयानक अट्टहास सुनाई दिया है। किस तरह कुछ लोगों को वह अपने पीछे उड़ता हुआ नजर आया है। किस तरह रात को उधर से आने वाले व्यक्तियों को या तो तेज ज्वर चढ़ा है या दिमागी हालत खराब हो जाने पर ओझा से इलाज कराने की नौबत आई है। आज तक एक व्यक्ति भी सही-सलामत वहाँ से नहीं निकल सका, उस रास्ते से एक अजनबी का मुसकराते हुए निकल आना प्रौढ़ सज्जन के लिए गहरे आश्चर्य का विषय था।

देव बाबू मुसकराए, ''मुझे तो आप भी बहुत साहसी दिखाई देते हैं। न हो तो मेरे साथ चलिए। आपको भी उस अगिया बैताल से मिला लाऊँ। हाँ, रास्ते में कोई जानवर मिल सकता है। इसलिए बचाव के लिए एक लाठी और टॉर्च साथ लेते चलिए।''

प्रौढ़ सज्जन की पत्नी किसी स्थिति में उन्हें भेजने के लिए तैयार न थीं, पर वे उनको समझा-बुझाकर एक टॉर्च और लाठी लिये साथ चल पड़े। जल्दी ही दोनों व्यक्ति शमशान के निकट पहुँच गए।

चारों ओर घुप्प अँधेरा था। कहीं कोई प्रकाश पिंड नजर न आया। प्रौढ़ सज्जन बोले, ''यहाँ तो कोई नहीं है। लोग व्यर्थ ही डरते हैं।''

तभी बर्फीली हवा का एक तेज झोंका आया और श्मशान में आग का जलता पिंड दिखाई दिया। प्रौढ़ सज्जन काँप उठे, ''देखिए, वह आ गया। अब हमें जिंदा न छोड़ेगा।''

''कुछ नहीं करेगा। आप मेरे साथ आइए तो सही।''

सचमुच प्रौढ़ सज्जन निडर थे। देव बाबू के पीछे-पीछे चलते हुए उस अग्नि-पुंज तक जा पहुँचे। अब तक उस अगिया बैताल ने न अट्टहास किया था और न पक्षी की तरह हवा में उड़ा ही था, इसलिए उनका साहस और बढ़ गया।

देव बाबू बोले, ''जरा झुककर टॉर्च की रोशनी में देखिए कि यह क्या वस्तु है?''

प्रौढ़ सज्जन झुके। कुछ पल टॉर्च की रोशनी में उस वस्तु को देखते रहे। फिर उनके कंठ से एक चकित आवाज निकली, ''अरे, यह तो एक छोटी सी हड्डी है।''

''जी हाँ,'' देव बाबू की आवाज गूंजी,'' यह श्मशान है। यहाँ कुछ हड्डियाँ इधर-उधर पड़ी रह जाती हैं, जिनमें फास्फोरस नामक पदार्थ होता है। जब हवा चलती है तो ऑक्सीजन पाते ही वह फास्फोरस जल उठता है। दिन में अमूमन लोगों की निगाह नहीं पड़ती, पर रात के अँधेरे में चमकती उस रोशनी को ही लोगों ने नाम दे दिया है—अगिया बैताल!''

"अरे, इतना छोटा सा वैज्ञानिक सच आज तक हम गाँव वाले नहीं जान सके और सालों-साल दहशत के साए में जीते रहे!" प्रौढ़ सज्जन चकित हो उठे।

"गनीमत है, अब आज से कोई अगिया बैताल किसी गाँव वाले को नहीं डराएगा," देव बाबू हँसे।

दोनों व्यक्ति घर की ओर वापस लौट पड़े। रास्ते में प्रौढ़ सज्जन बोले, "एक बात मेरी समझ में अब भी नहीं आई। लोग तो नाना किस्म की बातें करते हैं। अगिया बैताल का हवा में उड़ना, सड़क चलते आदमी के पीछे लग जाना, अचानक अट्टहास करना... आखिर यह सब क्या है?"

"सिर्फ डरे हुए मन का वहम," देव बाबू बोले, "और इसी वहम के चलते लोग उससे आतंकित होकर बीमार पड़ जाते हैं। आप ही सोचिए, हड्डी का एक छोटा सा टुकड़ा क्या ऐसे उत्पात कर सकता है?"

"आप ठीक कहते हैं?" प्रौढ़ सज्जन ने स्वीकार किया, "एक डरा हुआ आदमी जो कुछ कहता है, उसे दूसरा व्यक्ति अपनी ओर से नमक-मिर्च लगाकर औरों को सुनाता है।"

"जी हाँ," देव बाबू बोले, "और इस तरह बिना पंखों के दूर-दूर तक अफवाहें उड़कर पहुँचती रहती हैं और श्रीमान अगिया बैताल, जिनका कोई अस्तित्व नहीं है, सालों-साल लोगों के मन और दिमाग में छाये रहते हैं।"

"यह कथा कब शुरू हुई, इसे तो शायद कोई नहीं बता सकेगा, पर आज रात अगिया बैताल की कथा का अंत जरूर हो गया है। इस नेक काम के लिए आपको बहुत-बहुत शुक्रिया!" प्रौढ़ सज्जन ने दोनों हाथ जोड़े।

घर आ चुका था। खुले दरवाजे के पास खड़ी प्रौढ़ सज्जन की पत्नी दोनों व्यक्तियों को सही-सलामत लौटते देखकर मुसकराईं, "चलिए, भोजन तैयार है!"

"अगिया बैताल के बारे में सुनना नहीं चाहोगी?" प्रौढ़ सज्जन ने मुसकराकर पूछा तो पत्नी भी मुसकरा दीं, "मैं समझ चुकी हूँ कि उस अगिया बैताल को आप लोग शमशान में ही दफन कर आए हैं। गरम पानी

तैयार है, अच्छी तरह हाथ-पाँव धोकर अब भोजन के लिए बैठिए।''

हालाँकि दरवाजा खुला था, किंतु किसी के मन में अगिया बैताल के घुस आने का कोई खौफ न था। और यह निबौली गाँव के लिए एक नई बात थी।

□

हारिए न हिम्मत

उसका नाम है बलराम। उम्र सिर्फ अठारह साल, पर जिम्मेदारी अनंत। बीमार माँ-बाप और पाँच छोटे भाई-बहनों की परवरिश का बोझ उसी के कंधों पर है। कहीं वह थककर हिम्मत हार न जाए, इसलिए पिता अकसर समझाते हैं, ''बल्लू बेटा, हौसला रख। तकलीफ के ये दिन हमेशा नहीं रहेंगे। कहावत सुनी है न, हारिए न हिम्मत, बिसारिए न राम।''

''जानता हूँ बापू,'' बलराम मुसकरा देता है।

लोडिंग टैंपो चालक है वह। सामान से लदा टैंपो ले जाते समय कभी ट्रैफिक जाम, कभी आँधी-पानी और कभी बर्फीली हवाओं से जूझना पड़ता है। पर इन छोटी-छोटी बातों से विचलित नहीं होता बलराम। ड्राइविंग सीट पर बैठकर टैंपो स्टार्ट करते हुए बुदबुदाता है, ''शाबाश मेरे उड़नखटोले, पकड़ ले हवा की चाल। तभी तो घर वालों को मयस्सर होगी गरमागरम रोटी-दाल।''

रोज के इस सफर में उसका साथी रहता है नत्थू। चौदह-पंद्रह बरस का छोकरा। रास्ते में मजेदार बातें कर-करके हँसाता रहता है। माल की ढुलाई-उतराई में हाथ बँटाता है। पूरी तरह भरे टैंपो में भी अपने बैठने की जगह पता नहीं किस कौशल से निकाल लेता है।

आज ऐसा हुआ कि सुबह-सुबह ही लालाजी ने हुक्म दे दिया, ''सुन बलराम, तुझे गेहूँ लेने बाह जाना है। फौरन निकल जा, ताकि शाम को अँधेरा होने से पहले आगरा लौट सके।''

बलराम ने सिर हिला दिया। झटपट अपने उड़नखटोले को झाड़ा-पोंछा, नत्थू को बैठाया और फिर सफर पर निकल पड़ा। सुबह का समय था। ठंडी हवा के झोंके देह में सिहरन भर रहे थे। पता ही नहीं चला कि 53 किलो मीटर की दूरी कब तय हो गई। बाह पहुँचकर बलराम ने दस क्विंटल गेहूँ की बोरियाँ लदवाईं, थोड़ा नाश्ता-पानी किया और फिर नत्थू की तरफ देखा।

नत्थू मुसकराया, "फटाफट अपना उड़नखटोला चालू करो, उस्ताद। लालाजी ने अगर कोई और काम न सौंपा, तो आज हम लोग जल्दी छुट्टी पा जाएँगे।"

जल्दी छुट्टी के नाम पर बलराम की आँखें भी चमक उठीं। कई दिन से काम के बेहिसाब बोझ की वजह से वह माँ की दवा नहीं ला सका है। अगर जल्दी छुट्टी मिल गई, तो आज यह जरूरी काम निपटा देगा। इसी जोश में आधा रास्ता कब निकल गया, पता ही नहीं चला। हाँ, फतेहाबाद के भीड़ भरे बाजार से निकलते हुए टैंपो की गति जरूर धीमी करनी पड़ी उसे।

उसकी भौंहों पर पड़े हुए बल देखकर नत्थू मुसकराया, "क्यों उस्ताद, सामने वाली ट्रैक्टर-ट्रॉली की वजह से उड़नखटोले की चाल धीमी करना तुम्हें खल रहा है?"

"सही कहते हो नत्थू," बलराम ने हामी भरी, "यह सामने वाली गाड़ी न खुद स्पीड पकड़ रही है और न मुझे आगे निकलने दे रही है।"

"इससे दूरी रखकर चलना ही ठीक है," नत्थू गंभीर हो गया, "देखो न, लोहे के बड़े-बड़े पाइप और लंबी सरियाँ कितने खतरनाक ढंग से···"

अभी बात पूरी भी नहीं हुई थी कि अचानक ब्रेक लगा दिए जाने के बीच सड़क पर रुक गई वह ट्रैक्टर ट्राली। बलराम ने भी तत्काल ब्रेक लगाकर अपनी गाड़ी रोकने की कोशिश की, पर तब तक सरियों से भयंकर टक्कर हो जाने के कारण उसकी गाड़ी का सामने वाला शीशा चूर-चूर हो गया और वे सरियाँ उसकी गरदन को चीरती हुई आर-पार निकल गईं।

पल भर में बलराम लहूलुहान हो चुका था। उसकी गरदन कटकर

एक ओर लटक गई थी और रीढ़ की हड्डी पर टिकी हुई थी। पर धड़ से गरदन के लगभग अलग हो जाने के बावजूद उसकी इंद्रियों का संपर्क दिमाग से जुड़ा हुआ था। इस भयानक हादसे को देख नत्थू का एक मर्मांतक चीख के साथ बेहोश हो जाना भी एक सच्चाई थी, जो बलराम की आँखों के सामने थी।

अब भीड़ ने उसे घेर तो लिया था, पर फटी-फटी आँखों से देखने के सिवाय मदद के लिए कोई हाथ आगे नहीं बढ़ा था। बलराम ने सहायता के लिए पुकारना चाहा तो उसके मुँह से खून के फव्वारे फूट पड़े। लोग और ज्यादा आतंकित होकर इधर-उधर खिसकने लगे।

इस अनजान जगह पर कौन है उसका मददगार, अपनी डूबती साँसों को पूरी कोशिश करके थामते हुए बलराम ने सोचा और दूर तक उसे सिर्फ अँधेरा ही नजर आया। पर ऐसे कैसे मर सकता है वह बीच सड़क पर? माँ-बापू बीमार हैं। घर पर पाँच छोटे भाई-बहन उसके लौटने के इंतजार में दरवाजे पर आँखें गड़ाए बैठे हैं। न, उसे जीना है। अपने परिवार के लिए। पिता के शब्द उसके कानों में गूँज गए, ''हारिए न हिम्मत...''

असहनीय दर्द से तड़पते बलराम ने अपनी लगभग कटी हुई गरदन को खुद अपने हाथों साफी से कसकर बाँधा और आस-पास किसी डॉक्टर की दुकान की उम्मीद में निगाह दौड़ाई। गनीमत थी, दुकान दिख गई। टैंपो चलाकर जब वह वहाँ पहुँचा, तो उसकी हालत देखकर चिकित्सक के होश उड़ गए। मुँह से सिर्फ इतना निकला, ''यह केस मेरे बस का नहीं है। फौरन आगरा जाओ।''

पर आगरा दस-पाँच कदम की दूरी पर था क्या?

तीस किलोमीटर की लंबी दूरी आगरा पहुँचने के लिए तय करनी थी। बलराम के दिमाग में उथल-पुथल जारी थी। न, इस चुनौती को स्वीकारने का बल-बूता नहीं है उसमें। शायद यहीं बीच सड़क पर दम तोड़कर वह अपने घर-परिवार को दाने-दाने के लिए मोहताज कर देगा।

दिमाग की उथल-पुथल पर विराम लगा। जिंदगी ने मौत से दो-दो

हाथ करने का मन बना लिया था। बलराम ने पूरी ताकत बटोरकर अपना टैंपो सड़क पर दौड़ा दिया। दूरी घटती रही। अपनी चेतना को डूबने से बचाने की उसकी पुरजोर कोशिश जारी रही। पर संशय तो था ही कि दर्द के हर एहसास से खुद को परे रखने की यह जंग आखिर कितनी लंबी चलेगी? क्या वह उसे जीत सकेगा? पता नहीं…

लेकिन यह बात वह क्यों सोचे? वह तो योद्धा है न! उसका काम सिर्फ अपने आपको जंग में झोंक देना है। तभी तो उसका टैंपो अभी भी सड़क पर दौड़ रहा है।

और लो, अब तो आगरा आ भी गया। रास्ता आखिर कट ही गया न! कहाँ देर लगी? बस, अब जैसे ही किसी चिकित्सक का ठौर-ठिकाना दिखा, राहत मिल जाएगी।

लेकिन राहत अभी दूर थी। शहर की सीमा के भीतर दाखिल होने पर नर्सिंग होम जरूर दिखा, पर डॉक्टर ने इस केस में हाथ लगाने से दो-टूक इनकार कर दिया। सहानुभूति दिखाते हुए इतना ही कहा, "सीधे प्रतापपुरा जाओ। वहाँ डॉ. शर्मा के हड्डियों के अस्पताल में शायद तुम्हारे लिए कुछ किया जा सके।"

यानी अभी मंजिल नहीं मिली थी। प्रतापपुरा तक पहुँचना जरूरी था।

बलराम की आँखों के सामने अँधेरा छा गया। वह हिम्मत, जिसे वह इतने जतन से अभी तक संजोए हुआ था, टूटने-टूटने को हो आई। पर साँसों की डोर अगर एक बार टूट गई तो उन लोगों का क्या होगा, जो उसके लौटने की उम्मीद में आँखें बिछाए बैठे हैं? इससे पहले कि वह सागर की अथाह गहराइयों में डूब जाए, उसे प्रतापपुरा पहुँचना है।

टैंपो एक बार फिर दौड़ पड़ा और अब वह प्रतापपुरा स्थित बोन हॉस्पिटल के सामने था। लेकिन भीतरी ताकत की आखिरी बूँद तक चुक चुकी थी और अब बलराम वहीं ड्राइविंग सीट पर बैठे-बैठे बेहोश था। भयावह अँधेरे ने उसे अपनी गिरफ्त में दबोच लिया था।

पर अस्पताल में अफरा-तफरी मच चुकी थी। डॉक्टरों की एक पूरी

टीम अब उसे बचाने के लिए हाजिर थी। पूरी नौ बोतल खून चढ़ाया गया। डॉ. शर्मा सहित दूसरे डॉक्टरों की साढ़े तीन घंटे की मेहनत रंग लाई और उसे बचा लिया गया। टैंपो में रखे कागजात के आधार पर परिवारजनों को खबर की गई।

होश में आने पर और खतरे से बाहर हो जाने पर जब बलराम तनिक सँभला तो उसने डॉक्टरों को धन्यवाद दिया। डॉ. शर्मा ने उसकी पीठ ठोंकी, ''मुझे नहीं, अपने मनोबल को सराहो। सिर्फ उसी ने नहीं टूटने दी थी तुम्हारी साँसों की डोर।''

और क्या यह बात सच नहीं थी? बलराम की अंतरात्मा भी तो इसी सच की गवाही दे रही थी। निश्चय ही यह पिता की उस सीख का कमाल था, ''हारिए न हिम्मत\u2026।''

□

समय की कीमत

"उठो दीपिका, पौने सात बज चुके हैं।" माँ ने चौथी बार आवाज लगाई।

दीपिका ने आवाज सुनी। थोड़ा सा कुनमुनाई, फिर करवट बदलकर गरम रजाई में और ज्यादा दुबक गई। अगले ही पल वह नींद में डूब चुकी थी।

रसोई में काम करती माँ ने दो मिनट आहट लेने की कोशिश की। लेकिन जब दीपिका के उठ जाने का कोई संकेत न मिला, तो वे झुँझला उठीं, "यह लड़की भी हद करती है। सुबह रसोई में जलपान तैयार करते हुए मैं इसे जगाने के लिए बार-बार कैसे जा सकती हूँ? पर यह समझना नहीं चाहती। बिस्तर छोड़ने में आनाकानी इसका रोज का तमाशा है।"

माँ की झुँझलाहट भी दीपिका के कानों में कब पड़ सकी थी? वह तो नींद के पंखों पर सवार होकर उड़ी जा रही थी। ऊपर, ऊपर… और ऊपर! चाँद-तारों और परियों की मोहक दुनिया में। इधर माँ का गुस्सा जब सीमा पार कर गया, तो वे कमरे में पहुँचीं और एक झटके से उसकी रजाई खींचती हुई बोलीं, "स्कूल नहीं जाना है क्या, रोज उठने में देर कर देती हो और फिर प्रार्थना के समय न पहुँच पाने पर सजा भुगतती हो।"

दीपिका ने माँ का क्रोध देखा, दीवार घड़ी पर निगाह डाली और सिरहाने धरा स्वेटर पहनती हुई घबराकर उठ खड़ी हुई, "बाप रे! आज फिर देर कर दी मैंने!"

सचमुच जब वह तैयार होकर घर से निकली, घड़ी में साढ़े सात बज

चुके थे। स्कूल ज्यादा दूर न था, पर पैदल चलकर वहाँ पहुँचने में बीस मिनट लग जाते थे। पैदल जाना उसकी मजबूरी थी, क्योंकि पापा रिक्शा लगवाने के लिए तैयार न थे। साफ कहते, "इसी बहाने सुबह की सैर हो जाती है, जो इस बच्ची की सेहत के लिए लाभकारी है।"

ठीक पौने आठ बजे प्रार्थना की घंटी बज जाती थी। देर से पहुँचने वाली लड़कियों की पंक्ति में खड़ी हो जाना उसे सचमुच बहुत बुरा लगता था। पर क्या करे, उसके न चाहते हुए भी रोज देर हो जाती थी। इस वजह से सहेलियाँ भी 'लेटलतीफ' कहकर मजाक उड़ाती थीं। उनकी वह हँसी भी उसे चुपचाप झेलनी पड़ती थी।

दीपिका को इस वक्त सबसे ज्यादा गुस्सा स्कूल वालों पर आ रहा था। वह समझ नहीं पा रही थी कि जनवरी की इतनी ठंड में इतनी सुबह स्कूल खोलने का क्या तुक है? देखो न, अभी सड़कों पर सन्नाटा है। लोग मजे से बिस्तर पर पड़े हुए नींद का सुख लूट रहे होंगे। और वह शीतलहर में ठिठुरती दौड़ी चली जा रही है।

अचानक वह चौंकी। सर्दी की ठंडी हवाएँ झेलने के लिए वह अकेली इस सड़क पर नहीं है। उससे भी छोटी उम्र की एक लड़की हाथ में बोरा लिये, सड़क किनारे पड़ा कबाड़ बटोर रही है। किसी घर से फेंका गया प्लास्टिक का कोई टूटा खिलौना, काँच की कोई बोतल, लोहे की कोई पत्ती जैसी चीजें वह चुन-चुन कर बोरे में धरती जा रही है। उसे देख दीपिका को ताज्जुब हुआ, यह काम तो यह लड़की धूप निकलने के बाद भी कर सकती थी। इतनी सुबह इसे कबाड़ बीनने की क्या जरूरत थी, वह भी सिर्फ एक सूती फ्रॉक में? क्या इसे ठंड नहीं लगती?

इसी के साथ दीपिका की निगाह अपनी वेश-भूषा पर पड़ी। स्कूल की वरदी के ऊपर गरमाई देने वाले दो ऊनी स्वेटर। सिर पर स्कार्फ। पैरों में जूते-मोजे और हाथों में गरम दस्ताने। फिर भी ठंड की वजह से पाँव सुन्न हुए जा रहे हैं और वह चाल में तेजी नहीं ला पा रही है। क्या यह लड़की फौलाद की बनी है जो सूरज निकलने का इंतजार किए बिना...

एक कबाड़ बीनने वाली लड़की की अपने काम के प्रति ऐसी मुस्तैदी दीपिका से झेली नहीं गई। न जाने क्यों उसे इसमें अपनी हार दिख रही थी। समय पर अपने स्कूल न पहुँच पाने की कचोट उसे रह-रहकर और ज्यादा चुभने लगी। कल और जल्दी घर से निकलने का उसने उसी समय संकल्प कर लिया।

पर अगले दिन भी लाख कोशिशों के बावजूद दीपिका जल्दी न उठ सकी। हाँ, आज भी उसे स्कूल जाते समय सड़क के किनारे वही लकड़ी फिर दिखाई दे गई। उसी तरह मेहनत और मनोयोग से अपने मतलब की एक-एक वस्तु चुनती हुई। दीपिका ने एक बार फिर अपनी हार महसूस की। इस लड़की से जीतने के लिए उसका संकल्प और ज्यादा दृढ हो गया।

पर सिर्फ चाहने से क्या होता था? न गरम रजाई का लोभ छूटता और न दीपिका समय पर स्कूल पहुँच पाती। ज्यों-ज्यों उसकी जिद बढ़ रही थी, त्यों-त्यों उस गरीब लड़की के प्रति उसके मन में नफरत बढ़ती जा रही थी। उसे लगता, जैसे उसे चिढ़ाने के लिए यह लड़की उसके निकलने से पहले सड़क के किनारे खड़ी हो जाती है। आखिर एक दिन वह खुद को रोक न सकी और उसके पास जाकर बोली, ''क्यों जी, क्या नाम है तुम्हारा?''

लड़की ने अपना बोरा जमीन पर रखा। पल भर दीपिका के चेहरे के भाव पढ़े और फिर शालीन कंठ से बोली, ''दीदी, मेरा नाम माधुरी है।''

''समय पर स्कूल पहुँचना मेरी मजबूरी है, इसलिए मैं इतनी सुबह घर से निकलती हूँ। पर तुम तो सूरज निकलने के बाद भी आराम से कबाड़ बीन सकती हो। फिर इतनी ठंड में इतनी सुबह निकलने की क्या वजह है?'' दीपिका कुछ गुस्से से बोली।

''दीदी, अगर मैं सूरज निकलने का इंतजार करूँगी, तो मेरे घर में चूल्हा कैसे जलेगा? पिता हैं नहीं। घर में बीमार माँ और दो छोटे भाई हैं। जब इतनी सुबह कबाड़ बीनकर कबाड़ी दादा को बेचती हूँ, तब घर वालों के पेट में अन्न के दो दाने पहुँचते हैं। तभी मैं कुछ खा-पीकर स्कूल जा पाती हूँ। अगर आज समय की कीमत न समझी, तो कल मुझे ही तो

पछताना पड़ेगा दीदी। मेरी माँ कहती है कि जो समय की कीमत समझता है, समय भी उसे ही एक दिन कीमती बना देता है।

दीपिका को अपने ऊपर बहुत शर्म आई। खुद को एक स्कूली छात्रा समझकर अपना अहंकार और इस कबाड़ बीनने वाली लड़की को तुच्छ समझने की धारणा याद आते ही उसकी आँखें झुक गईं। कुछ और समझ में न आया तो बस्ता खोलकर एक नई पेंसिल निकाली और आगे बढ़ाती हुई बोली, ''माधुरी, यह तुम्हारे लिए है। तुम स्कूल में पढ़ती हो, जानकर सचमुच मुझे बहुत खुशी हुई। इसे रख लो।''

''नहीं दीदी, मैं गरीब जरूर हूँ, पर भिखारिन नहीं।''

''छिः, कैसी बात करती हो तुम?'' दीपिका ने प्यार से उसे डाँटा, ''मैं तो तुम्हें अपनी छोटी बहन समझकर यह उपहार दे रही हूँ। तुमने भी तो मुझे बहुत कुछ दिया है न!''

''मैंने आपको क्या दिया है?'' माधुरी चौंकी।

''समय की कीमत समझने का पाठ।'' दीपिका हँसकर बोली और अपना बस्ता लिये हुए आगे बढ़ गई।

अगले दिन माँ की पहली आवाज पर ही वह उठकर बैठ गई और समय पर स्कूल पहुँची। उसके बाद यही रोज का क्रम हो गया। माँ चकित थीं, ऐसा जादू कैसे हो गया? पूछने पर दीपिका सिर्फ मुसकरा देती। सिर्फ वही जानती थी कि एक कबाड़ बीनने वाली छोटी लड़की की वह हृदय से कितनी कृतज्ञ है।

□

हिरनावती

(ब्रज की लोककथा)

एक लकड़हारा था। वह जंगल के बाहर एक झोंपड़ी में परिवार सहित रहता था। उसके परिवार में पत्नी और सात बेटियाँ थीं। रोज सुबह उठते ही वह रात के बचे रूखे-सूखे भोजन का कलेवा करता और कुल्हाड़ी लेकर जंगल में पहुँच जाता। पर लकड़ियाँ काटकर बेचने से इतनी आमदनी न होती कि वह सुखपूर्वक रह पाता। गरीबी की वजह से उसके दिन तंगी में कट रहे थे।

एक दिन लकड़हारा अपनी पत्नी से बोला, ''तेरी रूखी-सूखी रसोई खाते-खाते मैं उकता गया हूँ। किसी दिन पुए बना तो खाने में स्वाद आए।''

''भूल जाओ पुओं का स्वाद,'' पत्नी ने मुँह बिचकाया, ''सात-सात धींगड़ियाँ छाती पर सवार हैं। पुए बनेंगे, तो उनके पेट में समा जाएँगे। हमें-तुम्हें तो रूखी-सूखी ही मिलेगी।''

''ऐसा कर, आज आधी रात को उठकर पुए बना लेना। छोरियाँ सोती रहेंगी, जान ही न पाएँगी।''

''ठीक है,'' पत्नी ने हामी भरी।

पर माँ-बाप को पता न था कि छोटी बेटी ने उनकी बात सुन ली है। उसने तत्काल अपनी बड़ी बहनों को रात में पुए बनाए जाने की गुपचुप योजना बता दी। सबने मन ही मन कोई फैसला भी कर लिया।

अब हुआ यह कि ज्यों ही रात के बारह बजे, लकड़हारे की पत्नी

अपने बिछौने से उठी, उसे आटा सानने के लिए परात नहीं दिखाई दी। वह झुँझला उठी, ''न जाने कहाँ गायब हो गई है यह मुई परात!''

''माँ, माँ, मैं बताऊँ?'' कहते हुए बड़ी बेटी अपने बिछौने पर उछल पड़ी।

''चुप, चुप।'' माँ ने फुर्ती से उसका मुँह दबाया, ''जोर से मत चिल्ला, तेरी बहनें जाग जाएँगी। मैं पुए बनाने जा रही हूँ, तुझे भी दूँगी।''' बता, परात कहाँ है?''

लड़की ने अपने बिछौने से परात निकालकर माँ को पकड़ा दी।

अब माँ को आटे की पोटली खोजने पर भी न मिली। वह परेशान होकर बोली, ''शाम तक तो आटा यहीं रखा था, इस वक्त न जाने कहाँ गायब हो गया?''

''माँ, माँ, मैं बताऊँ?'' कहते हुए दूसरी बेटी उठ खड़ी हुई।

''चुप, चुप'' माँ ने फुर्ती से उसका भी मुँह दबाया, ''धीरे बोल, वरना तेरी बाकी बहनें जाग जाएँगी। मैं पुए बना रही हूँ। बता, आटा कहाँ है?''

लड़की ने बिछौने के नीचे से आटे की पोटली निकाली और माँ को पकड़ा दी। इसके बाद वह अपनी बड़ी बहन के पास बैठकर पुए बनने का इंतजार करने लगी।

पर माँ की भौहों पर बल पड़ गए थे। गुड़ की पोटली जो नदारद थी। राम-राम करके वह भी मिली, पर इस बवाल में तीसरी बेटी भी जागकर बैठ गई थी।

माँ ने परात में आटा साना, उसमें गुड़ मिलाया। पर लाख तलाशने पर भी कढ़ाई न मिली। माँ को चेहरा गंभीर हो उठा था। उसने एक ठंडी साँस भरी, ''इस मरी कढ़ाई को भी आज ही गायब होना था।''

''माँ, माँ, मैं बताऊँ?'', कहते हुए चौथी लड़की उठ बैठी।

कलछी ढूँढने की कोशिश में पाँचवीं बेटी जग गई और गायब तेल

की शीशी का पता बताने के लिए छठी बेटी भी आँखें मलती हुई उठ बैठी थी। एक कतार में बैठी छहों बेटियों को देख लकड़हारे का गुस्से के मारे बुरा हाल था। हाथ मलने के सिवाय वह कुछ नहीं कर पा रहा था।

पत्नी शांत थी। पर चूल्हा सुलगाने के लिए जब उसे दियासलाई नहीं मिली, तो वह भी गुस्से से भभक उठी। आँख मूदकर सोने का नाटक करती हुई सबसे छोटी बेटी को उसने झिंझोड़ दिया, ''बता, दियासलाई कहाँ छिपाई है ?''

लड़की उठ बैठी। उसने माँ को दियासलाई थमा दी। पुए बने, पर हमेशा की तरह सातों बेटियों के पेट में समा गए। माता-पिता ने बचे हुए आखिरी पुए को आधा-आधा बाँटा और कुढ़न से जलता कलेजा लिए ढिबरी बुझा दी।

सातों बेटियाँ तो पेट भर जाने पर चैन से सो गईं, पर उन दोनों प्राणियों को भूखे पेट नींद न आई। देर तक करवट बदलने के बाद लकड़हारा भुनभुनाया, ''बस, बहुत हो गया। सातों चुड़ैलों का अब कोई इंतजाम करना ही पड़ेगा।''

''चुप रहो।'' पत्नी फुसफुसाई, ''कोई जग रही होगी, तो सुन लेगी।''

''ना सुन लेगी।'' लकड़हारा खौखियाया, ''सब सोई पड़ी हैं।''

पर माँ-बाप की घुसर-पुसर से छोटी बेटी की आँख खुल गई थी। उसने उनकी बातचीत पर कान लगा दिए।

लकड़हारा कह रहा था, ''देखना, सुबह होते ही इन सातों को घने जंगल में न छोड़ आया, तो मेरा नाम नहीं। पानी अब सिर से ऊपर जा चुका है। इन सातों ने हमारा जीना दूभर कर दिया है।''

''जो जी चाहे वह करना।'' पत्नी ने उसे शांत करने की कोशिश की, ''अभी तो सो जाओ। रात बहुत हो गई है।''

कुछ ही देर में पूरा परिवार गहरी नींद में डूब गया। पर सुबह होने पर लकड़हारे ने अपना संकल्प पूरा करने के लिए सातों बेटियों को पास

बुलाया और शहद-सनी आवाज में बोला, "बहुत दिनों से तुम लोग कहीं घूमने नहीं गई हो। झटपट तैयार हो जाओ। आज हम लोग जंगल में चलकर सारा दिन बिताएँगे।"

पत्नी से उसने दोपहर के भोजन के लिए पूरियाँ बना देने को कहा, तो बेटियाँ खुशी से झूम उठी। बड़ी छह बहनें तो तैयार होने लगीं, पर सातवीं न जाने कहाँ गायब हो गई। किसी को पता न चला, पर वह पास में बहती नदी के किनारे से ढेर से छोटे-छोटे पत्थर बटोर लाई थी और एक थैली में धर लिए थे। थोड़ी देर बाद जब पिता के साथ सातों बेटियाँ जंगल घूमने निकलीं तो सफेद पत्थरों की थैली छोटी बेटी के हाथ में थी और वह रास्ते में सबसे पीछे चल रही थी।

घने जंगल में पहुँचकर बच्चियाँ तो जैसे खुशी से बौरा उठीं। पक्षियों का कलरव, हरे-भरे वृक्ष और नाना किस्म के जीव-जंतु। कभी वे घास पर दौड़ते खरगोश के पीछे भागतीं, कभी डाल पर बैठे बंदर को मुँह चिढ़ातीं और कभी शाखा पर बैठकर कुहू- कुहू करती कोयल के साथ अपनी आवाज मिलातीं। दोपहर में सबने भोजन किया। थोड़ी देर आराम करने के लिए लकड़हारा एक घने पेड़ की छाया में लेट गया। बच्चियाँ छुपम-छुपाई खेलने लगीं। खेल से थक जाने पर जब उन्होंने पिता को तलाशा, तो गायब पाया। घने जंगल में अकेली पड़ जाने पर वे डरकर रोने लगीं। छोटी बहन ने उन्हें समझाया, "रोओ मत। घर चलने के बारे में सोचो।"

"बापू न जाने कहाँ चले गए हैं। हम लोग घर कैसे पहुँचेंगे? रास्ता तक तो मालूम नहीं है।" बड़ी बहन बोली।

"वे हमें जंगल में छोड़कर घर लौट गए हैं। रात में ही माँ से उन्होंने यह बात कह दी थी।"

"तुमने हमें यह बात पहले क्यों नहीं बताई? अब क्या होगा?" बड़ी बहन बुरी तरह घबरा उठी।

"मैंने घर तक पहुँचने का उपाय कर रखा है। रास्ते भर सफेद पत्थर फेंकती आई हूँ। उन्हीं के सहारे हम लोग घर पहुँच जाएँगे।" छोटी बहन ने सबको दिलासा दिया।

यही हुआ। थोड़ी देर बाद जब सूरज डूब गया तो पूरे चाँद की रोशनी में वे पत्थर चमक उठे। सातों बहनें आराम से अपने घर पहुँच गईं।

लकड़हारे ने उन्हें देखकर मन ही मन कसम खाई, अब किसी दिन अचानक ही इन्हें घने जंगल में ले जाऊँगा। देखता हूँ, तब कैसे वापस लौटती हैं?

सचमुच कुछ दिन बाद, वह एकाएक बोल पड़ा, "इसी वक्त तुम सातों मेरे साथ जंगल घूमने चलो।"

आज उसने अपनी पत्नी से भी पूरियाँ बनाने के लिए न कहा। जो कुछ रूखा-सूखा रात का खाना बचा था, वही बच्चियों को बाँध दिया। उन्हें घने जंगल में ले जाकर, रोता-कलपता छोड़कर, वह पत्थरदिल लकड़हारा अकेले वापस लौट आया।

छोटी बहन ने अपनी छहों बड़ी बहनों को दिलासा दिया, "डरो मत। आज भी हम लोग घर वापस पहुँच जाएँगे।"

"लेकिन आज तो तुम पत्थर भी नहीं चुन सकी हो।" बड़ी बहन ने शंका जतलाई तो वह हँस दी, "माँ की दी हुई रोटियों के छोटे-छोटे टुकड़े करके मैं पूरे रास्ते फेंकती आई हूँ।"

सबके चेहरे खुशी से खिल गए। पर आज उनके भाग्य में घर लौटने का सुख न था। रोटी के वे टुकड़े अब कहाँ थे? कोई टुकड़ा कुत्ता उठा ले गया था तो कोई बिल्ली का आहार बन गया था। किसी को बंदर ने खा लिया था, तो किसी को चिड़ियों ने ले जाकर अपने चिरौटों को चुगा दिया था। एकाध बड़ा टुकड़ा किसी गाय या बछड़े के पेट में पहुँच चुका था।

रास्ता पहचानने का कोई उपाय न देखकर छोटी बहन का चेहरा फक् पड़ गया, "आज हम लोग इस जंगल में बुरे फँसे। वापस लौटने

की कोई गुंजाइश न रही।''

''इस घने जंगल में भटकने से कोई फायदा नहीं।'' बड़ी बहन बोली, ''यहाँ से बाहर निकलने की कोशिश करें। आस-पास गाँव तो होंगे, वहीं रहकर गुजर-बसर कर लेंगे।''

सबसे छोटी बहन को छोड़कर बाकी पाँचों बहनें उसके साथ चल दीं। देखते-देखते वे सब निगाह से ओझल हो गईं। बची छोटी बहन वहीं एक पेड़ के नीचे अकेली जा बैठी। बढ़ते अंधेरे और जंगली जानवरों की मानो उसे कोई चिंता न थी।

कुछ देर बाद एक हिरन वहाँ से निकला, तो ठिठक गया। पेड़ क्र्रो नीचे बैठी एक सुंदर और भोली-भाली बालिका को कुछ देर देखता रहा, फिर वह भी उसी के निकट जा बैठा। कुछ देर बाद एक और हिरन आया और वह भी वहीं बैठ गया। धीरे-धीरे हिरन-हिरनी आते रहे और उसे घेरकर बैठते गए। वह बालिका चारों ओर से हिरनों से घिर गई। अब उसे न घने जंगल का डर था, न जंगली जानवरों का और न अकेलेपन की चिंता थी। वह ढेर सारे हिरनों के बीच सुरक्षित बैठी थी। उसने सोच लिया, वह यह जंगल छोड़कर कहीं नहीं जाएगी। यहीं जंगली जानवरों के बीच सुख-चैन से रहेगी।

यही उसने किया भी।

बंदर आते और उसके लिए मीठे-मीठे फल लाते।

चिड़ियाँ आतीं और उसे मीठा गाना सुनातीं।

सियार ने उसके लिए अपनी गुफा खाली कर दी।

जंगली जानवर उसके पास से चुपचाप निकल जाते।

बस, अब चिंता किस बात की थी। मीठे फल खाकर और पास के जलाशय का ठंडा मीठा पानी पीकर लड़की अपने दिन बिताने लगी। हिरनों का एक पूरा झुंड उसकी चौकसी के लिए मौजूद था ही। वह घने वन में निर्भय विचरण करती और खुश रहती। धीरे-धीरे कई बरस निकल

गए और वह एक सुंदर युवती के रूप में बदल गई।

एक दिन एक राजकुमार शिकार खेलता हुआ घने जंगल में राह भटककर वहाँ आ पहुँचा। सुंदर युवती को देखकर उसने पूछा, "तुम्हारा नाम क्या है?"

लड़की कुछ न बोली।

"मैं समझ गया।" राजकुमार हँसा, "इतने सारे हिरनों से घिरी लड़की का नाम हिरनावती ही हो सकता है।"

लड़की अब भी चुप रही।

"हिरनावती, मेरे साथ शादी करोगी?" अचानक राजकुमार ने पूछा तो इस बार लड़की ने हौले से सिर हिला दिया। शर्म से उसके गाल लाल हो उठे थे।

राजकुमार उसे लेकर राजमहल लौटा। राजा-रानी ने सोल्लास दोनों का विवाह करा दिया। पर हिरनावती इतना सुख-सौभाग्य पाकर भी खुश न थी। राजकुमार के बार-बार पूछने पर उसने बताया, "मैं अपनी छहों बहनों से मिलना चाहती हूँ।"

"फिक्र मत करो। यह बहुत आसान काम है। मैं तुम्हारी बहनों की खोज करवा दूँगा।" राजकुमार बोला।

राजकर्मचारियों ने सचमुच छहों बहनें ढूँढ निकालीं। आपस में मिलकर वे सब बहुत खुश हुईं। सबका शादी-ब्याह हो चुका था और वे अपने परिवार में राजी-खुशी रह रही थीं। अब उन्होंने माँ-बाप से मिलने की बात सोची। जल्दी ही इसका इंतजाम भी हो गया। पूरे ताम-झाम के साथ वे सब लकड़हारे की झोंपड़ी के निकट पहुँची। अब तक वे पति-पत्नी बहुत बूढ़े हो चुके थे और अपनी बेटियों को याद करके रोते थे। हाथी-घोड़े और रथों का लाव-लश्कर देख वे भय से काँप उठे। पर अपनी सातों बिछुड़ी हुई बेटियों के आने की सूचना पाकर खुश से फूले न समाए। उन्हें शर्म भी थी, बेटियाँ उनके बारे में न जाने क्या सोचती होंगी?

पर हिरनावती ने उन्हें उस शर्म से उबारा, ''यदि गरीबी न होती, तो आप लोग अपनी बेटियों, को घने जंगल में क्यों छोड़ते? अपराध आपका नहीं, गरीबी का है।''

हिरनावती उन्हें अपने साथ लिवा ले गई। अपनी बहनों को भी उसने अपने पास बुला लिया। उनके पति ऊँची नौकरी पाकर बहुत खुश हुए। पर हिरनावती को पहले वाले नाम से किसी से न पुकारा। वह हिरनावती ही बनी रही।

□

खेल-खेल में

‘‘दीपू आज स्कूल खुलेगा?’’ यूसुफ ने पूछा।

‘‘नहीं यार! अभी-अभी पापा ने अखबार देखकर बताया है कि स्कूल दो हफ्ते के लिए और बंद कर दिए गए हैं।’’ दीपू ने जवाब दिया।

‘‘दो हफ्ते और? यह तो तुमने बड़ी बुरी खबर सुनाई दोस्त।’’ यूसुफ का मुँह लटक गया।

‘‘बुरी खबर तो है ही। मैं भी खुश था कि पिछले बीस दिनों की बोरियत मिटेगी। स्कूल खुलेंगे। पर सारी खुशी मिट्टी में मिल गई।’’ दीपू ने भी नाक सिकोड़ी।

‘‘सचमुच इस कर्फ्यू ने जान की साँसत कर रखी है। न स्कूल जाकर पढ़ सको, न पार्क में जाकर खेल सको। बस, दिन भर घर में पड़े-पड़े सड़ते रहो।’’ यूसुफ ने ऊबी हुई आवाज में कहा।

‘‘यही हाल अपना है। सारा दिन छोटी बहन पिंकी से झगड़ता हूँ और बदले में माँ की डाँट खाता हूँ। इसके सिवाय जैसे कोई और काम ही नहीं है।’’ दीपू बोला।

‘‘तुम फिर भी खुशनसीब हो भाई।’’ यूसुफ ने ठंडी साँस भरी ‘‘घर में झगड़ने के लिए छोटी बहन तो है। यहाँ तो न कोई भाई है न बहन। घर में जितने वीडियो कैसेट थे, दस-दस बार देख डाले। जितनी पत्रिकाएँ थीं, वे भी चाट डालीं। अब समय कटे तो कैसे?’’

दीपू और यूसुफ ने एक-दूसरे की तरफ देखा और फीकी हँसी हँस दिए।

दोनों बच्चे अपनी-अपनी छत पर खड़े होकर बातें कर रहे थे। बीच में छोटी-सी मुंडेर थी। गली में उनके मकान अलग-बगल बने हुए थे।

ये दोनों बच्चे एक ही स्कूल में, एक ही कक्षा में पढ़ते थे। इसीलिए उनमें आपस में पक्की दोस्ती थी।

"यार दीपू, अपनी समझ में तो कुछ नहीं आता है।" यूसुफ ने फिर बात शुरू की, "यह अपने स्कूल के फादर को आखिर हो क्या गया है? कहाँ एक-एक दिन की छुट्टी के लिए इतनी किच-किच करते थे, कहाँ हफ्तों स्कूल ही नहीं खोलते।"

"फादर को कुछ नहीं हुआ है भाई।" दीपू ने समझाया "पापा बता रहे थे, यह छुट्टी सरकार घोषित करती है। शहर की शांति के लिए खतरा है न, इसीलिए।"

"खतरा क्यों है?" यूसुफ ने चौंककर पूछा।

"भाई, मंदिर-मसजिद का झगड़ा ही सारी आफत की जड़ है।" दीपू ने मुँह बिचकाया।

बारह साल के यूसुफ के माथे पर परेशानी की लकीरें खिंच गईं। वह बुदबुदाया "मंदिर-मसजिद का झगड़ा? मैं कुछ समझा नहीं।"

"यह तो मैं भी नहीं जानता हूँ" दीपू भोलेपन से हँस दिया, "मंदिर तो ईंट-पत्थरों से बनता है। वह भला मसजिद से कैसे झगड़ेगा।"

"दरअसल मैं कभी मंदिर के भीतर नहीं गया हूँ। हो सकता है, वहाँ लड़ाई- झगड़े की बात सिखाई जाती हो।" यूसुफ ने समझदारी दिखाई।

"तुम भी कैसी बातें करते हो दोस्त।" दीपू ने झिड़की दी, "मंदिर ऐसी जगह है ही नहीं, मैं दावे से कह सकता हूँ। दादी माँ के साथ मैं बहुत बार मंदिर गया हूँ। जन्माष्टमी, रामनवमी और शिवरात्रि को वहाँ इतनी भीड़ होती है कि पाँव रखने तक की जगह नहीं रहती। लोग वहाँ भगवान के चरणों में सिर झुकाते हैं। पुजारी से प्रसाद लेते हैं। सच्चे मन से प्रार्थना करते हैं कि हे भगवान, सबका भला करो।"

"अच्छा।" यूसुफ की आँखों में खुशी और अचरज तैर गए। वह

ललचाई आवाज में बोला ''तब तो मंदिर बड़ी अच्छी जगह है दोस्त।''

''वह तो है ही। तुम किसी दिन मेरे साथ वहाँ चलना। देखना, पेड़ में ढेर सारे घंटे लटके हुए हैं। उछलकर घंटा बजाने में कितना मजा आता है।'' दीपू ने उसे और बढ़ावा दिया।

''किसी दिन मैं तुम्हें अपने साथ मसजिद भी ले चलूँगा। पिछली ईद को जब अब्बा के साथ जामा-मसजिद गया था, तब बड़ा मजा आया था। सब लोगों ने एक साथ मिलकर नमाज पढ़ी, एक-दूसरे के गले मिले, ईद की मुबारकबाद दी। पूरा मेला लगा हुआ था।'' यूसुफ ने भी लालच दिया।

''हाँ भाई, मैं जरूर तुम्हारे साथ चलूँगा।'' दीपू, मुसकरा कर बोला, ''लेकिन तारीफ तब है, जब तुम मुझे अभी मसजिद दिखाने ले चलो। कम-से-कम कर्फ्यू में समय काटने की बोरियत तो मिटे।''

''इस वक्त।'' यूसुफ सोच में डूब गया।

''नहीं ले जा सके ना''। दीपू ठठाकर हँस दिया, ''लेकिन मैं तो बड़ा जिद्दी हूँ यार। जो धुन चढ़ी, सो चढ़ गई। अब तो मुझे अभी ही मसजिद चाहिए। बो।लो, करूँ इंतजाम?''

''हाँ, हाँ तुम्हारे पास अलादीन का चिराग है न।'' यूसुफ भी जोर से हँस पड़ा ''उसे पत्थर पर घिसो और चिराग के जिन्न से कहो मुझे छत पर अभी मसजिद चाहिए। बस, वह तुम्हारा हुक्म पूरा कर देगा।''

''न सही चिराग का जिन्न, पर ईंट-पत्थरों का ढेर तो है ना। मैं इसी से अपने काम में जुटा जाता हूँ। देखना, फटाफट छत पर ही मसजिद बनाकर खड़ी कर दूँगा।'' दीपू मुसकराया।

''तो फिर मैं भी पीछे रहने वाला नहीं। मेरी छत पर अभी मिनटों में मंदिर बनकर खड़ा हो जाएगा। हम लोग एक-दूसरे के मंदिर-मसजिद में अभी पहुँच जाएँगे।'' यूसुफ भी जोश में आ गया।

बस, फिर क्या था।

तुरंत खेल शुरू हो गया।

दीपू की छत पर मसजिद बनने लगी और यूसुफ की छत पर गुंबद

वाला मंदिर तैयार होने लगा। अगल-बगल के बच्चों ने अपनी छतों से यह मजेदार खेल होते देखा तो वे भी ललचा उठे। रीतू ललचाई आवाज में बोली, "ए यूसुफ अपने बगीचे से फूल तोड़कर लाऊँगी। तुम्हारे भगवान्‌जी के चरणों में चढ़ाऊँगी।"

"ठीक है आ जाओ।" यूसुफ मान गया।

छोटी सी तमन्ना ने खुशामद की, "दीपू भाईजान हमें अपनी मसजिद में नमाज पढ़ने के लिए नहीं बुलाओगे?"

"मैंने कोई मना थोड़े ही किया है।" दीपू ने हँसकर इजाजत दे दी। इसी तरह और भी कई बच्चे अपनी छतों से यह खेल होता देखकर दौड़े चले आए। कुछ ही देर में मंदिर-मसजिद का खेल बड़े जोर-शोर से चलने लगा।

गली में रहने वाली आठ साल की सीमा पूरी चालाक बिल्ली थी। उसने सोचा, यूसुफ के मंदिर में बँटने के लिए प्रसाद भी तो चाहिए। बस, आव देखा न ताव, दादी की पिटारी में से थोड़े इलायचीदाने निकाले और मुट्‌ठी में बंद करके निकल पड़ी।

हालाँकि बहुत दबे पाँव निकली थी वह, पर दादी से उसका जाना छिपा नहीं रह सका। उनका माथा ठनका। वे भी गुस्से से बड़बड़ाती हई दरवाजे तक आ पहुँचीं।

पर सीमा उन्हें गली में दूर-दूर तक नहीं दिखी। हाँ, दो-तीन दूसरे बच्चे जरूर यूसुफ का जीना चढ़ते नजर आए।

दादी का कलेजा धड़क उठा। उन्होंने घबड़ाकर जोर से आवाज लगाई, "अरे बहू, अंदर घुसी क्या कर रही हो तुम? कुछ होश भी है, लड़की कहाँ चली गई?"

"क्या हुआ अम्मा?" कहते हुए सीमा की माँ अंदर से निकल आई।

"देखती हो, दंगा-फसाद के दिन हैं। आधे शहर में कर्फ्यू लगा है। तुम्हारी शरारती लड़की शायद सामने वाले यूसुफ के घर में घुसी है। मैंने कई बच्चे वहाँ जाते देखे हैं।"

दादी की आवाज सुनकर और भी दो-चार घरों के लोग बाहर निकल आए। अपने-अपने बच्चों को गायब देखकर उनकी तो जैसे जान ही निकल गई। अहमद मियाँ घबराए हुए आ पहुँचे। किसी ने बताया था कि उनकी तमन्ना दीपू के घर का जीना चढ़ती हुई देखी गई है।

फिर क्या था, घबराए और परेशान लोग दीपू-यूसुफ के घरों में घुस गए। इतनी सारी भीड़ देखकर इधर दीपू की माँ चकरा उठी, उधर यूसुफ की अम्मी का चेहरा फक्क पड़ गया। पर गुस्साई भीड़ बगैर कुछ पूछे-ताछे सीढ़ियाँ चढ़कर छत पर जा पहुँची।

किंतु यह क्या?

लोगों को अपनी आँखों पर भरोसा नहीं हो सका।

यूसुफ की छत पर बने मंदिर में आरती गाई जा रही थी "ओम जय जगदीश हरे।" दीपू की छत पर बनी मसजिद में जुम्मे की नमाज के बाद बच्चे गले मिल रहे थे। छोटी सी मुंडेर के इधर-उधर बच्चों के मंदिर-मसजिद में प्यार के फूल महक रहे थे।

ताबड़तोड़ सीढ़ियाँ चढ़कर छत पर पहुँचे लोगों पर घड़ों पानी पड़ गया। नादान बच्चों ने खेल-खेल में उन्हें कितनी बड़ी बात समझा दी थी। कोई धर्म छोटा-बड़ा नहीं है। सब धर्म बराबर हैं। सभी धर्मों की हमें इज्जत करनी चाहिए। मन में थोड़ी-सी सहिष्णुता लाते ही दूसरों का धर्म हमें अपने धर्म जैसा पूज्य लगने लगेगा। यह छोटी सी कीमती बात आज बच्चों ने ही बड़ों को समझा दी थी।

किंतु बच्चे खुद इन सब बातों से अनजान थे। वे तो सिर्फ खेलने के लिए एक खेल खेल रहे थे। उन्हें इतनी बड़ी-बड़ी बातें कहाँ मालूम थीं?

दीपू और यूसुफ के गलों से एक साथ शरमाई आवाज निकली "एँ...एँ, आप लोग यहाँ क्यों चले आए? हम लोग तो छत पर मंदिर-मसजिद का खेल, खेल रहे थे।"

"कुछ नहीं बेटे" अहमद मियाँ माथे का पसीना पोंछते हुए बोले "तुम लोग खेलो। मैं तो यूसुफ के मंदिर से पूजा का प्रसाद लेने आया था।"

''और मैं...'' सीमा की दादी ने खुद को सँभालते हुए, ''मैं सिर्फ यह कहने के लिए आई हूँ कि नमाज के बाद तुम सब मेरे घर सेवइयाँ खाने के लिए आना। मैं जाकर झटपट मीठी सेवइयाँ तैयार करती हूँ।''

मीठी सेवइयों के नाम से बच्चों के मुँह में पानी भर आया। दीपू खुश होकर बोला, ''अरे हाँ! तब तो हम लोग मंदिर-मसजिद का खेल रोज खेला करेंगे।''

सब लोग जोर से हँस पड़े। प्यार के फूलों की खुशबू सबके पास पहुँच चुकी थी।

□□□